Diogenes Taschenbuch 24714

d

AF198384

VENDELA VIDA, 1971 geboren, ist die mehrfach ausgezeichnete Autorin von sechs Romanen, darunter *Des Tauchers leere Kleider* (2016) und *Liebende* (2012). Sie ist Gründerin und Herausgeberin von *The Believer* und war Gründungsmitglied von 826 Valencia, einem Schreibzentrum für Jugendliche in San Francisco. Vendela Vida lebt mit ihrer Familie in der San Francisco Bay Area.

Vendela Vida

Die Gezeiten gehören uns

ROMAN

Aus dem amerikanischen Englisch
von Monika Baark

Diogenes

Die englische Originalausgabe erschien 2021
unter dem Titel *We Run the Tides* bei Ecco, New York
© 2021 Vendela Vida
Das Motto auf S. 5 stammt aus *Das Haus der Freude*
von Edith Wharton
Aus dem Englischen von Gerlinde Völker
© der deutschen Ausgabe Reclam Verlag Stuttgart 1988
Alle Rechte der deutschen Ausgabe © 2022 Hanser Berlin
in der Carl Hanser Verlag GmbH & Co. KG, München
Lizenzausgabe mit freundlicher Genehmigung von Hanser Berlin
in der Carl Hanser Verlag GmbH & Co. KG, München
Covermotiv: Illustration von Christoph Niemann
›Golden Gate Bridge‹, 2018
Copyright © Christoph Niemann

*Dieses Buch widme ich meinen Freunden
und Lehrern aus der Kindheit,
die sofort erkennen werden, dass es sich
um ein fiktionales Werk handelt.*

Veröffentlicht als Diogenes Taschenbuch, 2023
Alle Rechte an dieser Ausgabe vorbehalten
Copyright © 2023
Diogenes Verlag AG Zürich
www.diogenes.ch
60/23/44/1
ISBN 978 3 257 24714 5

Warum musste man als Mädchen so teuer das geringste Abweichen von der Normalität bezahlen? Warum konnte man nie etwas ganz Natürliches tun, ohne es hinter einem kunstvollen Gebäude kleiner Listen verbergen zu müssen?

Edith Wharton, *Das Haus der Freude*

1984–1985

I

Wir sind dreizehn, fast vierzehn, und die Straßen von Sea Cliff gehören uns. Wir gehen durch diese Straßen zu unserer Schule, die hoch über dem Pazifik liegt, und wir rennen durch diese Straßen zu den Stränden, die kalt sind, windgepeitscht, bevölkert von Anglern und Freaks. Wir kennen diese breiten Straßen und wie sie bergab führen, eine Kurve beschreiben in Richtung Ufer, und wir kennen die Häuser. Wir kennen das aufragende Backsteinhaus, wo der Zauberer Carter the Great wohnte; er hatte eine Bühne im Haus, und sein Esstisch wurde durch eine Falltür nach oben gefahren. Wir wissen, dass Paul Kantner von Jefferson Starship in dem Haus gewohnt hat oder immer noch wohnt, da, wo die lange Schaukel über dem Meer hängt. Wir wissen, dass die Schaukel für China gedacht war, die Tochter, die er mit Grace Slick hatte. China wurde im selben Jahr geboren wie wir, und wann immer wir an dem Haus vorbeikommen, halten wir Ausschau nach China auf der Schaukel. Wir kennen das imposante lachsfarbene Haus, wo mal eine Party stattfand, bei der maskierte Einbrecher aufgetaucht sind; als ein weiblicher Gast ihren Ring nicht hergeben wollte, haben sie ihr den Finger abgeschnitten. Wir wissen, wo die Tennislehrerin von unserer Schule wohnt (dunkelblaues Tudorhaus, wird jedes Jahr zu Halloween mit Spinnweben geschmückt), wo die Dekanin der Zulassungsstelle wohnt (weißes Haus mit schwarzem Tor) – beides Frauen, beides Ehefrauen. Wir wissen, wo die Ärzte und Anwälte wohnen und wo die alteingesessenen San Fransciscoer wohnen, Leute, deren Familienname mit Villen und Hotels in anderen Teilen der Stadt in Verbindung gebracht werden können. Und da wir dreizehn sind und auf eine Mädchenschule gehen, wissen wir vor allem, wo die Jungen wohnen.

Wir wissen, wo der große, schlaksige Junge mit Schwimmhäuten an den Füßen wohnt. Manchmal gucken wir mit ihm und seinen Freunden bei ihm zu Hause auf der Sea View Terrace Bill-Murray-Filme und staunen darüber, dass die Jungs ganze Passagen mitsprechen können, so wie wir jedes Wort von *The Outsiders* auswendig kennen. Wir wissen, wo der Junge wohnt, der mir eines Tages am Strand meine Halskette zerreißt – eine silberne Kette, die mir meine Mutter geschenkt hat, er zerrt daran, und ich laufe vor ihm weg. Wir wissen, wo der Junge wohnt, der mich an dem Tag zu Hause besucht, als ich mein Himmelbett bekomme, und da er es für ein Etagenbett hält, klettert er hinauf und macht es kaputt. Es wird nie richtig repariert, und von da an neigen sich die Pfosten nach Westen. Wir haben den Verdacht, dass es dieser Junge und sein Freund gewesen sind, die vor unserer Schule, der Spragg School for Girls, einen Spruch in den feuchten Zement geschrieben haben. »Mädchen auf Spragg – Maden im Spegg«, stand im Zement. Schwer zu sagen, ob der Spruch mit dem Finger oder einem Stock geschrieben wurde, aber der Eindruck ist tief. Ha!, sagen wir. Zu doof, um »Speck« zu schreiben.

Wir wissen, wo der süße Junge wohnt, dessen Vater bei der Army ist. Er ist gerade nach San Francisco gezogen und trägt kurzärmlige Karohemden, wie sie wohl in der Great-Lakes-Stadt angesagt waren, aus der er kommt. Wir wissen, dass sein Vater ein ziemlich hohes Tier sein muss, denn wieso sonst wohnt er nicht im Presidio wie die meisten von der Army? Wir denken nur selten über Army-Hierarchien nach, ihre Frisuren sind so deprimierend. Wir wissen, wo der einarmige Junge wohnt, wobei wir nicht wissen, wie er den Arm verloren hat. Er spielt oft im Park auf der 25th Avenue Tennis oder in der kleinen Gasse hinter dem Haus seiner Eltern Badminton, derselben kleinen Gasse, die zum Haus meiner Eltern führt. Viele Häuserblocks in Sea Cliff haben kleine Gassen, damit die Autos hinten in den Garagen parken können und nicht den Blick aufs Meer, auf die Golden Gate Bridge, versperren. In Sea Cliff dreht sich alles um den Blick auf die Brücke. Es war eines der ersten Viertel von San Francisco mit unterirdischen Stromleitungen, weil oberirdische Leitungen die Aussicht gestört hätten. Alles Hässliche ist versteckt.

Wir kennen den Highschool-Jungen, der bei mir nebenan wohnt. Er kommt aus einer Familie, die im Goldrausch Bekanntheit erlangte – das weiß ich aus meinen Geschichtsbüchern über Kalifornien. Man sieht seine Eltern oft auf Fotos in den Gesellschaftsspalten der *Nob Hill Gazette,* die uns jeden Monat frei Haus geliefert wird. Der Junge ist blond und hat oft eine Gruppe Schulfreunde zu Besuch, dann gucken sie im Wohnzimmer zusammen Football. Von unserem Garten aus kann ich sehen, wenn sie sich ein Spiel anschauen. Zwischen unserem Grundstück und dem Haus seiner Eltern ist eine Lücke von einem Meter, und manchmal springe ich durchs offene Fenster und lande drüben im Wohnzimmer auf dem Fußboden. Ja, so kühn bin ich. Ich bin ein Rätsel an Kühnheit. Ich male mir aus, dass mich einer von ihnen auf den Schulball einlädt. Und dann eines Nachmittags schnappt mich einer der Jungen am Bund meiner Guess!-Jeans. Ich will entwischen und laufe einen Moment lang auf der Stelle wie eine Zeichentrickfigur. Die Jungen lachen; ich bin tagelang frustriert. Ich weiß, diese Geste und das Gelächter bedeuten, dass ich für sie ein kleines Mädchen bin und keine mögliche Begleitung für den Schulball. Danach ist das Fenster drüben immer geschlossen.

Dann sind da noch die Prospero-Jungs, die Arztsöhne, die in unserem Haus gewohnt haben, bevor es von meiner Familie gekauft wurde. Sie sind legendär. Sie sind ein abschreckendes Beispiel. Als meine Eltern sich das Haus ansahen, war der Boden meines künftigen Zimmers mit Bierflaschen und Spritzen übersät. Die Fensterscheiben waren eingeschlagen. Wenn ich mich mit älteren Jungen unterhalte und erzähle, dass ich im Haus der Prospero-Jungs wohne, bekomme ich Aufmerksamkeit und, wie ich mir einbilde, kurzzeitig Respekt. Es ist unfassbar, wie gestört diese Jungen waren. Mütter schütteln die Köpfe und sagen, so traurig mit diesen Jungs, wo ihr Vater doch Arzt war und alles.

Die Prospero-Jungs sind der Grund, weshalb meine Eltern das Haus für den Preis überhaupt bekommen haben. Die Jungs hatten es zugrunde gerichtet. Niemand sonst konnte die Vorstellung ertragen, ihre Kinder könnten so aufwachsen und Partys feiern und Spritzen benutzen und an die eigenen Wände obszöne Sachen sprühen. Mein Vater ist immer in der Lage gewesen, über die verkrachten Existenzen hinwegzusehen, deren Zeuge ein Haus geworden ist. Das ist seine geheime Macht. Er ist im dritten Stock einer Mietwohnung in einer kleinen Straße im Mission District aufgewachsen, und wie viele seiner Freunde hatte er schon mit fünfzehn alle möglichen Jobs gehabt. Er hat Zeitungen ausgetragen, war angestellt in einem Lebensmittelmarkt und Türsteher im Haight Theatre. Sechs Abende die Woche war er Kartenabreißer, und an seinem freien Tag sah er sich selber Filme an. Als Schüler ist er mit dem Fahrrad bis nach Sea Cliff zum Strand gefahren, er sah die prachtvollen Häuser und meinte zu seinen Freunden: »Eines Tages wohne ich in dieser Gegend.« Und so kam's. Auch meine Mutter ist mittellos aufgewachsen (auf einem Bauernhof in Schweden in einer großen glücklichen Familie), und zusammen sind sie ein sparsames Paar – wir gehen nie essen, wir heizen nicht, außer wir haben Besuch, und manchmal zieht nicht mal dann etwas Wärme durchs Haus, nur starker Fischgeruch. Meine Schwester Svea, die zehn ist, isst als Einzige in unserer Familie gern Fisch, aber er kommt trotzdem jede Woche auf den Tisch, weil wir Schweden sind.

Unser Wohnzimmer hat fünf große Fenster, die auf die Golden Gate Bridge gehen. An nebligen Tagen ist die Brücke ganz in Weiß gehüllt, man sieht nicht die Spur davon. An diesen Tagen erzählte mir mein Vater früher immer, Diebe hätten die Brücke gestohlen. »Keine Sorge, Eulabee«, sagte er dann zu mir, »die Polizei ist ihnen auf den Fersen – sie haben die ganze Nacht gearbeitet.« Am frühen Vormittag, wenn der Nebel sich langsam auflöste, sagte er dann:

»Da, man hat sie gefasst! Die Brücke wird wieder aufgebaut.« Ich konnte mich nicht satthören an dieser Geschichte, und sie bestätigte die beiden Weisheiten, die meine Kindheit prägten:

Harte Arbeit bezwingt alle Hindernisse.
Das Gute siegt über das Böse (und Letzteres
lauert überall).

Es gibt natürlich Alarmrufe und Warnungen, und in Sea Cliff haben diese Warnungen die Gestalt von Nebelhörnern. Erst ein Nebelhorn, und dann aus der Ferne das nächste. Die tief dröhnenden Nebelhörner sind der Soundtrack meiner Kindheit. Wenn wir an den Strand gehen, was oft vorkommt, in dicken Pullovern und mit Nebel im Gesicht, sind die Nebelhörner noch lauter als in unseren Häusern. Sie durchdringen unsere Beichten, unser Gelächter. Wir lachen viel.

Wenn ich »wir« sage, meine ich manchmal uns vier Mädchen aus Sea Cliff, die an der Spragg School for Girls in die achte Klasse gehen. Aber wenn ich »wir« sage, meine ich immer Maria Fabiola und mich. Maria Fabiola ist das älteste von drei Kindern – ihre kleinen Brüder sind Zwillinge. Ihre Familie ist in dem Jahr nach Sea Cliff gezogen, als wir in den Kindergarten kamen. Niemand wusste viel über sie. Manchmal sagt Maria Fabiola, sie sei Halbitalienerin. Dann sagt sie, nein, bin ich nicht, wie kommst du darauf? Dann wiederum sagt sie, ihr Großvater sei der Premierminister von Italien. Oder hätte Premierminister werden können. Oder sie sei verwandt mit dem Bürgermeister von Florenz, oder zumindest fast. Sie hat langes dunkelbraunes Haar und hellgrüne Augen – sogar auf Schwarz-Weiß-Fotos sieht man die ätherische Farbe ihrer Augen. Es gibt Dutzende von Fotos bei ihr zu Hause von ihr und ihren Cousins und Cousinen auf Pferden oder am Rand von Swimmingpools inmitten von Rasenflächen. Die Fotos sind von professionellen Fotografen aufgenommen worden und stecken in identischen silbernen Rahmen.

Maria Fabiola ist eine Bemerkerin, aber auch eine Lacherin. Sie hat ein Lachen, das in ihrem Brustkorb anfängt und wie Flötentöne aus ihrem Mund kommt. Sie ist bekannt für ihr Lachen, weil es das ist, was Leute ein ansteckendes Lachen nennen, aber ihres funktioniert anders. Ihr Lachen ist ein Lachen, das einen deswegen zum Mitlachen zwingt, weil man nicht will, dass sie alleine lacht. Und sie ist schön. Ein älterer Junge in Ocean-Pacific-Cordshorts in der Nähe vom Kezar Stadium hat mal gesagt, sie sei scharf, und bei jedem anderen Mädchen hätten wir abgewunken, aber in ihrem Fall glauben wir's – dem Kompliment, dem Jungen, den Cordshorts.

Sie trägt massenhaft dünne Silberarmreife. Wir alle tragen diese Armreife, die wir in der Haight Street (drei für einen Dollar) oder in der Clement Street (fünf für einen Dollar) kaufen, aber sie trägt die meisten. Wenn sie lacht, fallen ihr die Haare in die Stirn, und sie streicht sie sich mit den Fingern aus den Augen, dass die ganze Silberkaskade den Arm rauf- und runterrutscht. Das Klimpern ihrer Armreife ist wie ihr Lachen: hoch und zart, ein Wasserfall aus Noten. Sie hat die perfekten Haare, und das wird auch so bleiben.

Als wir in der Vorschule waren, begannen Maria Fabiola und ich, unseren Schulweg gemeinsam mit ein paar älteren Mädchen von der Spragg zu gehen. Diese Mädchen holten erst Maria Fabiola ab, die hoch über China Beach wohnt, und dann liefen sie den kurvigen El Camino del Mar hinauf, um mich einzusammeln. Zusammen liefen wir auf dem breiten glatten Asphalt, um ein weiteres Mädchen abzuholen, das in dem Haus wohnt, das wie ein Schloss aussieht (es hat ein Türmchen), und dann ging es weiter zur Schule. Die älteren Mädchen gaben uns ihr Häuserwissen weiter, und das kombinieren wir mit den Informationen, die wir von unseren Eltern haben: Als wir dann die älteren Mädchen auf der Spragg werden, bringen wir den jüngeren Mädchen bei, wer wo wohnt, welche der Gärtner pervers sind. Von der Vorschule bis zur Vierten tragen wir grüne Karopullover über weißen Blusen mit Bubikragen. Von der Fünften bis zur Achten tragen wir exakt knielange blaue Faltenröcke und weiße Matrosenblusen. Es sind die durchsichtigen weißen Blusen, die den Gärtnern Bemerkungen entlocken. »Ihr seid gar nicht mehr so klein«, sagen sie und starren uns auf die Brust.

Seit wir dreizehn sind, laufen Maria Fabiola und ich mit zwei anderen Mädchen zur Schule: Julia und Faith. Julia wohnte früher ein paar Häuser weiter in meiner Straße in einem Haus, das aussah, als könnte es ins Meer stürzen. Ihre Mutter war professionelle Eiskunstläuferin und hat eine Wand voller Medaillen, deshalb macht Julia auch Eiskunstlauf. Julia hat schulterlange hellbraune Haare, die in der Sonne blond aussehen, und blaue Augen, die man unbedingt »kobaltblau« nennen muss. Sie war kurz mit einem

Jungen aus Pacific Heights zusammen, bis sie ihn eines Abends am Telefon fragte, welche Augenfarbe sie hätte, und er »Blau« sagte, und dann konnte er einpacken. Julias Halbschwester Gentle ist siebzehn. Sie ist die Tochter von Julias Vater und seiner ersten Frau, die ein Hippie war. Dann wurde Julias Vater reich, und die erste Frau konnte die Heuchelei nicht ertragen, also verließ sie ihn und Gentle und zog nach Indien. Da heiratete Gentles Vater dann die Eiskunstläuferin.

Julia hat es schwer mit einer Halbschwester wie Gentle. Gentle war früher auf der Spragg School for Girls, bis sie von der Schule flog. Jetzt ist sie auf der Grant, der öffentlichen Highschool, womit sie die einzige unserer Bekannten ist, die auf diese Schule geht. Die Grant-Schüler sehen riesig aus, und ihre Mäntel sind enorm. Sie zeigen Polizisten und sogar Feuerwehrleuten den Finger. Früher hat sie mich und Svea manchmal gebabysittet, bis meine Eltern dahinterkamen, dass sie mir eines Abends, als ich elf und sie fünfzehn war, das Rauchen beibrachte.

Gentle hat lange, verfilzte, aschblonde Haare und trägt Schlaghosen. Früher hatte sie Hippiefreunde, aber jetzt sehen wir sie meistens allein. Sie ist oft betrunken, bekifft oder auf Acid. Einmal waren wir auf dem Spielplatz am Golfplatz neben der Spragg und sahen, wie sich eine Gruppe formte und über irgendwas lachte. Julia, Maria Fabiola und ich gingen hin, um zu gucken, und da war Gentle, die nackt am Klettergerüst hing. Julia war stinksauer. Sie rannte nach Hause, um ihrer Mutter Bescheid zu sagen, und kam am nächsten Tag nicht in die Schule.

Nach einem Firmenskandal, der sogar auf der Titelseite

des *Chronicle* war, musste Julias Familie in ein kleines Haus am anderen Ende der California Street ziehen, jenseits der Grenze zu Sea Cliff. Angeblich sollten sie nur so lange dort wohnen, wie an ihrem eigentlichen Haus gebaut wurde, aber ich habe dort nie Bauleute gesehen und zufällig mitbekommen, wie mein Vater zu meiner Mutter sagte, er habe in einem Immobilienreport gelesen, das Haus sei verkauft worden. Jetzt haben sie keinen Meeresblick mehr. Jetzt benutzen sie die Garage als Gästezimmer und parken auf der Straße. Wegen des Skandals und der Umzieherei haben wir Mitleid mit Julia, aber vor allem haben wir Mitleid mit ihr, weil niemand gern jemanden wie Gentle als Halbschwester hätte. Meine Mutter sagt, sie habe großen Respekt vor Julias Mutter, denn es müsse unglaublich anstrengend sein als Stiefmutter eines so verstörten Mädchens. Die ganze Musik, die Gentle gut findet, handelt von Drogen. Oder die Bands nehmen Drogen oder sehen aus, als würden sie Drogen nehmen. Alles an Gentle ist schmuddelig und ungewaschen, aber das hier sind die Achtziger, und die Achtziger sind sauber, und die Farben sind leuchtend und klar voneinander abgetrennt.

Dann ist da noch Faith. Sie ist eine von uns. Faith ist letztes Jahr in der siebten Klasse nach San Francisco gezogen und wohnt auf der Sea View Terrace in einem Haus, das sich über den ganzen Block zieht. Sie hat lange rote Haare, und an manchen Tagen sieht sie damit aus wie Anne of Green Gables und an anderen wie Pippi Langstrumpf. Sie ist Torwart in der Fußballmannschaft, und wenn sie nach dem Ball hechtet, wallen ihre Haare hinter ihr her wie eine Flagge. Sie hat so etwas an sich, als wüsste sie, dass sie was Besonderes ist, vielleicht liegt's aber auch daran, dass sie berühmten literarischen Figuren ähnelt, oder daran, dass sie adoptiert wurde. Ihr Vater ist viel jünger als ihre Mutter. Sie hatten mal eine Tochter, aber die Tochter starb, also haben sie ersatzweise Faith adoptiert. Die tote Tochter hieß auch Faith, was ich seltsam und Julia grauenerregend findet, weil »grauenerregend« ihr Lieblingswort ist.

Aber Faith macht sich nichts draus, dass sie nach der toten Tochter benannt wurde. Sie sagt sogar, manchmal fühle sie sich wie zwanzig, weil die ursprüngliche Faith sieben wurde und Faith jetzt dreizehn ist. Ich weiß nicht, wie Faiths Mutter war, bevor die ursprüngliche Faith starb, aber jetzt tut sie, als wäre das Leben ein großes kaputtes Auto, das sie irgendwie die Straße entlangschieben muss. Sie geht, als stemmte sie sich einem Sturm entgegen, selbst bei schönstem Sonnenschein.

Diese Straßen von Sea Cliff gehören uns – Maria Fabiola, Faith, Julia und mir –, aber Maria Fabiola und ich kennen die Strände am besten. Vielleicht, weil unsere Häuser direkt am Meer liegen. Das Haus ihrer Eltern liegt über China Beach, und unseres liegt ein Stück weiter oben – vier Minuten zu Fuß.

Wir nehmen die Jungs von Sea View Terrace mit zum Strand und erkennen erst unter ihren Blicken, wie geschickt wir sind. Wir spüren unsere Macht, wenn wir auf Händen und Füßen über die Klippen hasten – wir kennen alle Spalten und Nischen, die glatten Gefälle und die schroffen Flächen. Gäbe es eine olympische Disziplin für das Erklimmen dieser Klippen, wären wir dabei; wir klettern, als wären wir im Training. Nach einem Nachmittag am Strand sind unsere Fingerkuppen rau, und unsere Handflächen riechen nach feuchtem Fels, und die Jungs sind hingerissen.

China Beach grenzt an einen größeren Strand namens Baker Beach, und die beiden Strände sind durch einen Felsvorsprung voneinander getrennt, aber Maria Fabiola und ich wissen, wie man bei Ebbe zwischen den Stränden hin- und herwechselt. Wir können das Meer deuten, wissen, wie man die rutschigen Felsen überquert, sodass wir es bei richtigem Timing, wenn das Meer seine Wellen einzuatmen beginnt, mit einer Kombination aus Klettern und Rennen bis Baker Beach schaffen. Einmal, auf einem Schulausflug zu China Beach, sahen wir, dass der Wasserstand niedrig genug war, um loszusprinten und den Felsvorsprung zu umrunden und Baker Beach sicher zu erreichen. Ein paar Mitschülerinnen folgten uns. Als unsere Lehrerinnen uns zurückriefen, stimmten Maria Fabiola und ich uns mit den Wellen ab und rannten los. Unsere Mitschülerinnen aber kannten den Strand nicht so wie wir, zögerten zu lange und saßen dann auf der anderen Seite fest. Unter den Lehrern brach Panik aus. Wir beruhigten sie. Wir kletterten über die Klippe, nahmen unsere Mitschülerinnen an den Händen, beobachteten das Meer und führten sie zurück zu China Beach. Wir versuchten, bescheiden zu bleiben, aber wir waren Heldinnen.

2

Seit der Vorschule auf Spragg sind Maria Fabiola und ich beste Freundinnen, und fast jedes Jahr kommen wir in Parallelklassen. Getrennt voneinander sind wir brave Mädchen. Wir benehmen uns. Zusammen aber entsteht irgendeine seltsame Alchemie, und wir werden zur Gefahr. Das passiert, wenn wir in der Schule sind, und es passiert, wenn wir nicht in der Schule sind. Letztes Jahr gab es Ärger mit meinen Eltern und unseren Nachbarn, weil ich in einer Sache, die mit ihr zu tun hatte, gelogen habe. Maria Fabiola und ich verkauften Limonade. Bei mir vor dem Haus kamen nicht viele Kunden vorbei, also zogen wir mit dem Stand an eine Straßenecke vor ein größeres Haus. Da hielt ein Chevy voller Teenagerjungs, und der Junge im Beifahrersitz beugte sich aus dem Fenster und sprach uns an. »Wenn das euer Haus ist, können wir euch dann heiraten, wenn ihr älter seid?«

Maria Fabiola und ich tauschten einen Blick und lachten. Wir stellten ihre Vermutung nicht richtig.

»Das heißt also ja«, sagte der Junge. Während sie davonfuhren, brüllte er aus dem Fenster: »Wir kommen zurück!« Für manche mochte das wie eine Drohung klingen, aber für uns war es eine Verheißung.

Mrs Sheridan, eine Nachbarin, die ich schon fast mein

ganzes Leben lang kannte, war unsere erste Kundin. »Na, was haben wir denn hier Schönes, Eulabee?«

»Limonade«, sagte ich und zeigte auf das Schild, auf dem »Limonade« stand.

Sie kaufte einen Becher, den sie auf der Stelle austrank, und dann kaufte sie einen zweiten. »Und wer bist du?«, fragte sie Maria Fabiola.

»Maria Fabiola.«

Eigentlich hätte Mrs Sheridan sie erkennen müssen, dachte ich, wo sie doch ständig bei uns zu Hause war, aber anscheinend nicht. Ihr Nichterkennen Maria Fabiolas brachte mich dazu, meine Freundin mit anderen Augen zu sehen. Und zum ersten Mal sah ich das, was offenbar alle anderen sahen: Sie war nicht mehr die, die sie mal gewesen war. Ihre einst glatten Haare waren wellig geworden. Ihr Körper war aufgegangen, der Stoff ihres Oberteils spannte, die Hintertaschen ihrer Jeans ebenso, sodass die Taschen jetzt in einem Winkel zueinander nach innen zeigten. Die Lüge flog mir aus dem Mund, eine Erfindung, um die wachsende Distanz zwischen uns zu überbrücken. »Maria Fabiola ist nicht nur meine Freundin«, sagte ich zu Mrs Sheridan. »Meine Eltern haben sie vor Kurzem adoptiert. Sie ist meine neue Schwester.«

Mrs Sheridan, die ein großes Kreuz an einer dünnen Kette um den Hals trug, hielt das für eine wunderbare Neuigkeit. Ich sowieso. Was Maria Fabiola von meiner Lüge hielt, war erst mal schwer zu sagen – ihre vollen Lippen hatten sich zu einem Schmollen zusammengezogen –, aber sie begann, meine Geschichte zu wiederholen und dann anzunehmen, und das machte mich froh. Wir gingen den Block auf und ab, klingelten und klopften mit den Türklopfern, und ich stellte Maria Fabiola sämtlichen Nachbarn als meine neue Adoptivschwester vor.

Wir klingelten noch hier und da, und fast überall ging jemand an die Tür. Musste in Sea Cliff denn kein Mensch arbeiten? Jeder Nachbar akzeptierte unsere Lüge als Wahrheit. Die Leichtigkeit der Täuschung machte das Lügen weniger lustig, also ließen wir es sein und gingen zurück zu mir nach Hause, um was zu essen. Wir machten uns Selleriestangen mit Erdnussbutter und Rosinen.

»Ich wusste gar nicht, dass du so gut lügen kannst«, sagte Maria Fabiola. Sie schien mich plötzlich anders einzuschätzen.

»Ich auch nicht«, sagte ich.

Schweigend aßen wir weiter, zu hören war nur das Knacken des Sellerie.

Maria Fabiolas Mutter kam in ihrem schwarzen Volvo, um Maria Fabiola abzuholen. Sie hatte dunkle Haare und trug eine große Sonnenbrille, die so lichtundurchlässig war, dass es manchmal schien, als hätte sie Schwierigkeiten, überhaupt was durch sie zu sehen. Immer wieder schob sie die Brille für eine bessere Sicht in die Stirn, nur um sie gleich wieder über die Augen fallen zu lassen, als wäre sie enttäuscht vom wahren Anblick der Dinge. Sie schnappte sich Maria Fabiola und fuhr mit ihr davon. Ich konnte nur hoffen, dass sie niemand hatte wegfahren sehen. Maria Fabiolas Abfahrt passte so gar nicht in meine frisch fingierte Familiengeschichte.

Es dauerte nicht lange, da begann das Telefon zu klingeln. Die Nachbarn riefen an, um meine Eltern zu unserem neuen Familienmitglied zu beglückwünschen und zu fragen, ob wir Hilfe bräuchten bei der Eingewöhnung. Abgelegte Kleidung, Essen, egal was.

Während der Telefonate waren meine Eltern sehr aufmerksam und fasziniert. Ich konnte ihre Gesichter nicht sehen, weil ich mich in der Flurgarderobe versteckt hatte, im langen Waschbärmantel meiner Mutter. Ich kannte jede Faser seines Innenlebens. Das Futter hatte ein kompliziertes Muster in Braun, Schwarz und Weiß, und an einer versteckten Stelle war das Monogramm meiner Mutter eingestickt – G.S. Würde der Mantel jemals gestohlen, wurde mir erklärt, wäre sie dank des Monogramms in der Lage, ihn als ihr Eigentum auszuweisen, wobei mir nie erklärt wurde, warum überhaupt jemand den Mantel stehlen wollen würde, zumal ich meine Mutter außerhalb des Hauses nie darin gesehen hatte – auch nicht innerhalb des Hauses. Nicht einmal der Waschbärmantel konnte die Stimmen meiner Eltern dämpfen; ich hörte, dass sie verdattert waren und verärgert. Die Garderobentür ging auf. Seit meiner Kindheit versteckte ich mich in dem langen Waschbärmantel, also war es im Grunde kein sehr gutes Versteck. Fünf Minuten später nahm ich denselben Weg zurück durch unser Viertel, drückte kalte Klingelknöpfe und entschuldigte mich unter strengen Blicken.

3

Eines Tages im September kommt mein Vater nach Hause und erzählt, dass bei Joseph & Joseph eine Episode einer mir unbekannten Fernsehserie gedreht werden soll. Joseph & Joseph ist seine Kunst- und Antiquitätengalerie, sie liegt auf der anderen Seite der Stadt. Mein Vater heißt Joseph, und als er sich das Logo ausdachte, wollte er unbedingt ein Und-Zeichen haben, weil er fand, es mache mehr her. Einzige Erschwernis: Er hatte keinen Partner, also hat er einfach seinen Namen verdoppelt. Jetzt wird eine Episode einer nicht sonderlich bekannten Krimiserie in der Galerie gedreht, und mein Vater hat Svea, meine Freundinnen und mich gefragt, ob wir nicht Lust hätten, im Einspieler zu sein. Ich weiß nicht, was ein Einspieler ist, aber ich rufe Maria Fabiola, Faith und Julia an, und wir planen, was wir anziehen. Wir sind enttäuscht, als wir von der zuständigen Person erfahren, dass wir unsere Schuluniformen tragen sollen.

Die Galerie meines Vaters liegt in South of Market. Er fand dort einen kleinen Block, der ihm gefiel, und ging von Tür zu Tür und bot den Hauseigentümern Geld an. Ein paar der Eigentümer kannten meinen Vater von früher, als er noch ein Junge war und Zeitungen austrug. Sie nahmen das Angebot gern an; sie waren froh, da wegzukommen.

Dann gründete mein Vater Joseph & Joseph. Die Galerie hat sich nicht sehr auf die Gegend ausgewirkt – draußen vor den großen Fenstertüren sitzen Männer und trinken aus der Flasche. Aber wenn man Joseph & Joseph erst mal betritt, hat man das Gefühl, in einem riesigen Puppenhaus zu sein.

Zwei Etagen des Gebäudes stehen voller Antiquitäten. Es gibt außerdem einen Auktionsraum, der oft für Partys angemietet wird. Mein Vater hat Fotos von sich mit O. J. Simpson, mit der Bürgermeisterin Dianne Feinstein. Auf dem Foto kann ich ihre schönen Beine sehen. Die Beine von Dianne Feinstein sind ziemlich oft Thema bei meinem Vater. Einmal beschrieb er sie und sagte danach »Junge, Junge«.

Mein liebster Gegenstand in der Galerie ist ein chinesischer Gewürzschrank. Er ist fast zwei Meter hoch und einen Meter breit und hat zweiundvierzig Schubladen, die tief und lang sind. Ich liebe es, eine Schublade aufzuziehen, einzuatmen und zu raten, welches Gewürz mal in der Schublade war. Dann schließe ich sie und mache die nächste auf. Es ist wie eine Bibliothek mit einem Zettelkasten für Gerüche.

Mein Vater hat eine Sekretärin namens Arlene. Arlene ist die Schwester vom besten Freund meines Vaters aus der Kindheit in der kleinen Straße. Mein Vater ist seinen Freunden aus der Gegend treu geblieben. Arlenes Haare sind so lang, dass sie ihr bis über den Gürtel fallen, und sie hat eine Vorliebe für Schluppenblusen und weinrote Hosen. Sie kann manchmal sehr schlecht gelaunt sein, und ich weiß, dass sie dann ihre Tage hat. Das erfuhr ich erstmals von meinem Vater, und ich finde es schrecklich, dass er es weiß. Ich finde es schrecklich, dass ich es weiß. Ich habe eine

Tabelle in meinem Terminkalender, wo ich mir notiere, wann sie mir gegenüber in Person oder am Telefon schlecht gelaunt ist, und ja: Alle vier Wochen ist sie gereizt.

Ansonsten ist sie lieb und aufmerksam. Sie gibt mir Baby-Aspirin, wenn ich Kopfschmerzen habe, und ich darf all die Antiquitäten anfassen, sogar den marmornen Zimmerspringbrunnen mit dem nackten Engel, der gefährlich obenauf balanciert. Das Wasser schießt aus seinem Mund, als würde er sich übergeben.

Am Tag des Drehs fährt meine Mutter Svea, Maria Fabiola, Faith, Julia und mich nach der Schule zur Galerie. Sie hat mir eine neue, frisch gebügelte Uniform mitgebracht, doch das ist mir peinlich, also ziehe ich mich nicht um. Aber Maria Fabiola, die sich an dem Tag mittags die Uniform mit Senf bekleckert hat, meint, sie würde sie sich gerne ausborgen.

Als wir zur Galerie kommen, steht das halbe Mobiliar woanders, um Platz zu machen für Licht und Kamera. Mein Gewürzschrank wurde nicht angerührt. Arlene hat ihre Haare geglättet, sodass sie heute ungewöhnlich seidig sind, und mein Vater trägt seine silberne Krawatte, seine beste, obwohl er gar nicht gefilmt wird.

Maria Fabiola nimmt den Kleiderbügel mit meinem frisch gebügelten blauen Uniformrock und der weißen Matrosenbluse und zieht sich in der Toilette um. Als sie wieder auftaucht, kann ich nicht anders, als hinzustarren. Die Bluse, die bei mir locker sitzt, spannt bei ihr über der Brust. Meist trage ich ein weißes T-Shirt unter meiner Bluse, aber sie nicht. Und auch keinen BH.

Der Regisseur, der überhaupt nicht gut gekleidet ist und

keinen Regiestuhl hat (sehr enttäuschend), sagt zu uns, es sei Zeit für den Einspieler. Wir gehen hinaus und sehen, dass draußen vor dem Gebäude eine Kamera aufgebaut worden ist. Faith, Julia, Svea, Maria Fabiola und ich sollen an der Galerie entlang vorbeihüpfen, als kämen wir gerade aus der Schule und wären auf dem Weg nach Hause. Ich begreife, dass wir deshalb unsere Uniformen tragen sollten, damit das Ganze so aussieht, als läge die Galerie in einem wohlhabenden Teil der Stadt, wo es Privatschulen gibt. Die Wirklichkeit sieht aber so aus, dass es im Umkreis von Joseph & Joseph keine Privatschulen gibt, die fußläufig zu erreichen wären.

Wir hüpfen vor dem Eingangsbereich in eine Richtung. Dann gehen wir zurück zum Ausgangspunkt und hüpfen noch mal los. Nach dem dritten Take sagt der Regisseur etwas zu einer Assistentin, und die Assistentin sagt etwas zu meinem Vater, und dann flüstert mein Vater meiner Mutter etwas zu. Ich beobachte, wie sich ihre Münder bewegen, kann aber nicht ausmachen, was sie sagen. Schließlich kommt meine Mutter rüber zu mir und meinen Freundinnen. »Diesmal, Mädchen, versuchen wir's mal ohne Hüpfen. Ach, und Maria Fabiola, der Regisseur möchte nicht, dass alle so gleich aussehen. Kannst du dir deinen Uniformpullover überziehen?« Maria Fabiola folgt den Anweisungen, und dann gehen wir noch zwei Mal an der Galerie vorbei.

»Und … Cut!«, ruft der Regisseur. Er hat zwar kein Megafon, dennoch finden meine Freundinnen und ich es aufregend, dass er offizielle Filmausdrücke benutzt.

Man dankt uns, und wir erfahren, dass diese Episode der

Sendung erst in ein paar Monaten ausgestrahlt werde, aber nicht mal diese Verzögerung kann uns die Laune verderben. Meine Mutter fährt uns nach Hause, und wir sind alle völlig aufgekratzt, einschließlich Svea, die glücklich ist, weil sie von all meinen Freundinnen beachtet wird und sogar von Faith ihre schönen Haare geflochten bekommt.

Abends in der Küche frage ich meine Mutter, was das Geflüster am Set zu bedeuten gehabt habe. »Ach, das«, sagt meine Mutter. »Weiß ich gar nicht mehr.«

»Weißt du wohl«, sage ich.

»Na ja, erzähl's deinen Freundinnen nicht weiter, aber der Regisseur war der Meinung, dass Maria Fabiolas Erscheinung etwas abgelenkt hat.«

»Etwas abgelenkt?«

»Das war sein Wortlaut«, sagt meine Mutter.

»Ah«, sage ich und versuche, lässig zu tun.

Später am Abend halte ich mit Julia und Maria Fabiola eine Telefonkonferenz ab und teile ihnen mit, dass der Regisseur Maria Fabiola als »ablenkend« bezeichnet habe.

Maria Fabiola lacht los, und ich lache mit. Julia schweigt und versucht, so zu tun, als wäre sie nicht im Geringsten eifersüchtig.

»Tut mir leid, dass ich vorhin nicht mitgelacht habe«, sagt Julia, »aber ich war *abgelenkt*.«

Ich höre Maria Fabiolas Armreife klimpern, und ich weiß, sie fährt sich gerade mit den Fingern durch ihre langen, langen Haare.

4

An dem Abend, als ihr Vater sich umbringt, bin ich bei Faith zu Hause. Alle vier waren wir da. Es ist Faiths Geburtstag, und wir gehen ins Alexandria Theatre auf dem Geary Boulevard, um uns *The Breakfast Club* anzusehen. Wir gucken den Film mit gespannter Aufmerksamkeit und Entzücken. Als wir aus dem Kino kommen, sind wir im Rausch. *»Don't you forget about me«*, sagen wir immer wieder zueinander. Wir wollen von allen Jungs aus dem Film beachtet werden. Wir wollen verlangen. Wir wollen lieben. Wir wollen nach Liebe verlangen. Wir stehen an der Schwelle, richtige Freunde zu haben, mit ihnen rumzumachen. Wir wissen das. Wir spüren diesen Drang, der durch unsere Körper pulsiert, aber wir können ihn nicht benennen – wir werden nicht Begehren dazu sagen –, wir wissen nicht, wie man diese Sache in Worte fasst, uns selbst und den anderen gegenüber. Und so lachen wir und singen weiter *»Don't you forget about me«*, bis Faiths Mutter vor dem Kino hält, in einem lächerlichen roten Regenmantel, der dadurch noch lächerlicher wirkt, dass es gar nicht regnet. Sie hält ihren Zeigefinger vor die Lippen und sagt: »Shhh.«

Faiths Geburtstagsessen findet bei Al's Place in der Clement Street statt. Faiths Vater, der gut aussehend und mindestens ein Dutzend Jahre jünger als Faiths Mutter ist, kommt nach der Arbeit dazu. Er bestellt ein Steak und das, was man im Fernsehen einen harten Drink nennt. Faiths Mutter bestellt ein Light-Getränk und trinkt es mit einem Strohhalm, den sie nicht ganz erfolgreich aus seiner Papierhülle gelöst hat. Ein weißer Papierfetzen klebt über die halbe Mahlzeit hinweg an ihrer Lippe. Als sie sich kurz entschuldigt, um zur Toilette zu gehen, ordert Faiths Vater den nächsten harten Drink. Faiths Vater stellt uns ein paar Fragen und gibt sich große Mühe, meinen und Julias Namen nicht zu verwechseln. Maria Fabiolas Namen merkt er sich problemlos. Alle merken sich Maria Fabiola. Ihr Aussehen ist in letzter Zeit auf fast verstörende Art fesselnd. Ihr Körper ist noch mehr aufgeblüht, was ihrem Gesicht einen Ausdruck dauerhaften Staunens verliehen hat, als könne sie ihr Glück selbst kaum fassen.

Nach dem Essen und einem mickrigen Tortenstück fahren wir zurück zu Faith. Faith zeigt uns das Haus, das Maria Fabiola noch nicht von innen kennt. »Echt nicht?«, fragt Julia. »Ich hab sehr viele außerschulische Aktivitäten«, entgegnet Maria Fabiola. Sie und ich haben dieselbe Anzahl außerschulischer Aktivitäten. Wir fingen an, an der Ballettschule Olenska Ballettstunden zu nehmen, als die Pubertät von unseren Körpern Besitz ergriff, uns behäbig machte und unsere Kurven mit Fett beschichtete. Nicht dass unsere Lehrerin, Madame Sonya, große Hoffnungen für uns hat – sie zitiert gern Isadora Duncan, die gesagt hat, amerikanische Körper seien nicht für Ballett geschaffen. Während die Ballettstunden mir selbst nicht viel brachten, haben sie immerhin geholfen, Maria Fabiolas Figur zu formen. Zusätzlich zum Ballett gehen wir jeden zweiten Mittwoch in die Tanzschule. Alle auf der Spragg gehen in die Tanzschule, weil man da die Jungs von den Jungenschulen trifft.

Bei Faith zu Hause ist alles im Laura-Ashley-Stil – pastellfarbene Blümchen auf weißen Gardinen, pastellfarbene Blümchen auf Tischdecken, pastellfarbene Blümchen überall. Das Haus ist deutlich größer als ihr früheres in Connecticut, denn ihre Möbel füllen es nicht aus. Das heißt, es ist ein Haus, wo in einem Zimmer nur eine Couch steht und im nächsten nur ein Schreibtisch. Ich weiß, dass Maria Fabiola nicht die komplette Führung bekommt, weil Faiths Eltern zu Hause sind. Die komplette Führung umfasst den Stapel *Playboy,* den ihr Vater in einem Schuhkarton in seinem Kleiderschrank aufbewahrt, zusammen mit einer Pistole – die es laut Faith nur gibt, »um Einbrecher zu erschrecken«. Die komplette Führung umfasst den Haufen armseliger Tagebücher, die ihre Mutter auf ihrer Seite unter dem Bett versteckt. Auf jeder Seite wird aufgelistet, was sie an dem Tag gegessen hat und ob die Menge gut oder schlecht war. In den Tagebüchern steht nichts anderes über ihren Tag als ihr Essverhalten.

Ohne den längeren Aufenthalt im Elternschlafzimmer ist die Führung schnell vorbei. Nach fünf Minuten stehen wir wieder in der Küche und fangen an, Popcorn zu machen. Ich sehe mich um – plötzlich ist Maria Fabiola nicht mehr bei uns. Faiths Mutter bittet uns, schnell zum Eckladen zu laufen und ihr ein Päckchen Virginia Slims zu holen. Sie schickt Faith oft zum Laden, mit Geld und einem Zettel mit der Erlaubnis zum Zigarettenkaufen. »Nicht an meinem Geburtstag!«, ruft Faith. Ihre Mutter greift nach ihrer fleckigen Handtasche mit dem langen abgewetzten Riemen und geht selbst. Das Popcorn essen wir am Ende nicht, weil es angebrannt ist.

Eine kühle Salzwasserbrise weht ins Haus, und wir folgen ihr durch die offene Hintertür in den Garten. Draußen im trüben Licht sehen wir Faiths Vater mit einem Drink in der Hand. Er sitzt auf einer kurzen weißen Bank, von der ich jetzt erkenne, dass sie eine Schaukel ist. Es ist eine Schaukel, wie man sie aus Musicals oder Theaterstücken kennt, die in den Südstaaten spielen. Neben ihm auf der Schaukel sitzt Maria Fabiola.

»Komm, wir fahren Fahrstuhl«, ruft Faith ihr zu.

»Ich unterhalte mich gerade mit deiner Freundin, Faith«, sagt ihr Vater.

»Passen eh nur drei Leute rein«, sagt Faith mit einem vorwurfsvollen Blick auf Maria Fabiola. Julia und ich folgen Faith ins Haus. Die Innendeko des Fahrstuhls besteht aus langen festgetackerten Schleifen. Es sind Farben wie bei Baskin Robbins: Erdbeer, Pistazie, Banane und Mandarine. »Das ist noch vom Vorbesitzer«, erklärt Faith, wobei klar ist, dass die Frivolität flatternder Schleifen dem Naturell ihrer Mutter zutiefst widerspricht, was vielleicht auch der Grund ist, weshalb wir warten mussten, bis sie weg war, um Fahrstuhl zu fahren. Wir fahren die vier Etagen des Hauses rauf und runter, rauf und runter, bis ich klaustrophobisch werde. Als ich im Erdgeschoss aussteige, kommt Maria Fabiola gerade aus dem Garten ins Haus und hat einen Ausdruck im Gesicht, den ich nicht deuten kann.

»Wie war die Fahrstuhlfahrt?«, fragt sie in herablassendem Ton.

»Ehrlich gesagt«, sage ich und sehe sie an, »ist mir ein bisschen schlecht.«

Faiths Mutter kommt nach Hause, und wir vier Mädchen ziehen uns in Faiths Zimmer zurück, wo auch überall Blümchen sind. Ihre Bücher (wirklich wenige und eher für Kinder) stehen viel zu ordentlich zwischen zwei weißen Buchstützen, die Eulen darstellen sollen, aber eher an geschmolzene Monde erinnern. Auf ihrem Fußboden liegt ein runder Flokati, und wir streichen mit den Fingern durch die langen wolkig weißen Fasern, als würden wir Grashalme im Himmel streicheln.

Wir sehen Faiths Jahrbücher von ihrer Schule in Darien, Connecticut, durch. Vor allem sehen wir uns die Jungen an, die in ihrer Klasse waren, und die Jungen, die einen Jahrgang über ihr waren, und bewerten sie auf einer Skala von ein bis vier Sterne. Wir befragen Faith zu den süßer aussehenden – sind sie lustig? Was hören sie für Musik? Spielen sie Lacrosse? –, als würden ihre Antworten uns helfen, festzustellen, ob sie es würdig sind, dass man sich in sie verknallt. So ist das für uns auf einer reinen Mädchenschule in Sea Cliff – die Objekte unserer Zuneigung sind entweder auf eine Kinoleinwand projiziert oder zusammengefasst in einem drei mal drei Zentimeter großen Foto aus einem Schuljahrbuch aus Connecticut. Nachdem wir eine Stunde lang das Jahrbuch durchgeblättert und »Meiner!« gerufen haben, wenn wir einen Jungen gut fanden, klappt Faith mit einer heftigen Bewegung das Jahrbuch zu und stellt es zurück ins Regal neben die seltsame elende Eule.

Als Faiths Mutter sagt, es sei Zeit zum Schlafengehen, ziehen wir uns um. Faith nimmt in ihrem begehbaren Kleiderschrank ein Laura-Ashley-Nachthemd vom Bügel, dann schließt sie die Schranktür, damit sie sich in Ruhe umziehen kann. Julia dreht uns den Rücken zu und schlüpft in ein Eiskunstlauf-T-Shirt mit silbernen Pailletten an den Kufen der Schlittschuhe. Sie lässt beim Schlafen ihren BH an, weil sie glaubt, das sorge für straffe Brüste im Alter. Ich drehe mich in eine andere Ecke, ziehe meinen cremeweißen BH aus und schlüpfe in eine dunkelblaue Schlafanzughose und ein ironisch gemeintes Hello-Kitty-T-Shirt, das hoffentlich auch jeder so versteht. Als ich mich wieder umdrehe, sehe ich, wie Maria Fabiola ihr Oberteil auszieht. Sie hat sich nicht die Mühe gemacht, ihren Körper zu verstecken. Über den Sommer hat sie echte Brüste bekommen, die wie große Eiskugeln aussehen. Ich sehe, dass Julia sich Mühe gibt, nicht hinzustarren. Ich gebe mir Mühe, nicht hinzustarren. Maria Fabiola schlüpft in ein pinkfarbenes T-Shirt, das über der Brust spannt. Auf dem T-Shirt sind zwei Engel, einer blond und einer dunkel, beide mit Sonnenbrille. Ich werde wohl, denke ich, ihren Brustkorb betrachten dürfen, wenn ich lesen will, was unter den Engelsgesichtern steht: »Fiorucci«.

Wir rollen unsere Schlafsäcke auf dem Teppich aus, und jede versucht, ihren Schlafsack neben Maria Fabiolas Schlafsack zu positionieren. Wir sind noch lange wach, unterhalten uns über *The Breakfast Club* und beschließen, wer gern mit welchem Jungen zusammen wäre. Dann kichern wir, bis Faiths Vater brüllt, dass wir leise sein sollen. »*Don't you forget about me*«, flüstern wir einander wiederholt zu, bis wir wie ausgelöschte Kerzen allesamt einschlafen.

Mitten in der Nacht weckt mich ein lautes Kreischen. Es ist so laut, dass ich erst annehme, es kommt von einer meiner Freundinnen. Aber als ich mich aufgesetzt habe, begreife ich, dass es aus einem anderen Zimmer kommt und dass es Faiths Mutter ist, die schreit. Faith springt auf und macht Licht und rennt zum Schlafzimmer ihrer Eltern. Julia, Maria Fabiola und ich sehen uns benommen an. Dann hören wir auch Faith kreischen.

Ihr Vater hat sich erschossen. Der Krankenwagen kommt, und zwei effiziente und bedrohlich wirkende Männer tragen ihn vorsichtig und ruppig zugleich auf einer Trage durchs Haus. Auf der Wendeltreppe knallt die Trage gegen die Wand, dann wird eine Lampe umgeworfen und zerspringt in tausend Stücke, und Faiths Mutter flucht. Faith zieht sich Pullover und Hose über. Sie schnappt sich die Jacke ihrer Mutter aus der Garderobe im Flur. Wir sagen zueinander, dass wir im Weg sind, und ziehen uns in Faiths Zimmer zurück.

Die Haustür fällt so schwer ins Schloss, dass das Haus bebt, die donnernden Schritte der Männer sind verhallt. Wir werfen einen Blick aus dem Zimmer und sehen sofort, dass auch Faith weg ist. Die Sirenen des Krankenwagens verebben in der Nacht, und wir drei Mädchen sitzen erschüttert in Faiths Zimmer, unsere Schlafsäcke liegen reglos am Boden wie abgestreifte Kokons. Maria Fabiola fängt an zu weinen, erst lautlos und bebend. Doch dann beginnen tiefe Schluchzer aus ihr herauszuschwappen, als wären die Zuckungen ihres Körpers die Pumpe an einem Brunnen. Dann gehen die Schluchzer in ein gleichmäßiges Wogen über. Die Dramatik ist überwältigend. Julia und ich rufen unsere Eltern an, und dann rufen wir Maria Fabiolas Eltern für sie an.

Mein Vater trägt noch seinen Anzug, weil er gerade von einer Kunstauktion kommt. Julias Mutter kommt in einer knallengen Kapuzenjacke mit der Aufschrift »Ice Queen«, und Maria Fabiolas Mutter kommt im seidenen Bademantel. Niemand weiß, ob wir gehen und die Haustür schließen sollen. Was, wenn Faiths Mutter keinen Schlüssel hat? Was, wenn Faith zurückkommt und uns braucht? Also sitzen wir gedrängt um den Küchentisch, als spielten wir ein unsichtbares Kartenspiel. Die Mütter wenden sich meinem Vater zu, der ihre Aufmerksamkeit natürlich wahrnimmt. Er beginnt ein Gebet, was er nur selten tut, um alle zu beruhigen. Wir halten uns an den Händen und schließen die Augen. Ich linse hinüber zu meinem Vater und sehe, dass seine Augenlider beim Sprechen des Gebets noch immer geschlossen sind, wogegen Maria Fabiolas und auch Julias Mutter die Augen offen haben und ängstlich in seine Richtung schauen.

5

Nach der Beerdigung (ein erkennbarer Lokalpolitiker in der zweiten Reihe, durchweichte Gurkensandwiches beim Empfang) werden wir vier zu Ausschneidepuppen – wir sind immer zusammen, fest miteinander verbunden. In der Schule spielen wir Foursquare oder Tetherball mit zwei Leuten pro Team. Wir fordern niemanden zum Mitmachen auf, und in Faiths Interesse erlauben die Lehrer, dass wir unter uns bleiben. Bei Faith zu Hause treffen ständig Besucher von der Ostküste ein, um Beileid zu bekunden und Hilfe anzubieten. Als sie abreisen, lassen sie Mahlzeiten in der Tiefkühltruhe zurück, die Faiths Mutter prompt wegschmeißt. Bei Julia zu Hause wird erst ein Mercedes, dann noch einer verkauft. Bei Maria Fabiola zu Hause wird eine neue Alarmanlage eingebaut, nachdem die Überwachungskamera anstößiges Verhalten hinter dem Haus festgehalten hat. Maria Fabiolas Vater weigert sich, seinen Kindern zu sagen, was genau die Überwachungskamera aufgenommen hat.

Bei mir zu Hause geht alles so weiter wie bisher. Meine Mutter fährt früh zur Arbeit – um sechs Uhr morgens radelt sie in ihrer Schwesternuniform zur Frühschicht ins Krankenhaus, damit sie nachmittags bei mir und Svea zu Hause sein kann. Mein Vater macht uns für die Schule fertig und kocht uns Haferbrei, den Svea isst, während sie eine neue Feuerwache zeichnet. Sie sagt, sie wolle später Architektin werden, und sitzt oft mit Lineal und blauem Bleistift über ihren Skizzen.

An einem Morgen wie jedem anderen klingelt Sveas pummelige und missmutige Freundin an der Tür. Sie und Svea ziehen zusammen los – sie laufen den El Camino del Mar direkt hoch zur Schule. Ein paar Minuten später steigt Maria Fabiola die steinernen Stufen hinauf zu unserem Haus. Ich verabschiede mich von meinem Vater, der sich beim Rasieren geschnitten und ein Stück Papiertaschentuch im Gesicht kleben hat. Ich würde ihm gern den Fetzen abpflücken, ihn zum Abschied umarmen, aber meine Freundin guckt zu und wartet. Maria Fabiola und ich verlassen Sea Cliff, um Julia abzuholen.

Julias Mutter öffnet die Tür, und sofort rieche ich irgendetwas Angebranntes. Julias Mutter scheint zu bemerken, wie ich schnuppere. »Gentle hat neue Räucherkerzen mitgebracht«, sagt sie und lächelt mich und dann Maria Fabiola an. »Ich hab eine Idee«, sagt sie, als Julia zur Tür kommt. »Lasst uns ein Foto von euch Mädchen machen.« Sie holt ihre Kamera, und wir stellen uns auf, Maria Fabiola in der Mitte. Julia und ich tauschen einen Blick aus, als der Verschluss zuklappt. Wir wissen beide, dass Maria Fabiolas neueste Verwandlung von normaler zu überirdischer Schönheit jeden dazu inspiriert, diese Schönheit einfangen zu wollen.

»Ihr Mädchen seht toll aus«, sagt Julias Mutter, ohne mich anzuschauen.

»Mach's gut, Mom«, sagt Julia und schließt die Tür. Die

frische Luft tut gut. Wir ziehen weiter zu Faith. Faith wohnt anderthalb Blocks von der Schule entfernt, aber wir holen sie trotzdem jeden Morgen ab. Wir tun alles für Faith.

»Was meint ihr, wird Faiths Mutter jemals wieder heiraten?«, fragt Maria Fabiola, und ihre Armreife klimpern, während sie ihren Rucksack auf die andere Schulter verlagert.

»Meine Eltern glauben, sie sei zu unscheinbar, um noch mal jemanden zu finden«, sagt Julia sachlich. »Und meine Mutter ist die zweite Frau meines Vaters, die können ein Lied davon singen.«

»Es ist bestimmt noch viel zu früh, um sich nach jemand Neuem umzusehen«, sage ich mit fester Stimme, als wäre ich Expertin auf dem Gebiet.

»Vielleicht könnten wir ihr bei ihren Outfits helfen«, sagt Julia. »Sie braucht dringend neue Klamotten.«

»Aber echt«, sagt Maria Fabiola. »Außerdem, findet ihr nicht, dass die Lehrer ziemlich viel durchgehen lassen bei Faith?«

»Klar tun sie das«, sage ich. »Gehört sich ja auch.«

»Ich hab ne Cousine«, sagt Julia, »und die hat gesagt, bei ihr auf dem College gibt's eine Regel – wenn deine Mitbewohnerin stirbt, kriegst du automatisch in dem Semester Bestnoten für alles.«

»Das ist aber keine sehr gute Regel«, sagt Maria Fabiola. »Wär das nicht ein Anreiz, seine Mitbewohnerin in den Selbstmord zu treiben?«

Wir überqueren die Straße und kommen an einem altmodischen weißen Auto vorbei, das am Straßenrand parkt. Wir bemerken einen Mann in dem Auto. Das Fenster ist runtergekurbelt, und der Mann, der älter ist als wir, aber jünger als unsere Väter, fragt uns nach der Uhrzeit.

Ich schaue auf meine Swatch-Uhr – wieso tickt sie so laut? – und sage, es sei kurz nach acht Uhr morgens.

»Danke«, sagt er. »Ich dachte, es wär schon später.« Meine Freundinnen und ich gehen weiter.

»Habt ihr das gesehen?«, fragt Maria Fabiola.

Julia sieht Maria Fabiola zögerlich an. »Ja«, sagt sie. Dann: »Ja!«

»Was?«, frage ich.

»Der hat sich angefasst«, sagt Maria Fabiola.

Julia wirft Maria Fabiola einen kurzen Blick zu. »Ja. Das stimmt.«

»Was?«, frage ich.

»Hast du's nicht gesehen?«, fragt Julia.

»Er hat ihn die ganze Zeit gestreichelt«, sagt Maria Fabiola.

»Wen gestreichelt?«, sage ich.

»Seinen PENIS! Und er hat gesagt, er hält später nach uns Ausschau!«, sagt Maria Fabiola.

»Ja, später, hat er gesagt, bis später!«, fügt Julia eilig hinzu.

Wir kommen zu dem Haus, wo Faith wohnt – zwei Blocks entfernt von der Stelle mit dem Auto –, und Maria Fabiola und Julia erzählen Faith ihre Version des Geschehens. Julia wiederholt, was Maria Fabiola gesagt hat, und Maria Fabiola baut neue Details ein. Faith stößt ein Kreischen aus, eine Mischung aus Entzücken und Entsetzen.

»Das gibt *den* Skandal«, sagt Maria Fabiola.

»Ich schwöre, ich hab nichts Seltsames gesehen«, sage ich.

»Ach, für dich ist das was ganz Normales?«, sagt Julia. »Penisstreicheln in weißen Autos?« Maria Fabiola lacht.

Meine Freundinnen ziehen mich auf, weil ich nichts gesehen und nichts gehört habe, und dann werde ich plötzlich ignoriert. Sogar Faith, die bei dem fraglichen Vorfall gar nicht anwesend war, fühlt sich angegriffen. Getrieben von begeisterter Entrüstung rennen meine drei Freundinnen voraus zur Schule.

Ich trödle hinterher und bleibe dann stehen. Ich habe das Gefühl, ich bin auf einem Boot, das sich im Wind zur Seite neigt – es muss schnell jemand auf die andere Seite, um das Gewicht auszutarieren. Maria Fabiola hat die Lüge in die Welt gesetzt, Julia hat ihr alles nachgeplappert, und jetzt glaubt Faith den beiden. Den letzten Block laufe ich allein zur Schule.

Kurz nachdem ich in der Schule angekommen bin, erfahre ich von meinem Klassenlehrer, dass ich zu Mr Makepeace ins Büro kommen soll. Mr Makepeace – er heißt wirklich so – ist unser Schuldirektor und kommt aus England. Sein britischer Akzent und seine gerahmten Abschlusszeugnisse aus Cambridge wirken auf Eltern immer sehr beruhigend. Ich musste noch nie zu ihm ins Büro.

Ich überquere den ganzen Campus, vorbei an den diversen Klassenzimmern, in denen ich über die Jahre schon gesessen habe. Ich gehe vorbei an der Statue von Ms Spragg, der wohlhabenden Frau und Namensgeberin unserer Schule. Sie war hübsch, vorausgesetzt, die Statue ist realitätsgetreu, und ihre Schönheit ist nicht unbemerkt geblieben. Die Statue ist aus Bronze, und ihre Brüste und die rechte Hand sind vom vielen Anfassen glatt poliert und silbrig.

Ich gehe vorbei an den Büschen, wo Schmetterlinge flattern und fressen. Manchmal fangen wir sie kurz in Gläsern ein, um sie später wieder freizulassen. Manchmal warten wir zu lange mit der Befreiung und stellen fest, dass sie tot sind. Wir kennen die Namen der Mädchen, die die Schmetterlinge zu lange in den Gläsern behalten, und wir haben keine Ahnung, was wir mit diesem Wissen anfangen sollen.

Ich bin eine sehr gute Schülerin mit einer finsteren Seite, und ich bin nicht sicher, wie viel Mr Makepeace von dieser finsteren Seite weiß. Ich frage mich, ob unser Direktor weiß, dass ich gelegentlich mitzähle, wie oft Mr Robinson, der neue australische Sportlehrer, »Verstanden?« sagt, wenn er die Regeln eines Spiels erklärt. Wenn Mr Robinson dann fertig ist mit dem Erklären und wissen will, ob wir Fragen haben, melde ich mich und sage: »Ist Ihnen klar, dass Sie gerade einunddreißig Mal ›Verstanden‹ gesagt haben?« Da rastet er aus und hält mir vor der ganzen Klasse einen Vortrag: »Komm mir nie wieder auf die Idee, mitzuzählen, wie oft ich irgendein Wort benutze. Verstanden?« Meine Mitschülerinnen lachen sich krank, und er rastet noch mehr aus.

Die Sekretärin von Mr Makepeace, Ms Patel – die Mutter der einzigen zwei indischen Mädchen auf der Schule –, steht auf, als ich das Sekretariat betrete, und sagt: »Guten Morgen, Eulabee.« Meist nennt sie mich »Eula« oder »Bee«, aber heute ist sie förmlich und bittet mich, Platz zu nehmen und zu warten, bis ich dran bin. Maria Fabiola kommt aus Mr Makepeace' Büro und strahlt wie eine Opernsängerin, die gerade stehende Ovationen bekommen hat. »Halt dich an die Story«, flüstert mir Maria Fabiola ins Ohr, bevor

Ms Patel sie zurück in den Unterricht schickt. Dann führt mich Ms Patel in Mr Makepeace' Büro, wo ein großes Foto seiner drei Söhne in Schuluniform zu sehen ist. Es stinkt nach Zigarre, wobei ich Mr Makepeace noch nie habe rauchen sehen. Zwei Polizisten sitzen leicht gequält in den Stühlen, die typischerweise für Eltern neuer Schülerinnen reserviert sind oder für Eltern, denen man gerade mitteilt, dass ihre Tochter anderswo besser aufgehoben wäre. Es sind Übergangsstühle.

Ich werde den Polizisten vorgestellt, und sie bitten mich zu beschreiben, was am Morgen passiert ist. Ich erzähle ihnen, wir seien zur Schule gelaufen wie jeden Morgen. Ich erzähle ihnen genau, wo das Auto gestanden hat. Einer der Polizisten macht sich Notizen in ein kleines Notizbuch. Dann fragen sie mich, was mit dem Mann gewesen sei.

»Er hat uns nach der Uhrzeit gefragt«, sage ich.

»Und dann?«

»Ich hab ihm die Uhrzeit gesagt. Es war kurz nach acht.«

»Was hat er gesagt?«

»Er hat gesagt, er dachte, es wäre schon später.«

»Er dachte, es wäre schon später? Das hat er gesagt?«

»Ja.«

»Hat er angedeutet, er werde später nach dir oder deinen Freundinnnen Ausschau halten?«

»Nein.«

»Hat er irgendetwas Unangemessenes getan?«

»Ich hab nichts Unangemessenes gesehen.«

»Nichts?«

»Nichts.«

»Wie sah das Auto aus?«

»Es war weiß, altmodisch. Das Fenster war offen.«

»War die Tür offen?«

»Die Tür war zu.«

»Was ist passiert, nachdem du ihm die Uhrzeit gesagt hast?«

»Wir haben uns umgedreht und sind weiter zur Schule gelaufen.«

»Und das war's?«

»Da meinten meine Freundinnen auf einmal, sie hätten was gesehen. Aber ich war durcheinander.«

»Warum warst du durcheinander?«

»Weil ich nichts gesehen habe.«

Der Direktor dankt mir, die Polizisten danken mir. Ich frage mich, ob sie enttäuscht oder erleichtert sind.

Ich verlasse den Raum mit dem Zigarrenrauch, der jetzt in meinen Haaren hängt. Im Vorzimmer wartet Julia, die gleich hineingerufen wird. Anstatt ihrem Blick zu begegnen, starre ich auf ihre weißen K-Swiss-Sneaker.

An dem Abend erkundigen sich meine Eltern nach dem Vorfall. Die Schule hat sie natürlich angerufen. Mr Makepeace hat ihnen erzählt, die Polizei werde die Sache nicht weiterverfolgen. Er und die Polizei glauben meiner Version der Ereignisse von heute Morgen.

Sie glauben *mir*.

6

Meine Mutter geht an diesem Abend nicht zum Aerobic. Ich weiß, wenn sie nicht zum Aerobic geht, ist die Lage ernst. Ich habe sie ein paarmal in die Turnhalle einer Mittelschule auf dem Arguello Boulevard begleitet und war verwundert, wie viele Freundinnen sie in der Gruppe hatte. Eine muskulöse Frau mit befestigtem Mikrofon tanzte energiegeladen auf einer Bühne, während fast hundert Frauen in allen Größen ihr zusahen und ihre Bewegungen nachmachten. Die Frauen trugen Turnanzüge mit Leggings drunter, und am Ende der Stunde ließen sie sich auf den staubigen Boden fallen und machten Beinübungen. Ich sah, dass die Frauen Schweißflecken im Schritt hatten, und schämte mich für sie, für mich selbst, für das Elend der Frauen.

Statt zum Aerobic zu gehen, putzt meine Mutter heute Abend den ohnehin sauberen Boden im Esszimmer.

»Dir ist klar, wie das Ganze angefangen hat, nicht?«, sagt sie.

»Mit einem Mann in einem Auto«, sage ich. Ich sitze auf einem Esszimmerstuhl. In diesem Zimmer essen wir nur an Feiertagen oder wenn wir Besuch haben.

»Nein«, sagt sie und wringt ihren Putzlappen in dem quadratischen weißen Plastikeimer aus, den sie gelegentlich nach einer langen Schicht für ein Fußbad benutzt. Sie ist auf allen vieren, hat einen feuchten Lappen in der Hand und einen trockenen Lappen unter den Knien. Die Böden sind aus Holz und sehr hart, und sie braucht den alten Lappen, der körnig ist wie Hüttenkäse, zum Schutz. Die Eltern fast all meiner Freunde haben Angestellte zum Putzen. Das ist so, wenn man in unserer Nachbarschaft ein Haus besitzt – man hat Putzpersonal. Aber nicht meine Eltern. Sie halten nichts von Personal. Schon gar nicht zum Putzen. Nicht, wo meine Mutter besser putzen kann als jeder andere.

Sie bewegt den Lappen nach rechts, rückt ihre Knie zurecht und wischt weiter. »Das ist alles nur wegen dieser Elternvorträge, die letztes Frühjahr an der Schule eingeführt wurden. Die erste Sprecherin war doch diese Frau aus Stanford.« Meine Mutter drückt ihren Zeigefinger gegen ihre Nasenspitze, und ich weiß, sie will damit sagen, die Frau war eingebildet. Ein Außenstehender könnte auf die Idee kommen, sie wollte damit sagen, die Frau sei ein Schwein, aber meine Mutter ist auf einem Bauernhof aufgewachsen und beleidigt keine Tiere.

»Diese Frau aus Stanford« – bei ihr klingt das wie Stanfjord – »sagte, sie wolle uns in das Geheimnis einweihen, wie man erfolgreiche Mädchen großzieht.«

»Echt?« Wie alle dreizehnjährigen Mädchen fasziniert mich das Wort *Geheimnis*.

»Sie meinte, wir sollten unseren Mädchen niemals sagen, sie seien schön. Das sei eine ganz schreckliche Idee. Und seitdem befolgen natürlich alle Familien ihren Rat, weil sie ja Professorin von der …« Meine Mutter verzichtet diesmal auf den Namen der Universität, sie drückt sich nur mit der

Handfläche die Nase platt. »Aber seit diesem Tag seid ihr Mädchen alle süchtig nach Aufmerksamkeit. Ihr guckt ständig in den Spiegel und fragt euch, ob ihr hübsch seid. Als ich jung war, hatten wir nicht mal einen Spiegel. Wir hatten nur einen See.«

Und damit steht sie auf, geht in die Küche und kommt mit einer Flasche Windex zurück. Sie beginnt, den goldgerahmten antiken Spiegel einzusprühen. Der Spiegel stammt aus der Antiquitätengalerie meines Vaters. Unser ganzes Haus sieht aus wie die Galerie, und ich frage mich oft, ob es anders eingerichtet wäre, wenn meine Eltern einen Jungen bekommen hätten. Wer Mädchen hat, kann zerbrechliche Sachen im Haus haben.

Ich kann mich nur schwer auf meine Hausaufgaben konzentrieren. Ich rufe meine Freundinnen an und hinterlasse ihnen Nachrichten. Niemand ruft mich zurück.

Am nächsten Tag laufe ich alleine zur Schule – die anderen Mädchen werden von ihren Eltern gefahren. Ich komme an der Stelle vorbei, wo das Auto stand. Der Parkplatz ist jetzt leer. Ich starre hin, als wäre er ein archäologischer Schauplatz von historischer Bedeutung. Dann drehe ich mich um und setze meinen Schulweg fort, allein. In meinem Spind finde ich einen zusammengefalteten Zettel, der an Benedict Arnold adressiert ist, aber sein Name wurde durchgestrichen und durch meinen ersetzt. Auf dem Zettel steht nur ein einziges Wort: »Veräter!« Rechtschreibung war noch nie Maria Fabiolas Stärke.

Im Unterricht habe ich das Gefühl, dass mich sogar die Lehrerin, Ms Livesey, komisch anguckt. Ms Livesey wohnt in Berkeley, in einer ganz anderen Welt. Wir wissen viel über sie, weil sie zu den wenigen Lehrerinnen gehört, die uns von ihrem Leben jenseits des Klassenzimmers erzählt. Sie malt Frauen mit Artischocken, Avocados oder Guaven über den Geschlechtsteilen, und manchmal zeigt sie uns Dias von ihren laufenden Arbeiten. Letztes Jahr brachte sie ihren einundzwanzigjährigen Sohn mit, damit er uns etwas über seine Zeit beim Friedenscorps erzählt. Sie trägt ihre schwarzen Haare zerzaust – nicht so ungekämmt, dass sie sich Beschwerden von den Eltern einhandelt, aber gerade strubbelig genug, um zu suggerieren, dass sie die letzte Nacht im Wald verbracht hat. Wir fragen uns, ob sie sich die Achseln rasiert. Wir vermuten, in Berkeley rasiert man sich nicht. Manchmal hat sie Farbkleckse auf den Schuhen, und wir wissen, dass sie wieder an ihren Bildern gearbeitet hat. Wir finden es aufregend, dass sie Interessen hat, die über uns, ihre Schülerinnen, hinausgehen. Wir sind entzückt, dass sie einen süßen Sohn hat.

Manchmal setzen sich meine Mitschülerinnen in meine Nähe, um bei mir abzuschreiben, aber heute will niemand neben mir sitzen. Ms Livesey verteilt eine Kopie mit neun Quadraten. Es ist ein Fragebogen, der uns helfen soll herauszufinden, wie viel wir einem Unbekannten mitteilen würden, was wir einer Freundin und was wir einem Familienmitglied erzählen würden. Dass dieses Arbeitsblatt gerade heute ausgeteilt und diskutiert wird, ist natürlich kein Zufall. Das Blatt ist für ein älteres Publikum gedacht – in der Mitte ist ein Kästchen, in dem steht: »Was du nicht einmal dir selbst erzählen würdest.« Ms Livesey hat das Kästchen durchgestrichen, was es natürlich nur interessanter macht. Was, frage ich mich, würde ich nicht mal mir selbst erzählen?

Als Nächstes haben wir Bio. Es ist unsere dritte Unterrichtseinheit in Sexualkunde. Am ersten Tag hat unsere Lehrerin Slipeinlagen und Tampons ausgeteilt und vor Intimspülungen gewarnt, weil sie in das natürliche Ökosystem des Körpers eingreifen. Am zweiten Tag mussten wir ein Video von einer jungen Frau gucken, die ohne Schmerzmittel ein Kind zur Welt bringt. (Die Frau war weiß und geschniegelt und hätte dem Aussehen nach auf unserer Schule gewesen sein können.) Wir hielten uns alle die Augen zu und schworen uns, niemals Kinder zu bekommen.

Die Biolehrerin heißt Ms McGilly, und wir nennen sie Ms Mäc, was sie nicht sonderlich mag. Uns mag sie ebenfalls nicht sonderlich. Sie ist klapperdürr mit glatten graumelierten roten Haaren, hat einen Sohn in unserem Alter und zwei jüngere Töchter, die sie, wie sie sagt, niemals auf die Spragg schicken würde. Wir wissen, dass sie hier nicht alt werden wird. Sie wird denselben Weg gehen wie unsere Musiklehrerin, nachdem sie mit uns das Lied *Little Boxes* durchnahm. Wir mochten unsere Musiklehrerin, die wir sogar beim Vornamen nennen durften, Jane. Sie trug Westerngürtel und bürstete sich vor unseren Augen ihre braunen Haare, bis sie glänzten. (Ms Mäc meinte zu uns, es sei eine Schande, sich öffentlich die Haare zu bürsten.) Eines Tages sagte Jane zu unserer Klasse: »Kapiert ihr das nicht? Ihr Mädchen in euren Uniformen und euren schönen Häusern seid wie die kleinen Kisten aus dem Lied: identisch, völlig unindividuell. Ihr seid alle gleich. Das ist die nackte Wahrheit.« Wir sahen Jane nie wieder. Monatelang dachten wir, es hätte daran gelegen, dass sie das Wort »nackt« benutzt hatte.

Heute lässt Ms Mäc Verhütungsmittel herumgehen. Erst ein Kondom, bei dem alle der Meinung sind, dass es widerlich riecht, dann Spermizid mit einem lustigen Applikator, den man hoch- und runterschieben kann wie bei einem Eislutscher, dann ein rosafarbenes Diaphragma, das aussieht wie ein Trampolin für ein Nagetier. Als Nächstes kommt die Anti-Baby-Pille. Die ordentliche Aufmachung der Packung – vier perfekte Reihen à sieben Pillen – erinnert mich an Janes Worte, dass wir alle identisch seien. Ich drücke drei Pillen aus der Packung und lasse sie in der Tasche meiner Shorts verschwinden. Wir alle tragen Shorts unter unseren blauen Röcken, für den Sportunterricht, wenn wir am Rand des Spielfelds oder auf der Turnhallentribüne unsere Uniformen ablegen.

Ich verbringe die Pause in der Schulbibliothek und das Mittagessen allein in der Cafeteria mit dem Buch, das ich mir ausgeliehen habe. Ich kenne das Buch schon, aber heute brauche ich das sichere Gefühl eines bekannten Plots. Ich warte darauf, dass sich jemand zu mir an den rechteckigen Tisch setzt oder mich beim Vorbeigehen anspricht, aber es passiert nicht. Auf der anderen Seite der Cafeteria sehe ich Maria Fabiola lachen. Trotz der Entfernung weiß ich, wie ihre Armreife klingen, während sie an ihrem gebräunten Arm auf und ab gleiten.

Eine Mittagspause ohne Freundinnen ist eine zu lange Mittagspause. Immer wieder werfe ich einen Blick auf meine Swatch-Uhr, und irgendwann bin ich überzeugt, dass sie stehengeblieben ist, obwohl sie so laut vor sich hin tickt wie ein schuldbewusst klopfendes Herz. Durch den gefalteten Stoff meines Rockes tätschle ich meine Shortstasche auf der

Suche nach den Pillen – ich bin noch nicht sicher, was damit passieren soll. Sie sind wie winzige Ostereier, die ich gesammelt habe. Was macht jemand mit Ostereiern, außer mit der gefundenen Anzahl angeben und sie dann vergammeln lassen?

Gegen Ende der Mittagspause soll ich zu Mr London, dem Englischlehrer, um die von ihm empfohlene Zusatzlektüre zu besprechen. Mr London hat kurz nach seinem Collegeabschluss auf der Spragg angefangen, und wahrscheinlich ist er noch zu jung, um Achtklässlerinnen zu unterrichten – der Altersunterschied ist nicht groß genug. Am Anfang des Schuljahres hat Mr London uns ein Werk von Jack London aufgegeben, und irgendwer wollte wissen, ob er mit Jack London verwandt sei. Er hielt sich auf theatralische Art bedeckt, ob er möglicherweise wirklich mit dem großen Schriftsteller verwandt sei, aber mir konnte er nichts vormachen. Andere Schülerinnen an der Schule ziehen gern völlig realitätsferne Verbindungen.

Wir treffen uns im Lehrerzimmer, also im Prinzip in seinem Privatbüro, weil es keine anderen männlichen Lehrer gibt, außer dem Sportlehrer Mr Robinson, der das Turnhallenbüro als seine Höhle nutzt. Er hat sogar eine australische Flagge an die Tür gehängt, um sein Revier zu markieren. Das Lehrerinnenzimmer ist überfüllt und riecht wie das Restwasser in einer Vase mit verwelkten Blumen. Im Lehrerzimmer riecht es immer nach verbranntem Kaffee – der Geruch von Testosteron, vermute ich.

Heute treffe ich mich mit Mr London, um über *Franny und Zooey* zu sprechen. Er lehnt sich in seinem Bürostuhl zurück und streicht sich über sein glatt rasiertes Kinn. Hinter ihm auf drei Regalen sind Bücher von Hemingway *(Fiesta, Ein bewegliches Fest)*, Fitzgerald *(Zärtlich ist die Nacht)* und Robert Louis Stevenson *(Entführt)* aufgereiht. Es gibt außerdem ein ganzes Regal, das dem Werk Jack Londons gewidmet ist, wobei ich persönlich glaube, dass er es nur deshalb in seine »Bibliothek« mit aufgenommen hat, um unterschwellig den Mythos zu verbreiten, er sei mit Jack London verwandt, ohne es beweisen zu müssen.

»Und, was hältst du von dem Buch?«, fragt Mr London.

»Was?«, sage ich und starre noch immer auf die Bände in seinem Regal.

»Franny und Zooey?«

»Ach ja«, sage ich. »Fand ich nicht gut.«

»Was soll das heißen, du fandest es nicht gut?«, fragt Mr London.

»Also, *Fänger im Roggen* fand ich gut, aber *Franny und Zooey* … na ja, ging so.«

»Ging so?«, sagt er. »Salinger *geht so*?«

»Ja«, sage ich zu ihm. »Ich würde dem Buch eine Drei plus geben.«

»Dann muss ich dir leider auch eine Drei plus geben«, sagt Mr London.

»Für die Literatur-AG?«

»Ist dir klar, dass Salinger eine Ikone ist? Dass er ein Genie ist?«, sagt er.

»Aber das heißt doch nicht, dass ich sein Buch gut finden muss«, sage ich.

»Doch«, sagt Mr London und beißt seine jugendlichen Zähne zusammen.

»Warum?«, frage ich.

»Es ist ein Meisterwerk«, sagt Mr London und steht auf. »Ich fand's langweilig«, sage ich. »Ich würde sagen, ich bin das ideale Publikum, und es hat nichts in mir ausgelöst. Ich würd's nicht weiterempfehlen.«

»Du würdest es nicht weiterempfehlen«, sagt er. Er beginnt, den engen Raum zu durchschreiten. Ich weiß, was jetzt kommt. Gleich springt er aus dem Fenster. Mr London hat ein gut dokumentiertes Wutproblem. Gut dokumentiert zumindest von mir. Jedes Mal wenn bei ihm im Unterricht eine Sicherung durchgebrannt ist, habe ich ihn bei Ms Catanese, der Oberstufenleiterin, gemeldet. Sie ist eine zickige, verblichene Schönheit mit langen Beinen und kurzen Röcken und hochgeschlossenen Blusen, die extrem interessiert war an den Informationen, die ich ihr zugespielt habe. Ich glaube nicht, dass Mr London weiß, dass ich es war, die ihn gemeldet hat. Wie ich hörte, haben sich auch schon andere über seine Wutanfälle beschwert. Allerdings war es Ms Catanese, die mir das erzählt hat. Es wäre durchaus möglich, dass sie sich da auf sich selbst bezog. Man munkelt, sie sei mal in ihn verliebt gewesen, er aber letztlich nicht in sie.

Irgendwann tut Mr London genau das, was ich vorhergesehen habe: Er geht aus der Tür. Er macht das auch mitten im Unterricht, wenn er sich aufregt und die Leute nicht mitbekommen sollen, dass er sich aufregt. Er weiß, dass er ein Wutproblem hat, und er geht damit um, indem er geht. Wenn er den Klassenraum verlässt, sitzen wir alle da und zählen zusammen laut bis 120, weil wir wissen, dass er zwei Minuten wartet, bevor er wieder reinkommt. Er muss irgendwo gelernt haben, dass zwei Minuten sowohl die empfohlene als auch die erlaubte Zeit sind, um rauszugehen und sich abzuregen, bevor man zurück in den Raum kommt.

Jetzt, wo Mr London das Lehrerzimmer verlassen hat, weiß ich, dass ich zwei Minuten allein sein werde. Ich hatte nicht geplant zu tun, was ich tue. Aus meiner Hosentasche nehme ich die drei aus dem Sexualkundeunterricht geschmuggelten Anti-Baby-Pillen und zerdrücke sie mit meinem Daumen auf der hölzernen Armlehne. Dann stehe ich auf, gehe an die Kaffeekanne und werfe die zerdrückten Pillen hinein. Ich nehme einen dreckigen Löffel aus der Spüle und rühre den Kaffee um. Von den Pillen ist nichts zu sehen. Ich setze mich wieder hin und finde, dass es schon etwas weniger nach Testosteron riecht. Ich bilde mir ein, dass es eher nach der Turnhalle riecht, wo meine Mutter mit all ihren neuen Freundinnen Aerobic macht. Nach genau 120 Sekunden kommt Mr London zurück. Ich sitze am selben Platz.

»Ich habe beschlossen, dass dir zu *Franny und Zooey* eine eigene Meinung zusteht«, sagt er und nimmt einen Schluck von seinem Kaffee.

»Danke«, sage ich und stehe auf.

7

Freitag ist nur ein halber Schultag, Gott sei Dank. Noch immer werde ich von meiner ganzen Klasse geschnitten. Am Nachmittag müssen meine Eltern zu einem Empfang plus Auktion in der Kunstgalerie meines Vaters. Sie haben Petra, die Tochter der langjährigen Chefin meiner Mutter, gebeten zu babysitten. Ich brauche keinen Babysitter, aber angesichts der Ereignisse der letzten Woche und der Tatsache, dass meine Eltern nach der Auktion noch bis spätabends bei einem Essen sein werden, wird sie gebeten, vorbeizukommen und mir und Svea Gesellschaft zu leisten. Petra ist zwanzig und hat wilde pechschwarze Haare, die sie meist mithilfe von Essstäbchen auf dem Kopf arrangiert. Einmal habe ich ihr ein Kompliment gemacht für ihre Frisur, und jetzt schenkt sie mir jedes Jahr zum Geburtstag Essstäbchen. Ich habe einen ganzen Stapel davon in meinem Schrank auf einer Ablage neben dem kleinen Safe, wo ich mein Geld vom Babysitten aufbewahre.

Mein Vater bereitet sich schon die ganze Woche auf die Auktion vor. Er wird als Auktionator auftreten und übt vorab eine Reihe von Zungenbrechern. Die letzte Auktion ist ein paar Monate her, und er meint, seine Zunge sei »eingerostet«. Er sitzt allein im Arbeitszimmer mit einem Hammer in der Hand, rattert Zahlen runter und sagt dann »zum

Ersten, zum Zweiten«. Egal wo ich gerade bin im Haus, ich höre immer, wie der Hammer auf den Tisch knallt und mein Vater »zum Dritten!« ruft.

Am Freitag ist es offiziell heiß – jetzt im Herbst ist der San Franciscoer Sommer endlich da. Meine Mutter darf früher Feierabend machen. Sie radelt nach Hause, wäscht sich die Haare, frisiert sich und lackiert sich die Nägel. Sie kleidet sich ganz in Weiß, und ich muss zugeben, sie sieht glamourös aus, und mein Vater findet das auch. »Wow«, sagt er, als sie nach unten kommt. Er steht da und taxiert sie aus der Distanz wie ein Kunstwerk.

Um halb drei steht Petra mit rosa Essstäbchen in den Haaren vor der Hintertür. Sie trägt Shorts und ein T-Shirt mit der Aufschrift »*You Wish*«. Ich bin froh, dass Petra meine Mutter mal zurechtgemacht sieht. Sonst sieht sie sie immer nur in ihrer Schwesterntracht oder in Sportklamotten. Meine Eltern sagen ihr, was sie uns zu essen machen soll (Nudeln) und wann sie wieder zu Hause sein werden (nach elf), und dann sind sie weg – zur Kunstgalerie, um sich zu vergewissern, dass alles klar ist für den bevorstehenden Abend. Mein Vater kommt noch mal zurück ins Haus, weil er seinen Hammer vergessen hat. »Ohne den läuft gar nichts«, sagt er, und Petra erwidert sein Lächeln. Petra hat so eine Art, ihn anzulächeln, bei der sich mein Brustkorb zusammenzieht, als wäre ich in einem Fahrstuhl steckengeblieben.

»Sah meine Mutter nicht sexy aus?«, sage ich.

»Hmm«, sagt Petra, und ich bereue die Frage sofort. Fünf Sekunden vergehen, dann fünfzehn. »Sie sah sehr hübsch aus, aber sexy würde ich jetzt nicht sagen.«

»Wo ist denn der Unterschied?«, frage ich.

»Na ja, ihre Schönheit ist keine sexuelle Schönheit«, sagt Petra, und an der Art, wie sie es sagt, merke ich, dass Petra sich selbst für eine sexuelle Schönheit hält.

Ich entfliehe ins Wohnzimmer. Jedes Zimmer in unserem Haus hat einen Namen – Wohnzimmer, Bibliothek, Diele, Untergeschoss (bloß nicht Keller sagen). Aus den Vorderfenstern unseres Hauses sehe ich den Verkehr, der sich zum Strand schlängelt. Es ist nicht mal drei, aber anscheinend haben alle schon früh Feierabend gemacht, um die seltene Hitze zu genießen. »Wir sollten auch gehen!«, sagt Petra. Sie steht jetzt hinter mir. Sie sagt, ein paar ihrer Kommilitonen von UC Berkeley – sie sagt dazu »Cal« – würden sich gleich am Strand treffen und ob wir ein paar Freundinnen mitnehmen wollen. Svea will ihre missmutige Freundin mitnehmen.

»Willst du nicht auch jemanden fragen?«, fragt Petra.

»Nein«, sage ich beiläufig. »Ich hab genug von meinen Freundinnen.«

Sie starrt mich mit ihren versteinernden Augen an.

Sie weiß Bescheid. Meine Eltern müssen ihr von meiner Woche erzählt haben, von der Tatsache, dass in der Schule keiner mehr mit mir redet. Die Lehrerinnen müssen sie angerufen haben.

Die Mutter der missmutigen Freundin bringt ihre Tochter innerhalb von Minuten im Cabrio vorbei. Ihre Mutter ist alleinstehend und immer gut gelaunt, und mir geht auf, dass ihre Laune noch steigt bei der Aussicht, ihre bierernste Tochter lozuwerden. Vielleicht heißt das ja, dass sie sich mit Männern verabreden kann. »Wiedersehen«, ruft sie uns vom Fuß der Treppe aus zu. Sie winkt theatralisch, als wäre sie auf einem Kreuzfahrtschiff, das gerade aus dem Hafen ausläuft.

Ich ziehe mir ein Paar Shorts an und ein Esprit-T-Shirt – keine normalen Strandklamotten. Normale Strandklamotten wären bei uns ein Parka. »Wollt ihr euch keinen Badeanzug anziehen?«, fragt Petra mich, Svea und die missmutige Freundin. Nein, sagen wir zu ihr, wir wollen uns keinen Badeanzug anziehen. »Also ich hab meinen drunter«, sagt Petra. Da bin ich ein bisschen erleichtert, denn das heißt, dass sie wahrscheinlich ihr »*You Wish*«-T-Shirt ausziehen wird, sobald wir am Strand sind. Ich kann mir schon genauestens ausmalen, was für Kommentare es auslösen wird.

Doch als wir zum Strand kommen und Petra ihr T-Shirt und ihre Shorts ablegt, wünschte ich, sie würde die Shorts wieder anziehen. Ihre Schamhaare sind schwarz und buschig, gucken aus ihrer Bikinihose hervor und reichen mindestens fünf Zentimeter die Oberschenkel hinunter.

Petra entdeckt ihre Freunde von der Uni und umarmt sie, dann fangen sie an, Frisbee zu spielen. Sie rennt den Strand auf und ab, direkt vor den Augen der Sonnenanbeter, und präsentiert ihre Schambehaarung, die in der Sonne glänzt. Ich kann nicht hingucken. Ich drehe mich weg, und da entdecke ich Maria Fabiola. Sie ist auf den Klippen, sie klettert – ich kenne ihren Kletterstil. Schnell und flink. Es folgt ihr eine schwerfälligere Gestalt, ich kann erst nicht ausmachen, wer es ist. Dann erkenne ich Lotta, das neue Mädchen aus Holland. Lotta hat mich morgen auf ihren Geburtstag zu einer Pyjamaparty eingeladen, aber die Einladung hatte sie mir letzte Woche überreicht, bevor alles andere passierte, also sieht's damit wohl schlecht aus. Sie ist eins siebzig und trägt hellrote Shorts und ein orangefarbenes T-Shirt. Sie hat erst dieses Jahr auf der Spragg angefangen, und bisher habe ich sie immer nur in Uniform gesehen. In ihren Strandklamotten sieht sie viel holländischer aus. Sie krauch ungefähr fünf Meter hinter Maria Fabiola her. Sie kommt aus einem flachen Land und hat bei diesem Terrain keine Chance, und ich kann mir vorstellen, wie genervt Maria Fabiola von ihr ist. Vielleicht wird mich Maria Fabiola vermissen, denke ich.

Heute sind über hundert Menschen am Strand, wo es meistens nur drei sind. An einem typischen Tag wäre da ein Pärchen, das seine Namen in den Sand schreibt und ein Herz drum herum malt. Und ein einsamer Mann oder eine einsame Frau, die aufs Meer hinausstarren und über die Zukunft oder die Vergangenheit sinnieren. Aber an diesem Spätnachmittag sind aller Augen auf die Körper anderer Leute gerichtet. Männer in engen Badehosen und Mädchen in weißen Bikinis mit dunkel hindurchschimmernden Brustwarzen. Dazwischen schlängelt sich Petra, fängt mit viel Getue den Frisbee und versteckt ihn hinter ihrem Rücken. Sie will, dass jemand mit ihr ringt. Genauer gesagt will sie, dass sich einer ihrer Kumpel, der mit den langen Haaren und dem stämmigen Oberkörper, auf sie drauffallen lässt.

Auf dem Handtuch neben mir spielen Svea und ihre missmutige Freundin Karten. Beide haben Trainingsanzüge an, was ich als Trotzreaktion auf Petra verstehe, und stillschweigend gratuliere ich den beiden zu ihrer Kleiderwahl. Ich schließe die Augen und lasse mich in den Sand sinken.

Eine Wolke rückt zur Seite, und die Sonne zielt auf meine Haut.

Ich schlafe ein und schlummere zehn bis fünfzehn Minuten vor mich hin. Als ich die Augen aufschlage, spüre ich einen Körper in meiner Nähe. Es ist Keith von der Sea View Terrace. Obwohl er sitzt, ist er immer noch groß, er vergräbt seine Füße im Sand.

»Na«, sage ich.

»Na«, sagt er, die Augen blau wie Erdkugeln. »Du bist wach.«

Ich setze mich auf. Petra ist nirgends in Sicht, und Svea und ihre missmutige Freundin gehen gerade die Betontreppe hoch – wahrscheinlich zu den Toiletten, die nach ungeputztem Aquarium riechen.

»Was machst du?«, frage ich. Meine Stimme klingt schläfrig, verführerisch. Ich räuspere mich nicht.

»Ich bin nur mal runtergekommen, um zu gucken. Wie der Strand an einem richtigen Strandtag aussieht.« Er hat Shorts und ein weißes Surf-T-Shirt an, das so oft getragen und gewaschen wurde, dass es dünn und wahrscheinlich weich ist.

»Ich auch«, sage ich.

Ich betrachte seine Füße, die bis zu den Knöcheln im Sand stecken. Ich weiß, warum er das gemacht hat. Langsam fege ich den Sand von seinen Zehen. Ich blicke zu ihm hoch, um sicherzugehen, dass es okay ist, was ich tue. Sein langes ovales Gesicht sieht gequält aus, aber er nickt. Ich streiche weiter mit den Fingern über den Sand, behutsam, als würde ich etwas ausgraben, nach einem zerbrechlichen Schatz suchen.

Ich habe seine Schwimmhäute noch nie gesehen. Nur davon gehört. »Spiderman«, so nennen ihn seine weniger engen Freunde. Seine besten Freunde wissen, dass er für so etwas zu empfindlich ist. Seine Füße sind breit und sehen gar nicht aus wie Entenfüße, so wie ich sie mir immer vorgestellt hatte. Stattdessen sind die Zehen von der Mitte abwärts miteinander verbunden, und dann steht jeder Zeh einzeln da, bis die Zehnägel anfangen.

Ich weiß nicht, was mich reitet, aber ich beuge mich vor und fahre in einer langsamen Bewegung mit den Lippen über die Zehenknöchel vom zweiten bis zum kleinen Zeh. Ich kriege Sand in den Mund, aber ich spucke ihn nicht aus.

Ich blicke zu ihm hoch und bilde mir ein, eine Träne im Winkel eines seiner blauen Augen zu sehen.

»Ganz schön hell hier draußen«, sagt er.

»Stimmt«, sage ich, um ihn nicht in Verlegenheit zu bringen. »Ich hab meine Ray-Ban vergessen.«

»Willst du ein Stück spazieren gehen?«

Ich stehe auf, und er wendet sich nach links, aber da habe ich zuletzt Maria Fabiola und Lotta gesehen, also zeige ich nach rechts. »Lass uns hier lang«, sage ich.

Bald laufen wir Petra in die Arme. Oder besser, sie läuft uns in die Arme. »Hallo. Ich bin Petra«, sagt sie zu Keith.

»Okay«, sagt er. Er hält sie wahrscheinlich für eine übermäßig freundliche wildfremde Person.

»Sie ist eine Freundin unserer Familie«, erkläre ich. »Sie passt auf meine Schwester auf.«

»Ach so«, sagt er. »Ich bin Keith.«

Ich meine zu sehen, wie er einen Blick hinunter auf ihre

Schamhaare wirft, und ich schäme mich für Petra. »Wo wollt ihr hin?«, fragt sie mich.

»Wir sind in fünf Minuten zurück«, sage ich.

»Okay«, sagt sie und hebt das Kinn, als wollte sie sagen, *Alles klar. Ich werde kaum so blöd sein und euch »viel Spaß« wünschen.*

Keith und ich laufen zu den Klippen. Irgendwer hat »ABC« auf die Felsen gesprayt. Das ist das Tag einer der örtlichen Teenager-Gangs. »ABC« steht für »American Born Chinese«. Das andere Tag, das man oft sieht, lautet »CBS«, was für »Can't Be Stopped« steht, das wiederum ist eine Skatergruppe. Außenstehende könnten den Eindruck bekommen, hier würden die beiden Nachrichtensender einen Wettkampf austragen. Ich zeige Keith, wie man die Wellen abwartet. Dann rufe ich »lauf«, und wir rennen auf die andere Seite des Felsvorsprungs, bevor eine Welle gegen den Fels kracht. Die gewaltige Gischt erinnert an ein schlechtes Ölgemälde. Wir stehen auf der anderen Seite des Felsvorsprungs, reden nicht, berühren uns nicht, ringen nur gleichzeitig nach Luft. Als sich unsere Atemzüge beruhigt haben, zeige ich Keith, wie man zurückrennt.

Zurück auf dem Hauptstrand, sehen wir Petra in der Ferne, und Keith sagt, er werde mal nach Hause laufen. »Okay«, sage ich. »Bis dann.«

»Bis dann«, sagt er.

Ich gehe zu dem Handtuch, auf dem ich geschlafen hatte, und sehe, dass jemand das Wort »Schlampe« daneben in den Sand geschrieben hat. Ich spiele mit dem Gedanken, es wegzuwischen, entscheide mich aber dagegen. Jetzt habe ich mein eigenes Tag.

8

Am nächsten Tag ruft Lotta an und zieht die Einladung zu ihrer Geburtstagsparty zurück. »Das Problem ist, ich bin neu und versuche, Freunde zu finden, und wenn du kommst, kommt sonst niemand.«

»Verstehe«, sage ich. Ich versteh's wirklich.

Am Ende begleite ich an dem Abend meine Eltern auf eine Verlobungsfeier, während meine Schwester auf eine Pyjamaparty geht. Die Party wird für den ältesten Sohn unserer Goldrausch-Nachbarn ausgerichtet. Es gibt oft Feiern im Haus, zu denen wir nicht eingeladen sind, weil sie nur für die Bankerkollegen sind. Aber die heutige Feier ist persönlich, nachbarschaftlich. Der älteste Sohn, Wes, hat sich verlobt, und heute gibt es für ihn und die künftige Braut eine Party. Ich kenne Wes kaum – er ist vor fünf Jahren zu Hause ausgezogen, um am Dartmouth College zu studieren, und nach dem Studium ist er nach Boston gezogen.

Wir betreten das Haus durch die Haustür, was für mich neu ist – normalerweise springe ich durchs Fenster. Die Diele ist schummrig: Die Fensterscheiben sind getönt, und davor hängen Vorhänge, und die Böden sind dunkel. Bei uns zu Hause ist alles hell, und überall sind Spiegel. Das liegt an einem Einrichtungstrick, den sich meine Eltern angeeignet haben, als sie jünger und pleite waren und ihren

Wohnraum größer erscheinen lassen wollten, als er war. Jetzt wohnen sie in einem großen Haus, aber die Spiegel haben sie nie aufgegeben.

Mr Großbanker und seine Frau empfangen uns. Sie ist dünn und trägt eine dicke Diamantkette, die nicht flach anliegt und mir vor Augen führt, wie sehr ihr Schlüsselbein hervorsteht. Ihr Kleid ist smaragdgrün, und ihre blonden Haare sind im Nacken zusammengefasst. Hinter dem Gastgeberpaar steht in Uniform die betagte irische Haushälterin. Sie hat ein silbernes Tablett mit Champagnergläsern in den Händen. Ich habe die Haushälterin bisher immer nur von Weitem gesehen, wenn sie gerade vor einem der Fenster gegenüber von uns die Handwäsche aufhängt. Offenbar hat ihr nie jemand gesagt, dass das hier keine Gegend ist, wo man Wäsche vor dem Fenster zum Trocknen aufhängt.

Meine Eltern sehen plötzlich angestrengt aus, und ich weiß, das forcierte Lächeln und die verkniffenen Augenwinkel haben mit mir zu tun. Ich drehe mich um und sehe die Eltern von Maria Fabiola. Sie stehen untergehakt da, als wären sie die Braut und der Bräutigam.

»Wo ist denn Maria Fabiola heute?«, fragt mein Vater ihren elegant gekleideten Vater, während wir in peinlicher Pentagrammform zusammenstehen.

»Sie ist auf einer Pyjamaparty bei einem neuen Mädchen zu Hause. Eine holländische Familie.«

»Kennst du sie schon?«, fragt mich mein Vater.

»Sie ist in meiner Klasse.«

Meine Mutter macht Smalltalk mit Maria Fabiolas Mutter, sie reden über Halloween und wie viele Tüten Süßigkeiten dieses Jahr gekauft werden. Halloween ist in Sea Cliff immer eine Riesensache. Die Bewohner überschlagen sich fast und verteilen Eindollarscheine und XXL-Hersheyriegel und bewirken damit, dass schon vor sieben Hunderte von Süßigkeitensammlern auf der Matte stehen. Kinder aus anderen Stadtteilen werden von ihren Eltern nach Sea Cliff gefahren, weil sie wissen, dass es hier mehr zu holen gibt als überall sonst.

Ein anderes Paar, das gerade erst in die Gegend gezogen ist, schaltet sich in das Gespräch ein. »Wie ich höre, soll dagegen vorgegangen werden, dass so viele Ortsfremde hierherkommen«, sagt die Frau, mit einem Akzent, den ich nicht einordnen kann.

»Finde ich auch richtig«, sagt ihr Mann. »Das ist doch nicht in Ordnung, dass wir so viel Geld ausgeben für Kinder, die hier gar nicht wohnen.«

Ich entschuldige mich, um auf die Toilette zu gehen.

Das Badezimmer ist groß, mit einer hölzernen Skulptur eines pinkelnden Jungen. Nach dem Händewaschen benutze ich ein kleines Handtuch, das ich offenbar in einem eigens dafür aufgestellten Behälter entsorgen soll. Draußen vor der Badezimmertür höre ich jemanden fragen: »Stehen Sie hier Schlange?« Dann höre ich die Antwort: »Nein, ich versuche nur, jemandem aus dem Weg zu gehen. Sie wissen ja, wie das ist.« Ich erkenne die Stimme wieder – es ist Maria Fabiolas Mutter. Ich benutze noch ein Handtuch, einfach so, und werfe es ebenfalls in den Behälter. Dann nehme ich ein weiteres Handtuch und werfe es unbenutzt in den Behälter.

Als ich aus dem Badezimmer komme, schenke ich Maria Fabiolas Mutter ein künstliches Lächeln. Ich sichte den

Raum auf der Suche nach meinen Eltern – ich will nicht zu ihnen zurück. Ich entdecke auf einem kleinen Tisch ein stehen gelassenes Glas Champagner. Ich nehme es unauffällig, trinke es leer, und dann schlendere ich in den Teil des Hauses, den ich am besten kenne: das Fernsehzimmer. Ich denke, vielleicht finde ich ja dort den jüngeren Bruder mit seinen Freunden vor dem Fernseher und kann ihnen zeigen, wie erwachsen ich in meinem schwarzen Taftkleid aussehe. Ich spaziere ins Fernsehzimmer, doch der Bildschirm ist dunkel, die meisten Lichter im Zimmer sind aus. Ich schaue durchs Fenster, um zu sehen, wie unser Haus von hier aus aussieht. Wie ein ganz normales Haus, denke ich. An meinem Schlafzimmerfenster sehe ich einen verwitterten Aufkleber, der die Feuerwehr im Falle eines Brandes darauf hinweisen soll, dass in dem Zimmer ein Kind wohnt. Der Aufkleber klebt dort schon seit Jahren, und ich hatte ihn völlig vergessen. Jetzt nehme ich mir vor, ihn abzumachen.

»Bist du nicht das Mädchen von nebenan?«, fragt eine Stimme. Ich drehe mich um. Es ist Wes, der ältere Bruder, der künftige Bräutigam. Er sitzt allein im Dunkeln.

Ich nicke, bis mir klar wird, dass er mich wahrscheinlich kaum erkennen kann, also sage ich: »Ja.«

Wir schweigen beide und lauschen den anschwellenden Partygeräuschen aus dem anderen Teil des Hauses.

»Solltest du nicht da draußen sein?«, frage ich. »Ich meine, ist die Party nicht für dich?«

»Na ja, theoretisch ist sie für mich, aber eigentlich ist sie für meine Eltern.«

Wieder nicke ich. Er ist blond und trägt einen Smoking. Er sieht aus wie ein Bräutigam aus einem Film, was ihn attraktiver macht, als er ist. Attraktiver als sein jüngerer Bruder.

»Ich hab Kopfschmerzen, deswegen sitze ich hier«, sagt er.

Ich weiß, dass er am Dartmouth College einen schweren Hockeyunfall hatte. Er ist nach Hause gekommen, um sich eine Weile zu erholen. Die Haushälterin hängte seine Sachen immer vors Waschküchenfenster. Eines Tages waren seine Sachen nicht mehr da, und ich wusste, er war wieder gesund und zurück in New Hampshire.

»Tut's sehr weh?«, frage ich.

»Nur wenn ich gestresst bin.«

»Wieso bist du jetzt gestresst?«

»Weil ich heirate«, sagt er.

Er lallt ein bisschen, und ich frage mich, ob es am Alkohol liegt oder an dem Unfall. Ich bleibe weiter vor dem ausgeschalteten Fernseher stehen und verlagere das Gewicht von einem Fuß auf den anderen. Heute Abend trage ich schwarze Schuhe mit kleinen Absätzen. Ich bin die Schuhe nicht gewohnt, will sie aber nicht ausziehen, denn dann wäre ihm klar, dass ich sie nicht gewohnt bin.

»Kennst du den Versuch mit den Fröschen?«, fragt er.

»Welchen?«, sage ich und trommle mir mit den Fingern gegens Kinn, als würde ich im Geiste sämtliche Froschversuche aus der Schule durchgehen.

»Den, wo man einen Frosch in kochendes Wasser setzt?«

»Ich glaub, ja«, lüge ich.

»Es gibt Studien, wo man festgestellt hat, dass wenn man einen Frosch in kochendes Wasser setzt, er sofort wieder rausspringt.«

»Was sinnvoll ist«, sage ich.

»Okay, bei einer anderen Studie haben sie aber festgestellt, wenn sie einen Frosch in, sagen wir, lauwarmes Wasser setzen und das Wasser erst langsam zum Kochen bringen, der Frosch nicht wieder rausspringt.«

»Echt nicht?«

»Nein. Und weißt du, was mit dem Frosch passiert?«

»Was?«

»Er stirbt«, sagt der. »Das ist wissenschaftlich erwiesen.«
Er lehnt sich in der Ledercouch zurück und nimmt einen Schluck von seinem Drink. Ich denke nach über das, was er gesagt hat. Ich nehme an, es ist eine Metapher für die Ehe.

»Das heißt, du bist der Frosch«, sage ich schließlich.

»Quak«, sagt er.

Ich bin nicht sicher, ob ich gehen soll, also stehe ich da vor dem großen schwarzen Fernsehbildschirm, und er sieht mir zu, als wäre ich die Sendung.

»Hast du schon mal für jemanden einen Lapdance gemacht?«, fragt er.

»Ich glaub nicht«, sage ich.

»Du glaubst nicht«, sagt er und lacht. Der Champagner steigt mir hoch und kribbelt im Hals, dann sinkt er wieder zurück.

»Komm mal her«, sagt er, die Stimme ruhig und geschmeidig. Der Raum ist so schummrig, dass ich plötzlich müde bin. Als ich auf ihn zugehe, bedeutet er mir, mich umzudrehen, und ich tu's. Ich setze mich auf seinen Schoß, sodass wir beide in dieselbe Richtung schauen. Der Taftrock meines Kleides rutscht hoch. Er nimmt meine Hüften und bewegt sie in Form einer Acht. Ich starre auf den dunklen Fernsehbildschirm. Ich kann das Bild eines sich windenden Mädchens und den zurückgeworfenen Kopf eines jungen Mannes ausmachen. Vielleicht hat er sich bei seinem Unfall wirklich den Kopf verletzt, denke ich, als er stöhnt. Kurz darauf spüre ich einen Schwall Hitze, und dann Nässe.

»Oh«, stöhnt er. Er drückt mich an sich, sodass mein Rücken gegen seine Vorderseite gepresst wird. Es ist unbequem, und ich weiß nicht, wie lange ich so sitzen bleiben soll. Ich zähle bis zehn, dann stehe ich auf, ohne mich umzudrehen. Ich will ihm seine Privatsphäre lassen.

Ich weiß, ich werde am nächsten Morgen seine Unterwäsche vor dem Wäscheraum hängen sehen. *Die arme Haushälterin* ist alles, was ich denken kann, während ich mir mein Kleid zurechtziehe, damit es sich nicht bauscht. Sie ist über achtzig, und morgen wird sie Spermaflecken aus Wes' Unterhose waschen.

9

Der Oktober kommt, doch die Farbe der Palmen bleibt gleich. China Beach ist leer bis auf die Angler, die am frühen Morgen geduldig auf den Klippen sitzen. Manchmal waten sie zum Angeln hinaus ins Wasser, trotz der Warnschilder am Strandeingang, die besagen, dass hier schon Menschen beim Schwimmen oder Waten ertrunken sind. Gewarnt wird auf Englisch, Chinesisch, Russisch und Spanisch.

Der Herbst gibt den Exhibitionisten, die gern an unserer Schule vorbeispazieren, einen Vorwand, um Trenchcoats zu tragen. Die Klassenräume der Oberstufe haben große Fenster auf den öffentlichen Golfplatz, der an die Rückseite des Campus grenzt. Nicht selten werfen wir einen Blick aus dem Fenster, wenn wir unaufmerksam oder gelangweilt sind, und entdecken dabei einen Mann mit geöffnetem Trenchcoat, der sich entblößt. »Tut einfach so, als würdet ihr ihn nicht sehen, und konzentriert euch auf mich«, sagt Ms Livesey zu uns, wenn ein Exhibitionist auftaucht. Mein Vater sagt, ich soll mit dem Finger auf sie zeigen und lachen. Dies sind zwei sehr unterschiedliche Ansätze. Alles, was mir Erwachsene erzählen, widerspricht in irgendeiner Form dem, was mir andere Erwachsene erzählen.

Am Abend des 30. Oktober fällt meinen Eltern ein, dass

ich kein Kostüm habe. Macht nichts, sage ich und bitte meine Mutter, mir einen ihrer Schals auszuborgen. Dann webe ich das eine Ende des Schals durch die Speichen eines alten Fahrrad-Rades. Das andere Ende wickle ich mir um den Hals und trage das Rad vor mir her.

»Wer bist du?«, fragt Svea.

»Isadora Duncan«, sage ich.

»Wer ist das?«

»Eine Tänzerin, die sich erdrosselt hat, als ihr Schal aus dem Auto geweht wurde und sich im Rad verfing.«

»Ist ja schrecklich«, sagt Svea.

Ich zucke mit den Achseln. »Mode kann gefährlich sein.«

An Halloween kommen Maria Fabiola, Julia, Faith und Lotta als die Go-Go's auf dem Cover von *Beauty and the Beat* verkleidet in die Schule. Sie tragen weiße Bademäntel (auf dem Albumcover tragen die Go-Go's Handtücher, die nur über den Brüsten festgesteckt sind, aber das fanden die Eltern meiner Freundinnen wahrscheinlich zu gewagt). Im Gesicht haben sie weiße Masken aus irgendeiner Masse, die auf ihren Wangen trocken und rissig geworden ist. Dagegen wirken ihre Zähne gelb. Das Gruppenoutfit war meine Idee; ich hatte das schon im September vorgeschlagen, also vor hundert Jahren. Lotta, das holländische Mädchen, kannte die Go-Go's gar nicht, bevor sie nach Amerika kam. Die Band hat fünf Mitglieder, aber an Halloween auf der Spragg sind es nur vier.

In der Schule stimmen die Lehrerinnen ab und verleihen mir den Preis für das beste Kostüm, eine schreckliche Entscheidung. Ich weiß, dass sie mich zur Siegerin küren, weil sie sehen, dass ich geächtet werde, dass ich mit niemandem reden kann. Ist ihnen nicht klar, dass es noch viel erniedrigender ist, mich und mein Kostüm zu prämieren, das ich um Viertel nach acht am Vorabend angefangen habe zu basteln?

Am Abend begleite ich Svea und ihre missmutige Freundin beim Süßigkeitensammeln. Dann verteilen wir bei uns zu Hause Süßigkeiten an alle, die klingeln, bis der große schwarze Kessel leer ist.

»Süßigkeiten sind aus!«, rufe ich meinen Eltern zu, die in der Küche sind.

»Es darf keiner merken, dass wir da sind, sonst bewerfen sie das Haus mit Eiern«, ruft mein Vater.

»Lichter aus!«, befiehlt meine Mutter.

Plötzlich sind wir in einem Zustand höchster Alarmbereitschaft. Wir pusten sämtliche Kerzen in den Kürbisköpfen aus, die wir auf den Stufen zur Haustür platziert haben. Dann tragen wir die geschnitzten Kürbisköpfe vorsichtshalber ins Haus. Das Licht wird ausgeschaltet, damit es aussieht, als wäre niemand zu Hause. Vor den Fenstern zu sitzen, scheint uns zu riskant, also hocken wir uns zusammen in die Diele auf den Teppich. »Ich komm mir vor wie Anne Frank, die sich vor den Nazis versteckt«, sagt die missmutige Freundin meiner Schwester.

Trotz des trüben Lichtes sehe ich etwas, was ich noch nie in ihrem Gesicht gesehen habe – ein Lächeln.

10

Meine Mutter ist in einer schwedischen Nähgruppe. Das heißt, die Gruppe begann als Nähgruppe namens Club der Stichlinge, aber es ist bestimmt ein Jahr her, dass jemand mal ein Schnittmuster oder Steppdeckenquadrate zu den monatlichen Gruppentreffen mitgebracht hatte. Letzten Winter fing meine Mutter an, Club der Fischweiber zu sagen, um den Mitgliedern ihr ständiges Gemecker vorzuhalten und sie mehr zum Nähen zu animieren. Der Schuss ging nach hinten los – die Gruppe liebte den Titel so sehr, dass sie ihn aufgriff und zu ihrem offiziellen Namen machte. Sie ließen ihre Handarbeitskörbe zu Hause und meckerten von nun an noch mehr.

Heute Abend ist meine Mutter an der Reihe, das monatliche Fischweibertreffen auszurichten. Es ist ein besonderer Abend: Die bei Joseph & Joseph gefilmte Episode der Fernsehsendung wird heute ausgestrahlt. Ich stecke Maria Fabiola, Julia und Faith jeweils Zettel in den Spind, damit sie Bescheid wissen, dass die Sendung um sieben anfängt. Meine Hoffnung ist, dass es sie daran erinnert, wie eng wir mal befreundet waren.

An der Art, wie meine Mutter am Nachmittag durch die Tür stürzt, erkenne ich, dass sie sich auf dem Fahrrad vom Krankenhaus nach Hause im Geiste eine Liste gemacht hat, was alles zu erledigen ist. Sie bittet Svea, ihr in der Küche mit den Köttbullar und dem Lutefisk zu helfen. Aus Gründen, die ich nicht ganz nachvollziehen kann, traut man mir nicht in der Küche – sie ist der Zuständigkeitsbereich von Svea und meiner Mutter.

»Wie kann ich helfen?«, frage ich, um mir hoffentlich eine Einladung in die ruhige Kameradschaft der Essenszubereitung zu sichern.

»Hmm … du könntest vielleicht ein Willkommensschild für die Gäste malen«, sagt meine Mutter. »Und dann an die Haustür hängen.«

»Aber die meisten deiner Freundinnen nehmen doch die Hintertür«, sage ich. Ich will kein Schild malen, sondern mitmachen.

»Dann solltest du ein Schild an die Hintertür hängen, dass sie vorne rumgehen sollen«, schlägt Svea vor.

»Gute Idee«, sagt meine Mutter.

Ich nehme Blätter und Buntstifte aus der Bastelschublade und male mit orangefarbenem Stift und unter Aufbietung meiner schönsten Schönschrift zwei Schilder. Auf dem einem steht: »Willkommen, Fischweiber!« Und auf dem anderen: »Fischweiber! Falsche Tür! Geht vorne rum, verdammt und zugenäht!«

Als ich gerade dabei bin, das Schild an die Hintertür zu kleben, kommt mein Vater von der Arbeit nach Hause.

»Markige Worte«, sagt er.

»Wieso meckern die eigentlich immer so viel?«, frage ich. »Ihr Hauptthema beim Meckern scheint mir irgendwie Amerika zu sein. Manchmal würde ich am liebsten rufen: ›Geht doch zurück nach Schweden!‹«

»Was meinst du, wie ich mich fühle«, sagt mein Vater. »›Amerikanisch‹ heißt automatisch ›schlecht‹.«

»Und dann sagen sie, ich würde wegen meiner dunklen Augen gar nicht schwedisch aussehen«, sage ich. »Das soll gemein sein.«

Dann seufzen wir fast gleichzeitig, denn in Wahrheit finden wir die Fischweiber ziemlich toll. Sie sind meiner Mutter gute Freundinnen.

Es ist ein frischer Novemberabend. Als es um sechs klingelt, schlüpft meine Familie in ihre jeweilige Fischweiberparty-Gastgeberrolle. Meine Mutter öffnet ihren Gästen die Tür, mein Vater bietet Drinks an, und Svea geht mit einem Tablett Köttbullar herum, die mit schwedischen Zahnstocherfähnchen gepfählt wurden. Irgendwo zwischen dem Öffnen der Haustür und dem Anbieten von Fleischbällchen ist es meine Aufgabe, die Mäntel einzusammeln und im Flur in die Garderobe zu hängen.

Die Fischweiber bestehen aus zwölf Mitgliedern; viele haben denselben Namen, also hat jede Frau ein Adjektiv dazubekommen. Demnach haben wir die Große Mia, die Kleine Mia, die Dicke Ulla, die Dünne Ulla (auf deren California-Nummernschild »Ullàlà« steht), die Laute Lisa und die Leise Lisa. Sie sprechen sich auch wirklich gegenseitig mit diesen Namen an. Es wurde ein bisschen kompliziert, als die Dicke Ulla nach einer Saftkur ein paar Kleidergrößen dünner wurde und die Dünne Ulla in den Wechseljahren zunahm, aber niemand machte sich die Mühe, die Spitznamen zu ändern – nicht mal die Dicke und die Dünne Ulla selbst. Meine Mutter ist die einzige Greta.

Als Gruppe sind sie blond und pünktlich. Prompt sind

meine Arme beladen mit ähnlich leichtgewichtigen Wollmänteln, die alle sauber und neutral riechen wie ein frisch versiegelter Büroumschlag. Die Große Mia kommt zuletzt, und ihr Mantel sticht im Kleiderschrank heraus – es ist der einzige pinkfarbene. Sie hat sich mal farbberaten lassen, und da hieß es, die sommerliche Farbpalette schmeichle ihr am meisten. Prompt entsorgte sie jedes Kleidungsstück, das nicht pink oder orange war. Ihr Nagellack ist meist in einer dieser beiden Farben gehalten, ebenso ihr Lippenstift. Heute Abend trägt die Große Mia orangebraune Hosen und eine orangebraune Bluse, sodass der Gesamteindruck eines großen, vom Baum gefallenen Herstblattes entsteht. Sie sitzt auf dem rückenlosen Pseudo-Louis-xiv-Sofa mit den zylindrischen elfenbeinfarbenen Kissen, das wie ein Tagesbett aussieht.

Ich gehe auf sie zu und setze mich neben sie, denn wenn es um Zuspruch geht, ist auf die Große Mia weitgehend Verlass. Sie ist es, die mir immer erzählt, mein Stil sei makellos und ich ähnelte der norwegischen Eiskunstläuferin Sonja Henie. Das mit Sonja Henie fing an, als sie mal bei uns zu Besuch war und ich gerade von Julias Geburtstag nach Hause kam, bei dem wir Eislaufen waren. Also hat ihr Lob wohl mehr mit meinem Anblick in Eislaufklamotten als mit meinem tatsächlichen Erscheinungsbild zu tun. Aber an diesem Abend ist sie anders, und es ist unvernünftig von mir, denke ich, Rückhalt bei ihr zu suchen.

»Auf Männer ist einfach kein Verlass«, sagt die Große Mia. »Diese Jungs? Diese reichen Jungs aus der Tanzschule? Schlag sie dir besser aus dem Kopf. Glaub mir, Steve ist reich und macht mir nichts als Ärger.«

Steve ist der verheiratete Mann, mit dem sie was hat. Er ist schon länger das Thema ausgedehnter Fischweibergespräche. Die Fischweiber sind allesamt der Meinung, die Große Mia hätte nichts mit einem verheirateten Mann anfangen sollen. Sie scheinen aber nicht aus moralischen Gründen dagegen zu sein – ihre kollektiven Vorbehalte haben eher damit zu tun, dass das Ganze einfach zu anstrengend ist. Sie betrachten die Affäre mit Steve ungefähr wie den Gedanken, sich einen Welpen anzuschaffen. Wozu sich einen jungen Hund anschaffen, wo man wochenlang damit beschäftigt wäre, ihn zu erziehen und seinen Dreck wegzumachen? Wozu sich mit einem verheirateten Mann einlassen, wo man sich zusätzlich mit einer Ehefrau auseinandersetzen muss? Diese Frauen denken sehr pragmatisch.

»Ich werde springen«, sagt die Große Mia zu mir.

Ich sehe sie an, ohne zu wissen, was sie meint. Dann folge ich ihrem Blick hinaus auf die Golden Gate Bridge.

»Du würdest dir wahrscheinlich wehtun«, sage ich. Es ist der erste Gedanke, der mir in den Kopf schießt.

»Dann wird Steve wissen, wie ich seinetwegen gelitten habe.«

Ich sehe mich im Zimmer um und begreife schnell, warum ich allein mit der Großen Mia hier sitze. Die Fischweiber haben die Große Mia gewarnt, sie haben ihre Ablehnung der Affäre zum Ausdruck gebracht, und jetzt ist die Große Mia mein Problem. Ich bin ein bisschen überfordert, aber sonst habe ich nichts dagegen. Ich weiß, die meisten Dreizehnjährigen werden von solchen Gesprächen ferngehalten, insofern bin ich stolz, damit betraut zu werden. Ich bette meinen Kopf auf eine elfenbeinfarbene Lehne und höre mir an, was die Große Mia von Steve erzählt und dass sie sich umbringen werde, als wäre es eine Gutenachtgeschichte. Irgendwann wechselt sie von Englisch zu Schwenglisch, und dann macht sie den Übergang zu reinem Schwedisch. Sie redet schnell und eindringlich, und ich kann nur noch mühsam folgen. Aber ich höre mir alles an und sehe, wie sich ihre Lippen bewegen, und ich weiß, sie erzählt mir schlimme, suizidale und bestimmt alles andere als angemessene Dinge.

»Okay«, sagt meine Mutter und klatscht laut in die Hände. »Lasst uns rüber ins Arbeitszimmer gehen und unsere Sendung gucken!«

Wir alle versammeln uns im Arbeitszimmer – Svea, meine Eltern und ich sitzen auf dem Teppich, um den vielen Fischweibern Platz zu machen. Um fünf vor sieben schalten wir den Fernseher an, weil wir auf keinen Fall den Einspieler verpassen wollen.

Irgendwer fragt nach Wasser, aber ich ignoriere die Frage. Dann fängt der Film an, und wir sehen Joseph & Joseph kurz von außen. In der nächsten Szene wird die Galerie von innen gezeigt. »Was ist denn mit dem Einspieler?«, frage ich.

»Psst«, sagen einige der Fischweiber laut.

»Ich bin sicher, die Aufnahme kommt noch«, sagt mein Vater.

Aber wir schauen die ganze Episode, und gegen Ende wird klar, dass Maria Fabiola, Julia, Faith, Svea und ich rausgeschnitten wurden. Ich sehe Svea an, und sie zuckt mit den Achseln. Sie weiß nicht, wie wichtig es mir war, in der Sendung zu sein. Sie weiß nicht, wie sehr ich mich darauf verlassen hatte, dass meine Freundinnen den Film sehen würden und dass dann alles wieder normal wird.

Es kommt der Abspann, und die Fischweiber applaudieren. Ich entschuldige mich unter dem Vorwand, dass ich erschöpft sei und für einen wichtigen Test lernen müsse. Demonstrativ umarme ich die Große Mia. Die Umarmung ist unbeholfen, da die Große Mia noch sitzt, doch die elliptische Geste gibt mir die Gelegenheit, ihr ins Ohr zu flüstern: »Nimm auf dem Weg nach Hause nicht die Brücke.«

»Wieso sollte ich?«, sagt sie, ohne zu flüstern. »Ich wohne in der anderen Richtung.«

Oben in meinem Zimmer höre ich das Gelächter der Frauen und hin und wieder das Klimpern von Besteck – sie sind ins Esszimmer umgezogen, um den Lutefisk zu essen. Hier und da wird kollektiv nach Luft geschnappt, und ich frage mich, welche Story gerade erzählt wird und über wen.

Ich denke an andere Fernsehserien und Filme und daran, dass sich jeder Filmstar über rausgeschnittene Szenen eigentlich ärgern müsste. Neulich war ich in *Jenseits von Afrika* – meine Mutter hatte mich ins Kino mitgenommen, weil sie den Film sehen wollte und ich nichts weiter vorhatte. Seitdem muss ich immer wieder an die Szene denken, wo Robert Redford Meryl Streep die Haare wäscht. *Das* ist Liebe, denke ich. Und Meryl Streeps Haut sah unglaublich aus.

Ich stehe auf und überprüfe im Badezimmerspiegel meinen Teint. Vier Pickel, nichts Schlimmes. Nicht so schlimm wie bei manchen Mädchen in meiner Klasse. Die arme Angie. Ich tupfe erneut Clearasil auf, gehe zurück in mein Zimmer und mache zwanzig Situps. Dann lege ich mich ins

Bett und lausche den Lachsalven, gefolgt vom Verrücken von Stühlen, dem Versickern von Stimmen und dem Schließen der Haustür. Mein Zimmer liegt direkt über der Küche, und ich höre meine Mutter die Spuren der Party beseitigen. Ich stelle mir vor, wie sie sich zum Geschirrspülen die Spülhandschuhe überzieht. In dieser Spüle hat sie mir früher immer die Haare gewaschen. Dazu breitete sie ein paar Handtücher über die Küchentheke, und ich legte mich drauf und hielt den Kopf unter den Wasserhahn, und sie shamponierte mir die Haare und erzählte mir von ihrem Tag. Jetzt lausche ich, wie sie den Wasserhahn aufdreht – ein tröstliches Geräusch, wie ich finde. Ich verteile meine Haare übers Kissen wie Medusa, wie Meryl Streep, und ich stelle mir vor, dass es meine Haare sind, die meine Mutter gerade in der Spüle wäscht, so wie damals, als ich noch klein war.

II

In der schwedischen Kultur ist der 13. Dezember ein Feiertag. Es gibt ein Ritual. Das älteste Mädchen im Haus spielt die Santa Lucia, die ganz in Weiß gekleidet und mit einer Krone aus brennenden Kerzen ihre Familie morgens mit Gesang und Safranbrötchen weckt.

Mein Radiowecker summt heute sehr früh, und nachdem ich noch kurz liegen geblieben bin, um den Police-Song zu Ende zu hören, stehe ich auf. Ich schlüpfe in das frisch gebügelte weiße Nachthemd, das mir meine Mutter an den Türknauf gehängt hat. Das – also das Bügeln und das Aufhängen – hat sie gemacht, als ich schon schlief.

Auf leisen Sohlen gehe ich nach unten in die Küche, nehme mehrere Safranbrötchen aus einer Keksdose und lege sie auf ein silbernes Tablett. In einer Schublade finde ich Streichhölzer, und ich betrachte die Krone aus Kerzen. Das ist der schwierigste Teil – die Krone mit den Kerzen aufzusetzen und damit die Treppe hochzugehen. Es erfordert Balance, und wenn einem das Wachs auf den Schädel tropft, brennt es. Ich beschließe, erst mal alles in den ersten Stock zu tragen. Dann zünde ich die Kerzen an und befestige die Krone auf meinem Kopf. Ich nehme das Tablett mit den Safranbrötchen und gehe zum Schlafzimmer meiner Eltern. Praktischerweise steht ihre Tür schon auf für dieses alljährliche Ritual. Ich fange an, das Santa-Lucia-Lied zu singen, das davon handelt, wie dunkel die Nacht ist, und meine Eltern setzen sich sofort im Bett auf. Sie waren also schon wach und haben auf mich gewartet. Ich beende die erste Strophe des Liedes und stelle das Tablett auf einem Beistelltisch ab.

In Socken betrete ich Sveas Zimmer. Sie schläft immer wie ein Stein und lässt sich schwer wecken. Ich singe laut, und das Kerzenwachs tropft mir schon auf den Kopf. Schließlich gebe ich das Singen auf Schwedisch auf. »Wach auf!«, rufe ich laut. Svea setzt sich auf, und ich gehe vor ihr in die Hocke, sie kennt das schon alles und hilft mir, indem sie die Kerzen ausbläst. »Nimm die Hände«, sage ich, und sie hält vor dem Pusten um jede Kerze schützend die Hände.

Dennoch muss ich mir auf dem Weg zur Schule Wachs aus den Haaren pflücken.

Ich habe aufgehört, bei Julia und Faith vorbeizugehen – stattdessen nehme ich einen anderen Weg, zusammen mit Svea und ihrer missmutigen Freundin, die heute noch missmutiger ist, weil wir spät dran sind. Das Santa-Lucia-Ritual hat uns um einige Minuten zurückgeworfen. Wir gehen vorbei an dem Schloss, vorbei am ehemaligen Haus von Carter the Great, vorbei an dem rosa Haus, das der Frau gehört, die für ein Wochenende nach Palm Springs gefahren ist und sich spontan den Bauch hat straffen lassen. »Wer lässt sich spontan den Bauch straffen?«, habe ich andere Frauen anmerken hören, als wäre nicht der Eingriff selbst, sondern die Kurzentschlossenheit der Entscheidung das eigentlich Schockierende. In der Ferne tuten die Nebelhörner, und in der Nähe machen Laubbläser ihren Laubbläserlärm. Die Straßen sind wie üblich leer. Doch am Eingang der Schule ist jede Menge los, und die Ursache dafür sind drei Polizeiautos.

Die Sekretärin des Direktors steht steifgliedrig vor dem Sekretariat. Dort steht sie sonst nie. Als sie mich kommen sieht, entspannt sich ihr Körper, dann spannt er sich wieder an. Sie fragt, ob sie mich kurz sprechen könne.

Ich betrete das Sekretariat. Sie wartet, bis die Tür zu ist. »Maria Fabiola wird vermisst«, sagt sie zu mir. »Sie ist gestern auf dem Nachhauseweg von der Schule spurlos verschwunden. Die Kriminalbeamten möchten mit dir sprechen.«

12

Die Unterredung mit Mr Makepeace und den Kriminalbeamten findet in einem Konferenzraum im hinteren Teil des Sekretariats statt. Wahrscheinlich weil da mehr Platz ist. Es sind drei Kriminalbeamte – ein Mann in engen Hosen, ein Mann in weiten Hosen und – Überraschung! – eine Frau, die darauf warten, mit mir zu sprechen. Sie hat blond gefärbte Haare in einem strengen Pferdeschwanz und sehr schmale Lippen. Von dem Moment an, als ich durch die Tür des Konferenzraums komme, hat sie mich fest im Blick.

»Ich bin Detective Anderson«, sagt sie. »Und du bist Eulabee.«

Ich stimme zu, dass das mein Name ist.

»Ein sehr schöner Name«, sagt sie. »Woher kommt er?«

Offensichtlich hat man beschlossen, dass sie nett zu mir sein und mich bezirzen wird, damit ich ihr Antworten gebe.

»Er kommt von einem Gemälde«, sage ich. »Mein Vater mochte ein Gemälde einer Frau namens Eulabee Dix.«

»Interessant«, sagt sie ohne jedes Interesse. Sie schaut schon wieder auf ihr Klemmbrett und denkt an ihre nächste Frage. »Weißt du, warum wir dich hergerufen haben?«

Ich sehe Mr Makepeace an, der mir zunickt. Die blaue Fliege hüpft auf und ab.

»Weil er gesagt hat, Sie sollen mich herrufen«, sage ich und nicke unserem Direktor ebenfalls zu.

»Und was meinst du, warum hat er das gesagt?«, fragt Detective Anderson.

»Weil Maria Fabiola und ich mal beste Freundinnen waren.«

»Mal waren?«, sagt sie. Jetzt wirkt sie ehrlich interessiert. Sie legt ihren Stift hin, um mir klarzumachen, dass nun ein ernstes Gespräch ansteht. »Wieso waren? Was ist passiert, meine Liebe?«

Dieses *meine Liebe* klingt aus ihrem Mund so forciert, dass ich am liebsten lachen würde.

»Wir hatten ein Zerwürfnis.«

»Weswegen?«

Ich sage nichts.

»War es wegen eines Jungen?«, fragt sie in einem Tonfall, der vermitteln soll, *ach, wer kennt das nicht.*

»Nein«, sage ich.

»Ach so«, sagt sie, offenbar enttäuscht, dass sie mit ihrer ersten Vermutung nicht gleich ins Schwarze getroffen hat. Sie sieht die anderen Beamten an.

»Vor ein paar Monaten wart ihr noch befreundet.«

»Dinge ändern sich«, sage ich.

»Wem sagst du das«, sagt sie. »Vor einem halben Jahr war ich noch verheiratet!« Sie stößt einen Lacher aus, der wohl jovial klingen soll, sich aber eher wie ein Schrei anhört.

Mr Makepeace sieht mich an, als machte mein Zerwürfnis mit Maria Fabiola auch ihn neugierig. Vielleicht ist er aber auch nur unglücklich, weil er eine Zigarre rauchen will und in diesem Raum ausdrücklich seinetwegen jetzt ein

»Rauchen verboten«-Schild hängt. Es raucht sonst niemand von der Schulverwaltung.

»Ihr seid morgens immer zusammen zur Schule gelaufen, richtig?«, fragt der Beamte mit den engen Hosen.

»Ja, aber dann hatten wir eine … Kontroverse über das, was an dem einen Morgen passiert ist.« Ich habe den Ausdruck »Kontroverse« noch nie benutzt, und es gefällt mir, wie er aus meinem Mund klingt.

»Und worum ging's da?«, fragt der Beamte mit den weiten Hosen.

»Sie war der Meinung, auf dem Weg zur Schule hätte es einen Vorfall gegeben, und ich habe behauptet, der Vorfall sei ein Hirngespinst von ihr gewesen«, sage ich. Alle sehen mich an, als wunderten sie sich über meine gehobene Ausdrucksweise. Dann sehen sie Mr Makepeace an, der wenig überrascht mit den Achseln zuckt, als wollte er suggerieren: *Was habt ihr erwartet von den Mädchen an unserer hochgeschätzten Einrichtung?*

»Das heißt, du bist gestern nicht mit Maria Fabiola nach Hause gelaufen«, sagt Detective Anderson.

»Nein«, sage ich.

»Weißt du, welchen Weg sie genommen haben könnte?«

»Ich kann's mir denken«, sage ich. »Wir sind ja sonst immer zusammen gelaufen. Sie ist wahrscheinlich Richtung Meer und dann über den El Camino del Mar bis zu ihr nach Hause.«

»Meinst du, sie ist einen Umweg gelaufen? Vielleicht die Klippen entlang?«, fragt der dritte Beamte.

»Das weiß ich nicht«, sage ich. »Ich war ja nicht dabei.«

»Hat sie einen Freund?«, fragt Detective Anderson. Es

muss im Vorfeld ausgemacht worden sein, dass sie die Fragen stellt, die mit Jungen oder Beziehungen zu tun haben.

»Das weiß ich nicht«, wiederhole ich.

Detective Anderson sieht zu Boden und stützt ihre Stirn auf Daumen und Zeigefinger ihrer rechten Hand, als wenn sie müde wäre. Ihr Pferdeschwanz fällt zur Seite, so wie sich ein echter Pferdeschwanz bewegt, bevor das Pferd uriniert. Als sie den Kopf wieder aufrichtet, sind ihre Augen voller Feuer und Verzweiflung. »Dir ist klar, dass deine beste Freundin verschwunden ist, oder?«

Ich will sie daran erinnern, dass Maria Fabiola nicht mehr meine beste Freundin ist, aber ich ahne, dass diese Berichtigung die Beamtin nur noch mehr verärgern wird.

»Ja«, sage ich.

»Und das macht dir keine Sorgen?«

»Doch, es macht mir Sorgen«, sage ich. Was ich nicht sage, ist, dass es mir mehr Sorgen macht, wie leicht ich Menschen in letzter Zeit in Rage bringe – erst Mr London, jetzt sie. Meine Fähigkeit, Wut zu entfachen, scheint keine Geschlechtergrenzen zu kennen.

»Darf ich was fragen?«, fragt der Beamte mit den engen Hosen.

»Tust du doch gerade, oder nicht?«, gibt Detective Anderson zurück.

Der Beamte räuspert sich. Sie haben jetzt schon genug voneinander. Entweder das, denke ich, oder sie werden's danach miteinander treiben. Ich habe viele verschiedene und durchaus widersprüchliche Vorstellungen davon, wie das funktioniert mit der Verführung unter Erwachsenen.

»Wüsstest du irgendeinen Grund, warum Maria Fabiola … von zu Hause weggelaufen sein könnte? Du sagtest, ihr hättet eine Kontroverse gehabt. Wurde sie … in den letzten Monaten geschnitten? Hatte sie Freundinnen?«

»Sie hatte jede Menge Freundinnen«, sage ich. »Ich bin's, die geächtet wird.«

Die drei Beamten starren mich an. Dann wenden sie sich alle auf einmal ihren Notizbüchern zu und kritzeln vor sich hin. Der Beamte mit den weiten Hosen wirft einen Blick in Detective Andersons Notizbuch. »Mit *ä*«, sagt sie. Dann dreht sie sich zu mir.

»Wurdet ihr, du und Maria Fabiola, jemals auf eine Weise angesprochen, die euch … unangemessen erschien?«, fragt Detective Anderson.

Ich denke an die Exhibitionisten im Park, an den Mann in der Schlange bei Walgreens, der sah, dass ich ein Kinks-Album unter dem Arm hatte. Ich kam gerade aus einem Plattenladen in The Haight, und er wollte mich zum Kaffee einladen und sich über die Kinks unterhalten. »Ich trinke noch keinen Kaffee«, sagte ich zu dem Mann im Walgreens.

»Ich weiß nicht genau, was Sie damit meinen«, sage ich zu der Beamtin.

»Hast du dich in der Gegenwart irgendeiner Person jemals unwohl gefühlt?«

»Ich fühle mich in der Gegenwart jeder Person unwohl«, sage ich. »Ich fühle mich in diesem Moment unwohl.«

Die Männer im Raum rollen auf ihren Stühlen zurück, sie treten den Rückzug an. Jetzt stellt nur noch Detective Anderson die Fragen.

»Deine Freundin wird vermisst«, sagt sie. »Ihre Familie, na ja, ihre Familie ist am Durchdrehen. Sie heulen und schreien. Kannst du dir vorstellen, wie es deiner Familie ginge, wenn du vermisst würdest?«

Ich nicke, ich kann es mir nicht vorstellen. Meine Mutter weint grundsätzlich nicht.

»Und auch Maria Fabiola ist wahrscheinlich in Todesangst, wo immer sie sein mag. Du könntest uns helfen, *ihr* helfen. Ich verstehe, dass ihr beiden keine Freundinnen mehr seid, aber im Großen und Ganzen ist so ein Zerwürfnis über ein, zwei Monate doch keine große Sache. Es kommt dir vielleicht im Moment so vor, aber glaub mir, Schätzchen, wenn du erst mal älter bist, werden dir diese drei Monate vorkommen wie nichts.« Sie schnipst mit den Fingern bei dem Wort »nichts«.

Ich starre sie an.

»Weißt du irgendetwas über irgendwelche Männer, oder kennst du jemanden, von dem du glaubst, er hätte ein Interesse an Maria Fabiola gehabt, das über das Normale hinausging?«

»Ein Interesse über das Normale hinaus«, wiederhole ich.

»Ja, ein Mann, der sie für sich allein haben wollte, zum Beispiel.« Sie hält inne und fügt hinzu: »Oder eine Frau.«

Ich denke an Faiths Vater. Ich denke an die Jungen von der Sea View Terrace. Ich denke an mich selbst. Alle wollen Maria Fabiola für sich allein. Sie hat diese Art, einen ins Visier zu nehmen mit ihren ätherischen Augen. Selbst wenn man sie nicht direkt ansieht – vor allem, wenn man sie nicht direkt ansieht –, merkt man, dass sie einen anstarrt, ohne zu blinzeln.

Eine Minute vergeht, vielleicht zwei. Die Jungen von der Sea View Terrace kann ich nicht ins Spiel bringen, das wäre unfair. Wenn überhaupt, haben wir mehr Interesse an ihnen als sie an uns. Dennoch fühle ich mich unter Druck, eine Antwort zu liefern.

»Gibt es irgendjemanden, dem ihr auf eurem Schulweg regelmäßig begegnet, auf dem Hinweg oder auf dem Rückweg?«, fragt Detective Enge-Hose.

»Es gibt ein paar Gärtner, die uns belästigen«, sage ich.

»Wer?«, fragen die Beamten gleichzeitig. Sie alle beugen sich vor wie eine A-cappella-Gruppe bei einem hohen Ton.

»Na ja, es gibt mehrere. Ich kenne ihre Namen nicht. Sie fahren Lastwagen und tragen statt T-Shirts weiße Unterhemden. Meistens kommentieren sie unser Aussehen.«

»Was sagen sie über euer Aussehen?«, fragt Detective Anderson sehr langsam und bedächtig. Sie gibt sich schrecklich viel Mühe, ruhig zu bleiben.

»Sie haben gemerkt, als wir anfingen, BHs zu tragen. Die weißen Blusen hier machen die Sache nicht besser.«

Ich spüre, dass alle im Raum jetzt gerade sitzen. Es ist wie bei einer Angelrute, die plötzlich straff wird.

»Was meinst du damit, sie haben's gemerkt? Wie haben sie's gemerkt?«

»Sie lassen Bemerkungen los. Sie laufen uns hinterher.«

Was ich nicht sage, ist, dass sie uns manchmal wegjagen, wenn wir sie zu sehr nerven. Manchmal, wenn wir uns auf den Straßen von Sea Cliff langweilen, wenn die Jungen aus der Nachbarschaft nicht hier sind, sondern wahrscheinlich irgendwo in der Stadt, wo wir sie nicht finden können oder wo wir nicht hinkommen, gehen wir zu den Gärtnern und versuchen, sie in ein Gespräch zu verwickeln. Und dann jagen sie uns weg.

Die Beamten scheinen glücklich mit meiner Antwort.

»Immerhin, wir haben eine Spur«, sagt Detective Enge-Hose. Detective Anderson schiebt mir ihre Visitenkarte zu. »Ruf mich an, wenn dir noch irgendwas einfällt.« Ich nehme die Karte und weiß nicht, was ich damit machen soll. Ich glaube nicht, dass ich schon jemals eine Visitenkarte in der Hand hatte. Ich hebe meinen Rock an, und die männlichen Beamten sehen weg. Sie wissen nicht, dass wir Turnhosen unter der Uniform tragen. Ich stecke die Karte in eine meiner Shortstaschen.

Als ich zurück in den Unterricht gehe, ist die Biostunde bereits halb um. Auf der Leinwand prangt die Zeichnung eines Penis, die einzelnen Teile sind beschriftet.

In der Pause kocht die Gerüchteküche. Rings um unseren Campus sehen wir die Wagen verschiedener Nachrichtensender. Wir werden zurück in die Klassenzimmer geleitet, was uns nur noch aufgedrehter macht. Als mittags die Luftschutzsirene losgeht, schreien wir alle auf. Es ist schwer, zwischen der Sirene und unserem Gekreische zu unterscheiden, aber wir schreien weiter, selbst als die Sirene verstummt ist. Wir wissen, dass es sich nur um eine Übung handelt, doch die Anspannung ist groß. Selbst die Lehrer scheinen überfragt zu sein, wie es in der Schule weitergehen soll ohne Maria Fabiola. Die Bänke, an denen sie normalerweise in den jeweiligen Klassenräumen sitzt, wirken außergewöhnlich blank.

Bei Schulschluss sind alle Schülerinnen völlig überdreht. Die Übertragungswagen umringen immer noch unsere Schule. Es sind jetzt noch mehr. NBC. ABC. KPIX. Gut frisierte Nachrichtenfrauen in Perlen und Kostüm stehen jenseits des Schultors, von uns abgewandt, und sprechen ihre Kommentare in die Kamera. Ich bin sicher, sie verwenden, sooft es geht, die Begriffe »privat«, »Elite« und »wohlhabend«. Sämtliche Eltern wurden angerufen und gebeten, ihre Tochter nach der Schule abzuholen. Keine der Mütter arbeitet, bis auf meine, also rufe ich sie im Krankenhaus an. Ich kenne ihre Arbeitsnummer auswendig, weil sie die Pointe einer Geschichte ist. Während einer Dinnerparty bei uns zu Hause erzählte meine Mutter den Gästen von den Blicken, die sie erntet, wenn sie während der Arbeit einer Mitschwedin eine Nachricht aufs Band spricht und sie um Rückruf unter der Nummer 666 7777 bittet, was auf Schwedisch klingt wie *Sex! Sex! Sex! Hü! Hü! Hü! Hü!*.

Diese Nummer wähle ich jetzt.

»Sie ist gerade im OP«, sagt Mrs Markson. Mrs Markson ist die Chefin meiner Mutter und Petras Mutter. Sie fragt, ob sie etwas ausrichten könne. »Nein«, sage ich. Sie beglückwünscht mich zu meinem dritten Platz im Krankenhauswettbewerb für Jugendliche. Ich habe einen neuen Umkleideraum für die Schwestern entworfen. Svea hat den ersten Preis bekommen und 400 Dollar erhalten. Ich habe ein Abo für eine Jugendzeitschrift gewonnen, die ich nicht lese.

Nach der Schule reihen sich die Eltern mit ihren Autos in der hufeisenförmigen Auffahrt neben dem Sportplatz in die Schlange. Das Abholverfahren geht sehr langsam voran und wird noch zusätzlich verlangsamt, weil jede Mutter aus dem Auto aussteigt, um sich mit den anderen Müttern über Maria Fabiolas Verschwinden auszutauschen. Die Karawane sieht aus wie eine Volvo-Werbung. Ich sehe, wie die Mutter der missmutigen Freundin ihre Tochter und meine Schwester abholt. Die Mutter winkt, als käme sie gerade von einer Kreuzfahrt zurück. *Hallo! Ich hab euch vermisst! Ich hab Geschenke!*

Ich schleiche mich aus dem Tor auf der Rückseite der Schule. Ich gehe los. Zu Hause angekommen, schnappe ich mir mein Fahrrad aus der Garage und fahre schnell dorthin, wo ich vermute, dass Maria Fabiola sich versteckt.

13

Vor dem Comicladen gegenüber der Ballettschule Olenska halte ich an. Die raumhohen Vorhänge des Studios sind zugezogen. Suchend schaue ich hinauf zu der Wohnung über dem Studio, wo Madame Sonya wohnt. Sie klagt des Öfteren über Hitzewallungen, die auch nach den Wechseljahren nicht aufgehört haben, also lässt sie die Fenster gern einen Spaltbreit offen. Doch jetzt sind die Fenster geschlossen – ein guter Hinweis, dass sie nicht zu Hause ist.

Ich schließe mein Fahrrad ab, überquere die Straße und biege in das schmale Gässchen, das in Madame Sonyas Garten führt. Ich war noch nie in diesem Garten, aber eines Tages nach dem Ballettunterricht hatte Madame Sonya mich und Maria Fabiola in ihren sogenannten Salon mitgenommen. Sie habe etwas in uns gesehen, sagte sie, und an sich selbst denken müssen. Sie wollte uns wissen lassen, sollten wir jemals in Schwierigkeiten stecken (»Ich werde nicht fragen, in was für Schwierigkeiten, niemals«), dürften wir gerne in ihrem Gartenhaus Unterschlupf suchen. »Es ist ein sicherer Hafen«, sagte sie und zeigte auf das Fenster. »Ein sicherer Hafen?«, fragte Maria Fabiola. Madame Sonya erklärte, was der Ausdruck bedeutet, und nannte uns die Kombination zu dem Schloss, das uns Zugang verschaffen würde. In unserem Leben gab es wenig Aufwühlendes, und ich versuchte mir vorzustellen, wann wir einen solchen Raum wohl brauchen könnten. Wahrscheinlich dachte Maria Fabiola dasselbe. Wir lächelten beide dankbar.

Auf dem schmalen Gässchen zum Garten sind lauter Risse im Zement, ein eingerollter Gartenschlauch liegt da wie ein vergessenes Lasso, dahinter gibt es eine Holztür mit einem Schloss. Madame Sonya hatte uns die Kombination für das Vorhängeschloss genannt, das Jahr ihres größten Ruhms: 1938. Sie gibt dem Beginn des Zweiten Weltkriegs die Schuld für das vorzeitige Entgleisen ihrer Karriere.

Der Garten macht nicht viel her. Das Gartenhaus nimmt den Hauptteil des Grundstücks ein, und drum herum wuchert das Unkraut büschelweise und stachlig. Ich trete vor den Eingang des Gartenhauses. Ich drehe unvermittelt den Türknauf und stoße die Tür auf. Ich will Maria Fabiola überrumpeln.

Sie ist nicht hier.

Das Licht brennt. Ich sehe mich um und denke, dass mir der Raum sehr bekannt vorkommt. Aber woher sollte ich ihn kennen? Und dann fällt es mir ein: Im Studio hängen Fotos von Madame Sonyas Pariser Garderobe an den Wänden. Das Innere dieses Gartenhauses ist ein Nachbau. Ich weiß genau, welches Jahr mit diesem inoffiziellen Tempel zelebriert wird – 1938.

Auf jedem Tisch im Raum stehen Vasen mit getrockneten Rosensträußen, zusammengehalten von ausgefransten elfenbeinfarbenen Schleifen. Spitzenschuhe hängen an Wandhaken wie Weihnachtsstrümpfe. In der Mitte des Raums steht ein üppiger rosafarbener Diwan, darauf eine weiße

Felldecke. Ich streiche darüber. Die Fellspitzen sind hart, als wäre vor Jahrzehnten mal irgendetwas darüber verschüttet worden.

An einer Wand hängt ein großes gerahmtes Plakat. Auf dem Gemälde ist ein Floß mit ungefähr einem Dutzend Schiffbrüchiger zu sehen, darunter auch einige Tote. In der rechten Ecke des Gemäldes schwenkt ein Junge eine rote Fahne und ruft ein vorbeifahrendes Schiff zu Hilfe. Unter dem Gemälde verkündet das Plakat:

Das Floß der Medusa
Théodore Géricault
LOUVRE-MUSEUM

Das Gartenhaus ist fensterlos, wodurch sich der Raum noch mehr nach Vergangenheitskult anfühlt. Letztes Frühjahr mussten wir für Mr Londons Unterricht *Große Erwartungen* lesen, und Madame Sonyas Garderobe erinnert mich an Miss Havishams modriges Herrenhaus, Schauplatz der nie stattgefundenen Hochzeit.

Ich hebe die zottelige Felldecke vom Diwan hoch. Sie wäre groß genug, um sich darunter zu verstecken. Ich ziehe mit einem Ruck daran wie ein Zauberer. Doch da ist nichts außer einem zerschlissenen und staubigen Kissen. Es gibt ein kleines Bad, es wäre also durchaus möglich, hier einige Tage auszuharren.

Ich warte gegenüber der Ballettschule in dem Restaurant, wo es Piroggen gibt. Ich ignoriere die Blicke der älteren Russinnen mit ihren feuerroten Haaren. Offenbar halten sie wenig davon, dass ich meine Piroggen mit den Händen esse wie einen Burrito. Meine Schwester findet, Piroggen riechen nach Hundefutter. Ich finde, sie riechen nach Liebe. Sie sind warm, der Teig ist weich und das Fleisch eine zarte Überraschung. Ich sitze da und warte und schaue, ob Maria Fabiola das schmale Gässchen rechts hinter dem Studio betritt oder verlässt.

Irgendwann gehen die raumhohen Vorhänge gegenüber auf, und ich beobachte, wie Madame Sonya eine Gruppe Fünfjähriger am Barren unterrichtet. Ihr Pianist begleitet sie am Klavier. Er hat weiße Haare und ist permanent vornübergebeugt, als hätte er sein ganzes Leben am Klavier verbracht, mit einem Ohr waagerecht zu den Tasten, um zu horchen, ob das Instrument nicht verstimmt ist. Madame Sonya dreht sich zu ihm und deutet an, dass ein neues Lied anfängt. Da wird mir auf einen Schlag klar – der Pianist ist ihr Freund. Warum geht mir das jetzt erst auf? Liegt es daran, dass ich sie noch nie beobachtet und gleichzeitig nach Liebe schmeckende Piroggen gegessen habe? Diese Erkenntnis, dass die beiden ein Paar sind, löst eine Kaskade an Fragen aus: Was habe ich sonst alles nicht mitbekommen? Was könnte mir genau in diesem Moment entgehen?

Ich fahre mit dem Fahrrad zum Strand. Es wird schon dunkel, und die Wellen sind böig, ihr Brausen ist laut und klingt abgehackt. Ich laufe nach rechts zum Felsvorsprung und spiele mit dem Gedanken, die Zeit abzupassen und zum nächsten Strand zu sprinten, ohne nass oder vom Meer verschluckt zu werden. Aber plötzlich habe ich Angst. Was, wenn Maria Fabiola wirklich verschwunden ist? Ich beschließe, lieber über die Klippen zu klettern. Ich schaffe es bis nach oben, und als ich gerade zum Baker Beach hinabsteigen will, blicke ich nach unten. Von dieser hohen Warte aus sehe ich eine zusammengekauerte Gestalt, ein ovales Gebilde. »Maria Fabiola!«, rufe ich. Die Wellen antworten mit lautem Krachen.

Ich haste die Klippen hinunter und lande im Sand.

Das ovale Gebilde ist kein zusammengekauertes Mädchen; es ist ein Felsbrocken.

Die Luft ist feucht; salzig. Ich sehe den Baker Beach hinunter, wo zahlreiche Lagerfeuer brennen. Ihre Position, ihr Helligkeitsgrad bilden kein erkennbares Muster.

Irgendetwas Weißes schießt mir vor die Augen wie ein Komet. Ich brauche einen Moment, bis mir klar wird, dass es ein betrunkenes Mädchen ist, das eingewickelt in eine Art weißes Nachthemd von einem Lagerfeuer zum nächsten torkelt. Sie hat sich eine Decke um die Schultern gelegt und schleift sie hinter sich her wie die Robe einer entthronten Königin. Sie nimmt einen großen Schluck aus einer Flasche und wird dann von der versammelten Clique weggejagt wie ein Hund.

Die kalte Brise schlägt mir ins Gesicht, die feuchte Luft steigt mir in die Nase. Der Duft des Strandes am Abend ist seltsam waldig, wie ein dichter Forst.

Das Mädchen sprintet jetzt, versucht, die Decke hinter sich anzuheben wie einen fliegenden Teppich. Immer wieder dreht sie den Kopf um, als wollte sie prüfen, ob sie mit der Decke an Schwung und Höhe gewinnt oder nicht. Ihr Traum ist es, so stelle ich mir vor, auf dem Teppich zu sitzen und über all das hier hinwegzufliegen.

Sie läuft in Kreisen, schaut zurück, stolpert über ihre

eigenen Füße und stürzt zu Boden. Sie rollt über den Sand, und erst denke ich, sie lacht, aber als ich auf sie zugehe, höre ich ihr Schluchzen.

Haare bedecken ihr Gesicht wie Seetang, und ein großes Auge starrt zu mir hoch. Sie sieht aus wie ein sterbendes Pferd.

»Eulabee«, sagt sie. »Oder wie?«, und dann lacht sie über ihren eigenen Reim.

Es ist Gentle, Julias Halbschwester. »Komm, ich helf dir hoch«, sage ich. »Du bist ja eiskalt. Du musst irgendwo in die Wärme und ausnüchtern.« Ich stelle mir vor, wie ich oder jemand anders mit ihr im Kreis geht, während sie Kaffee trinkt.

»Ich bin nicht besoffen«, sagt sie und lallt das Wort »besoffen«.

Sie steht auf und läuft mit der Decke über dem Kopf davon. Sie rennt im Zickzack über den Strand wie ein chinesischer Neujahrsdrache.

Nachdem ich den Strand verlassen habe, fahre ich zu Julia. Ich muss ihrer Mutter Bescheid sagen, dass ich Gentle am Strand gesehen habe und dass sie betrunken ist.

Ich klingle an der Haustür und sehe, wie Julia durch einen der Vorhänge späht. Ich klingle noch mal. Endlich geht Kate, Julias Mutter, an die Tür.

»Eulabee«, sagt Kate frendlich. »Dich hab ich ja schon lange nicht mehr gesehen.«

Ich lächle gezwungen. Ist es möglich, dass sie wirklich nichts weiß?

»Ja«, sage ich. »Ich wollte Ihnen nur sagen, ich war gerade unten am Baker Beach und hab Gentle gesehen.«

Ihr Gesicht entgleist. »Was?«, sagt sie. »Das ist unmöglich. Sie ist krank und war heute nicht in der Schule. Sie ist oben in ihrem Zimmer und ruht sich aus.« Gentles Zimmer ist, wie ich weiß, unterm Dach.

»Ach so, okay«, sage ich. »Es ist halt nur … ich bin ziemlich sicher, dass sie es war.«

Kate sieht mich an, und ich sehe ihre vor Panik geweiteten Augen. »Warte hier«, sagt sie. Auf ihren starken Beinen rennt sie die Treppe hoch.

Ich sehe Julia in der Küche sitzen und Eis direkt aus dem Becher löffeln.

»*Jetzt* siehst du was«, sagt sie. »Wie praktisch für dich.«

»Ich dachte, deine Mutter würde vielleicht Bescheid wissen wollen«, sage ich.

»Clark!«, ruft Kate laut. »Clark! Gentle hat sich rausgeschlichen. Sie ist an diesem verdammten Strand.«

»Danke, dass du meiner Familie den Abend ruiniert hast«, sagt Julia. »Kannst du jetzt bitte gehen?«

Ich warte draußen vor dem Haus am Bordstein, falls Kate und Clark mich noch etwas fragen wollen. Das Seitentor geht auf, und sie steigen in ein dunkelgrünes Auto, das auf der Straße parkt. Julias Mutter kurbelt das Fenster runter. »Du kannst jetzt nach Hause, Eulabee«, sagt sie ungeduldig. »Fahr nach Hause.«

14

Als ich durch die Küchentür komme, ist es nach sieben. Mein Vater tigert hin und her, meine Mutter putzt, und Svea hat das verschlagene Lächeln eines Mädchens, das sicher ist, dass seine Schwester gleich mächtig Ärger bekommt. Doch meine Eltern sind weniger verärgert als erleichtert, mich zu sehen, und das wurmt Svea. Während meine Eltern mich in den Arm nehmen, rennt sie nach oben in ihr Zimmer.

»Wir haben uns solche Sorgen gemacht«, sagt mein Vater.

Ich erwarte, dass meine Mutter diese Bemerkung abschwächt, tut sie aber nicht.

Beim Essen – Spaghetti und Eisbergsalat – reden wir wortlos über Maria Fabiola, als würde das Schicksal selbst mithören. Meine Eltern wollen Svea beschützen, die große Augen macht – ich weiß, dass sie ihren Freundinnen am nächsten Tag von der Situation erzählen wird. Ihre Freundinnen haben hier übernachtet, wenn auch Maria Fabiola bei uns übernachtet hat. Sie kennen sie, und jetzt ist sie verschwunden.

Das Drama zieht sich vom Küchentisch bis ins Arbeitszimmer, wo sich mein Vater nach dem Abendessen die Nachrichten ansieht. »Greta!«, ruft er meiner Mutter zu, die Geschirr spült. Sie spült das Geschirr mit großer Sorgfalt, bevor sie es in die Spülmaschine stellt. »Greta!«, ruft er erneut.

Sie reagiert nicht, aber ich renne ins Arbeitszimmer. In den Nachrichten läuft ein Bericht über Maria Fabiola. Die Kamera zeigt den Campus der Spragg aus einem Winkel, den ich überhaupt nicht kenne – »Vogelperspektive«, erklärt mein Vater. Dann sieht man die Nahaufnahme einer Packung Zucker auf dem Fernsehbildschirm, und ich denke zuerst, es kommt Werbung. Doch schon ist die Sprecherin wieder im Bild und redet davon, dass das vermisste Mädchen die Erbin eines berühmten Zuckerkonzerns ist. Ihr Urgroßvater hatte die Zuckerfirma gegründet, und nun spekuliert man, dass es sich um eine Entführung handeln könnte.

Zwei Fragen schießen mir durch den Kopf: Eine Entführung? Und dann: Wie konnte ich acht Jahre lang ihre beste Freundin sein und nicht wissen, dass ihre Familie berühmt und vermögend ist?

»Wusstest du das?«, frage ich meinen Vater. »Dass sie eine Erbin ist?«

»Ja«, sagt er und starrt auf den Fernsehbildschirm. »Das weiß jeder.« Dann ruft er wieder nach meiner Mutter. »Greta!«, brüllt er. Als sie endlich kommt, ist der Beitrag vorbei, und mein Vater ärgert sich, dass sie ihn verpasst hat. »Was machst du denn so lange?«

»Die Küche sauber.« Ihre rosa Handschuhe machen beim Ausziehen ein Schmatzgeräusch.

Mein Vater wiederholt den gesamten Bericht, insofern hat sie nichts verpasst. Das wird meiner Mutter eine Lehre sein, denke ich. Nächstes Mal, wenn er ruft, wird sie gleich angelaufen kommen, weil er jetzt den ganzen Beitrag haarklein nacherzählt. Er schildert sogar lang und breit, was die Nachrichtenfrau anhatte und wie sie frisiert war. Mein Vater lässt keine Gelegenheit aus, Schönheit zu bewundern.

»Wusstest du, dass Maria Fabiola eine Millionenerbin ist?«, frage ich meine Mutter.

Meine Mutter lässt sich nicht so leicht beeindrucken von Oberflächlichkeiten oder Geld – was Geld angeht, ist sie sogar regelrecht skeptisch, weshalb meiner Meinung nach eine gute Chance besteht, dass diese Neuigkeit noch nicht zu ihr vorgedrungen ist. Warum hätte ich sonst über Jahre hinweg so eng mit ihr befreundet sein dürfen, wenn sie anscheinend so bekanntermaßen reich war?

»Natürlich«, sagt sie. »Ihre Mutter stammt aus einer alteingesessenen Familie von der Ostküste.«

»Ihre *Mutter* ist die mit dem Geld?«, frage ich fassungslos.

»Ja«, sagt meine Mutter. »Ich glaube, ihre Familie ist auf der *Mayflower* rübergekommen.«

Ich stelle mir Maria Fabiolas Mutter mit ihrer großen Sonnenbrille und den Lilly-Pulitzer-Kleidern vor, die sie immer anhat, wenn sie uns nach Marin zum Schwimmen in ihren Privatclub mitnimmt. Sie zieht sich nicht an, wie ich mir das von jemandem vorstelle, der Geld hat. Ihr Schmuck ist eher unauffällig, und ihre Handtaschen sind nicht mal aus Leder. Stattdessen trägt sie immer nur einen Leinenbeutel von L. L. Bean mit sich herum. Sie hat Maria Fabiola einen ähnlichen Beutel für die Schule gekauft. Danach haben wir alle den L. L.-Bean-Katalog abonniert.

Meistens sage ich Gute Nacht und gehe rauf in mein

Zimmer, um meine Hausaufgaben fertig zu machen, aber an diesem Abend folgen mir meine Eltern nach oben. Nachdem ich in ein altes, fusseliges langes Nachthemd geschlüpft bin, bringen mich beide ins Bett. Das haben sie zuletzt getan, als ich neun war. Ich kann mich nicht erinnern, wann mein Vater das letzte Mal in meinem Zimmer war – er sieht sich um, als hätte jemand umgeräumt.

»Kannst du mir helfen, den Aufkleber am Fenster abzumachen?«, frage ich ihn. »Der für die Feuerwehr, der sagt, dass in diesem Zimmer ein Kind wohnt?« Ich zeige auf das Fenster, und mein Vater hebt das Rollo hoch. Von innen sieht man den ovalen Aufkleber, man kann aber nicht lesen, was draufsteht.

»Klar«, sagt er. »Morgen.«

Meine Mutter streicht mir die Haare aus der Stirn. Trotz ihrer unerschütterlichen Treue zu den rosa Spülhandschuhen hat sie raue Finger. Sie hat mal erzählt, dass sie im Krankenhaus manchmal Vaginas von Frauen zusammennähen muss – vor allem von Frauen aus anderen Ländern –, weil deren künftige Ehemänner nicht erfahren sollen, dass sie nicht mehr Jungfrau sind. So etwas tun diese Hände, denke ich. Diese Hände nähen Vaginas zusammen.

»Meinst du, du möchtest morgen in die Schule?«, fragt mein Vater. »Möchtest du –«

»Sie geht morgen in die Schule«, wirft meine Mutter ein, noch bevor mein Vater zu Ende fragen kann. Ich habe noch keinen einzigen Schultag auf der Spragg verpasst. So ist das eben, wenn man auf eine Privatschule geht und Eltern hat, die nicht aus wohlhabenden Verhältnissen kommen. Sie haben ausgerechnet, was sie jeder Tag kostet.

»Ich komm schon klar«, sage ich. Ich gebe nicht zu, dass es irgendwie auch aufregend ist mit all den Fernsehkameras rings um den Campus. Ich sage nicht, dass zwar keine Kameras in den Klassenzimmern sind, einige der Lehrer sich aber inzwischen in Szene setzen, als würden sie gefilmt. Vor allem Mr London.

»Wir haben dich lieb«, sagt mein Vater, und meine Mutter nickt. Meine Mutter zeigt ihre Liebe auf jede erdenkliche Weise, doch es auszusprechen fällt ihr schwer. Mein Vater und ich haben schon viele Gespräche darüber geführt, warum das wohl so ist; wir glauben, es liegt daran, dass sie schon so viele Menschen verloren hat, gegenüber denen sie das Wort »Liebe« ausgesprochen hat. Ihre halbe Familie ist tot.

»Ich hab euch auch lieb«, sage ich.

Als sie gehen, starre ich hinauf in meinen schiefen Baldachin und sinniere darüber, dass Maria Fabiola eine Zuckererbin ist. Ich stelle mir die Speisekammer vor, die wir auf ihren Pyjamapartys immer geplündert haben. In der Speisekammer war auch Zucker, aber ich erinnere mich nicht, dass ihre Eltern mehr davon benutzt hätten als sonst jemand.

Als ich am nächsten Morgen aufwache, ist meine Mutter schon zur Arbeit aufgebrochen. Mein Vater besteht darauf, meine Schwester zur Schule zu fahren. Er will auch mich fahren, aber ich erinnere ihn daran, dass mein Job heute anfängt. Eine Nachbarin aus unserer Straße ist verreist und hat mich angeheuert, jeden Morgen ihre Zeitung einzusammeln, damit potenzielle Einbrecher nicht denken, es sei niemand zu Hause. Das Timing könnte nicht besser sein. Ich will die Nachrichten lesen, um mehr über Maria Fabiola zu erfahren, aber wir bekommen keine Zeitung, es sei denn, der *Chronicle* (die Morgenzeitung) oder der *Examiner* (die Nachmittagszeitung) bieten ein Probeabo an, bei dem man das Blatt sechs Wochen lang umsonst bekommt. Solche Angebote gibt es ständig. Die Zeitungen oder Zeitschriften schreiben immer, man könne vor Ablauf der sechs Wochen kündigen, rechnen aber damit, dass man eben nicht kündigt. Meine Eltern vergessen nie zu kündigen.

»Warum setzt sie ihr Abo nicht einfach aus?«, fragt mein Vater. »So müsste sie weder für die Zeitung noch für dich Geld ausgeben, während sie nicht da ist.«

»Sie traut der Zeitung nicht. Sie verdächtigt die Zeitung, dass sie den Einbrechern erzählt, wer verreist ist.«

»Jeder hat das Recht auf verrückte Theorien«, sagt mein Vater und schlüpft mithilfe eines glänzenden schwarzen Schuhlöffels in seine Schuhe. Der Reaktion entnehme ich, dass er wahrscheinlich selbst die eine oder andere verrückte Theorie hat.

Ein paar Minuten bevor mein Vater und meine Schwester aus der Hintertür gehen, verlasse ich durch die Vordertür das Haus. Unsere Straße, El Camino del Mar, kommt mir heute länger vor und steiler. Das Haus der Nachbarin ist unscheinbar. Soweit ich weiß, hat weder ein Magier noch ein Musiker jemals dort gewohnt. Es ist einfach nur ein normales Haus in Sea Cliff. Der *Chronicle* liegt auf dem Backsteinpfad, der zur Haustür der Witwe führt. Ein dünnes rosa Gummiband spannt sich über ein Foto von Maria Fabiolas Gesicht.

Ich rolle das Gummiband ab, ziehe es mir übers Handgelenk und schlage die Zeitung auf. Ich kenne dieses Foto von

Maria Fabiola. Es wurde von uns zusammen aufgenommen, auf ihrer letzten Geburtstagsparty auf der Rollschuhbahn mit den vielen Plakaten, auf denen Brooke Shields für Calvin Klein modelt. Ich stand rechts von Maria Fabiola, als das Foto gemacht wurde, aber ich bin (logischerweise) rausgeschnitten worden. Die Schlagzeile lautet »Junge Erbin vermisst«. Die Story beginnt mit einigen der erwartbaren Adjektive. Unsere Schule ist eine »Eliteschule«, unser Viertel ein »Nobelviertel«. Aber dann wird die Wortwahl eigentümlicher. Maria Fabiola wird als »Star-Schülerin und begeisterte Ballerina« dargestellt. Ich glaube nicht, dass Maria Fabiola sich gern als Star-Schülerin bezeichnen lassen würde, aber das mit der begeisterten Ballerina wird ihr gefallen.

Ich höre eine Autohupe. Noch bevor ich mich umdrehe, schießt mir als Erstes durch den Kopf, dass es der Mann im weißen Oldtimer ist. Aber es ist mein Vater. Er hat Svea und ihre missmutige Freundin auf dem Rücksitz und fordert mich auf einzusteigen. Ich stecke die Zeitung in meinen Rucksack und setze mich ins Auto.

»Ich wollte dich heute gern mal chauffieren«, sagt mein Vater.

Als wir zur Schule kommen, scheint es, dass alle von ihren Eltern zur Schule gefahren werden. Einige Schülerinnen werden vom offiziellen Chauffeur der Familie gefahren. Keiner traut seinem Kind zu, heute zu laufen oder den Bus zu nehmen.

In der Schule ist die Aufregung groß – niemand benimmt sich normal. Die Lehrerinnen fragen mich, ob alles in Ordnung sei, ohne die Antwort abzuwarten. Während des Unterrichts schnipse ich mir das Gummiband gegen mein

Handgelenk, damit ich auch ja nicht vergesse, traurig zu wirken. Denn in Wahrheit glaube ich nicht daran, dass Maria Fabiola etwas passiert ist. Das alles ist nur eine Masche, um Aufmerksamkeit zu heischen.

In der Mittagspause gehe ich bei Mr London im Büro vorbei. Die Tür wird von einem dicken Wörterbuch offen gehalten, aber ich klopfe trotzdem an.

»Herein!«, ruft er. Er sitzt an seinem Schreibtisch und hat, wie es aussieht, einen Schüleraufsatz in der Hand.

»Ach so«, sagt er. Er wirkt enttäuscht, dass ich es bin. Vielleicht hat er eine Journalistin erwartet.

»Sind Sie gerade beim Korrigieren?«

»Nein«, sagt er und legt das Blatt mit theatralischer Geste ab. »Es ist Maria Fabiolas Aufsatz über *1984*. Ich habe ihn gerade noch einmal durchgelesen, um zu sehen, ob ich irgendwelche … Hinweise finde.«

Jetzt weiß ich, dass er wirklich auf eine Journalistin gewartet hat. Er tut wahrscheinlich schon seit Stunden, als würde er ihren Aufsatz lesen, und hofft, dass ihn jemand dabei erwischt und für fantastisch hält.

Er legt die Arbeit auf den Schreibtisch, und ich sehe die Note, die oben steht: »1+«. Die beste Note, die Maria Fabiola je bekommen hat, war eine Zwei plus, und zwar in Sport.

»Ich wollte fragen, ob ich noch ein anderes Buch bekommen könnte, für die Literatur-AG«, sage ich.

»Noch eine Runde Salinger?«

»Nein«, sage ich. »Irgendwas Ausländisches vielleicht. Ich hab genug von Amerika.«

Mr London dreht sich zu seinem Bücherregal. An einer

Stelle fehlt ein Buch – die Leerstelle im Regal sieht aus wie eine Zahnlücke. Ich versuche, darauf zu kommen, welches Buch es sein könnte. Mr London streicht mit den Fingern über die Buchrücken.

»Hier«, sagt er. »Das hier ist ein neuer Roman von einem tschechischen Schriftsteller. Ich hab's selbst noch nicht gelesen.«

Er reicht mir das gebundene Buch: *Die unerträgliche Leichtigkeit des Seins.* Der Umschlag besteht nur aus dem Titel und dem Namen des Autors in Großbuchstaben, ohne Illustration. Ich lese den Klappentext, um zu sehen, worum es geht. Ich versuche, keine großen Augen zu machen, denn ich glaube nicht, dass Mr London die Buchbeschreibung gelesen hat. Es kommt mir ein bisschen anzüglich vor. »Toll«, sage ich, bevor er seine Meinung ändern kann. »Ich lese es in den Ferien.«

»Eulabee«, sagt er, als ich gerade aus der Tür gehe. Ich drehe mich um. Er hat seine alte Position wieder eingenommen und blickt auf Maria Fabiolas Aufsatz. »Ich weiß, dass du und Maria Fabiola eng befreundet seid. Das alles muss furchtbar schwer für dich sein.« Er schüttelt theatralisch den Kopf. »Wenn du über irgendwas reden willst, meine Tür steht immer offen. Wortwörtlich. Ich schließe nicht ab.«

»Danke«, sage ich und halte das Buch gegen die Brust gedrückt.

»Lass ruhig auf«, ruft er mir hinterher.

Nach der Schule laufe ich alleine nach Hause. Als ich auf unser Haus zukomme, sehe ich, dass im Wohnzimmer ein paar Gestalten sitzen. Leute im Wohnzimmer, das kann nur bedeuten, dass wir Besuch haben. Ich betrachte die Hinterköpfe und begreife, dass Maria Fabiolas Eltern auf dem Sofa sitzen. Ich bleibe wie angewurzelt stehen, dann treffe ich eine Entscheidung. Ich laufe weiter, als wäre das Haus meiner Eltern einfach nur irgendein Haus in Sea Cliff.

15

Ich laufe bis zur Ballettschule Olenska, um einen Blick ins Gartenhaus zu werfen. Ich gebe die Zahlenkombination ein. Drinnen fühlt es sich heute anders an. Auf dem Boden ist Sand, und im Papierkorb liegt eine aufgerissene Süßigkeitenverpackung. Ganz bestimmt nicht aus dem Jahr 1938, denke ich. Offensichtlich ist im Moment niemand in diesem kleinen Raum – verstecken kann man sich nirgends –, aber ich rufe trotzdem ihren Namen: »Maria Fabiola?«, sage ich. Der Name, den ich schon tausend Mal gerufen habe, klingt fremd aus meinem Mund.

Ich schließe die Tür und befestige das Vorhängeschloss. Ich drehe die Zahlen sorgsam zurück auf die Position von vorher.

Als ich aus dem schmalen Gässchen trete, sehe ich eine alte Frau, die aussieht wie eine Hexe. Ich mache einen Schritt zurück. Ein kurzes Quieken entweicht meiner Kehle. »Eulabee«, sagt die Hexe. Mein Herz ist laut. Ich starre diese Frau an, die aussieht wie der Geist eines Menschen, den ich einmal gekannt habe. Sie trägt ein weißes Nachthemd, und ihre weißgrauen Haare sind strohig und lang. »Was machst du hier?«

Es ist der Akzent, der mich wieder auf den Boden holt. Es ist Madame Sonya. Ich kenne ihre Haare nur im Dutt.

Ich hatte keine Ahnung, dass sie so lang sind. Ich habe sie immer nur in einem schwarzen Gymnastikanzug gesehen, und jetzt trägt sie nachmittags um vier ein weißes Nachthemd.

»Ich hab Sie gesucht«, sage ich und bin beeindruckt, dass ich nicht stammle.

»Warum bist du nicht einfach ins Studio gekommen?«, fragt sie.

»Wollte ich ja«, lüge ich. »Aber die Tür war zu.«

Sie trägt in jedem Arm eine Einkaufstüte. Der Beweis, dass sie Maria Fabiola Proviant ins Gartenhaus bringt.

»Sollte sie eigentlich nicht sein«, sagt sie, und ihr russischer Akzent klingt tadelnd – entweder tadelt sie mich oder die Tür.

Immer noch stehen wir in dem schmalen Gässchen und sehen uns an, ich mit dem Fuß im Lasso des Gartenschlauchs.

»Haben Sie das mit Maria Fabiola mitbekommen?«, frage ich.

»Ja, es ist ja in den Nachrichten!«, sagt sie. »Ein Reporter war hier. Ich habe ihm erzählt, sie sei eine sehr talentierte Ballerina.« Ich starre sie an. Wir wissen beide, dass das gelogen ist.

»Was, glauben Sie, ist passiert?«

»Ich glaube, sie ist mit ihrem Freund durchgebrannt«, sagt sie sachlich.

»Mit welchem Freund?«, frage ich und denke, sie wird einen Namen nennen, und dann wird alles plötzlich Sinn ergeben.

»Das weiß ich nicht. Hat sie denn keinen Freund?«

Ich warte auf weitere Enthüllungen.

»Lass mich kurz den Müll hier wegschmeißen«, sagt Madame Sonya.

Müll. In den Tüten ist Müll. Ich sehe ihr zu, wie sie ihn zu der graubraunen Tonne am Ende des schmalen Gässchens bringt. Dann dreht sie sich um, und die weißen Haare folgen eine halbe Sekunde lang ihrem Kopf wie eine Peitsche.

Für einen Augenblick denke ich, sie wird mich zum Tee einladen, aber stattdessen sieht sie mich aus der Ferne von oben bis unten an. Meine Mutter hat mir beigebracht, dass man Leute so nicht beäugen soll, aber vielleicht gilt das für russische Ballettlehrerinnen nicht.

»Du siehst dünn aus«, sagt sie. »Du hast abgenommen.«

Ich schüttle den Kopf. »Die Waage sagt immer dasselbe.«

»Die Waage«, sagt sie mit ähnlicher Verachtung wie für die Nazis, die ihr angeblich die Karriere ruiniert haben. »Man darf nicht auf die Waage hören. Die Waage sagt nie die Wahrheit. Ich habe mich seit Jahren nicht mehr gewogen.«

Immer wenn Leute zu mir sagen, ich sähe dünn aus, wollen sie was von mir. Was will sie von mir?

»Wir haben dich im Unterricht vermisst«, sagt sie. »Tut mir leid wegen deiner Freundin.« Sie geht durch das Gässchen an mir vorbei, und ich weiche zurück gegen den Lattenzaun, um ihr Platz zu machen. Ein Splitter bohrt sich in meine Wade.

Am Ende des Gässchens dreht sie sich um. Die tief stehende Sonne scheint auf ihr Nachthemd, und ich sehe ihre blassen dünnen Beine durch den Stoff. »In den Ferien ist kein Unterricht, das weißt du, nicht wahr?«

Glaubt sie tatsächlich, ich sei deswegen heute zum Stu-

dio gekommen? Um wieder mit den Ballettstunden anzu-
fangen?

»Ach ja«, sage ich, ich spiele mit und weiche vor ihr zurück wie ein Einbrecher aus einem Stummfilm. »Hatte ich
vergessen.«

Der Comicladen auf der anderen Straßenseite scheint
heute besonders gut besucht zu sein, und ich werfe einen
Blick hinein. Könnte Maria Fabiola dort sein? Wenn sie sich
im Gartenhaus versteckt hat, braucht sie doch sicher was
zum Lesen. Ein Dutzend Jungen sind im Laden und tun so,
als würden sie stöbern. Ich brauche einen Moment, bis mir
klar wird, dass sie etwas ganz anderes im Auge haben, nämlich den Typ aus *Mork & Mindy*. Er steht im Laden, liest ein
Comic und lacht. Die Jungen und die Verkäuferin, eine
junge Frau, die exakt so ein Mädchen ist, in das sich Comic-
laden-Nerds verknallen – lila gefärbte Haare, viel Ober-
weite, die durch ein enges schwarzes Top zusammengehalten (und hervorgehoben) wird –, sind sprachlos. Im Laden
ist außer dem Lachen des Schauspielers kein einziges Geräusch zu hören. Wie kann er dermaßen immun sein gegen
ihre Blicke? Vielleicht ist er die Aufmerksamkeit gewohnt.
Vielleicht gefällt sie ihm. Vielleicht fühlt er sich am leben-
digsten, wenn andere ihn ansehen. Ich versuche zu ent-
scheiden, ob es mir genauso geht.

16

Weihnachtsferien. Wir haben früher Schulschluss – die Volvos warten in der Hufeisenauffahrt. Obwohl es draußen kalt ist, sind die Fenster unten, damit die Mütter sich darüber austauschen können, wo sie die Ferien verbringen werden. Am nächsten Morgen werden sie aufbrechen, zu Verwandten an die Ostküste, nach Aspen oder Tahoe zum Skifahren oder nach Maui oder Lunai zum Schnorcheln und Sonnenbaden. Svea wird die erste Woche mit ihrer missmutigen Freundin und dem neuen Freund der Mutter verbringen. Sie gehen in Mammoth Ski fahren. Ich fahre nirgendwohin.

Ich verbringe die Tage bis Weihnachten in der Galerie meines Vaters. Ich helfe Arlene beim Sortieren von Unterlagen, und in meinen Pausen öffne ich eine Schublade des Gewürzschranks und atme tief ein, schließe sie und öffne die nächste. Abends gehe ich an Maria Fabiolas Haus vorbei und versuche, einen Blick durch die Fenster zu werfen. Überall brennt Licht, alle Vorhänge sind zu. Es sieht aus, als wohnten sie in einem Lampenschirm – hinter Leinenstoff bewegen sich Gestalten.

Ich gewöhne mir schnell an, morgens das Stück die Straße hochzugehen, um die Zeitung einzusammeln, zu überfliegen, ob es Neuigkeiten gibt über Maria Fabiola – gibt es nie –, mit meinem Vater zu frühstücken, tagsüber in der Galerie auszuhelfen und abends einen einsamen Spaziergang durch die Nachbarschaft zu machen, um einen Blick in Maria Fabiolas Haus zu werfen.

An meinem fünften Ferientag betrete ich die Galerie und merke sofort, dass irgendetwas anders ist. Der Gewürzschrank – er ist nicht mehr da. Es gab ihn so lange, dass es mir unvorstellbar war, er könnte eines Tages mal nicht mehr da sein.

»Wo ist er hin?«, frage ich Arlene. Mein Herz schlägt schnell.

»Jemand hat ihn gekauft«, sagt sie. »Er ist gestern Abend abgeholt worden, nachdem du schon weg warst.« Sie klingt barsch, als sie das sagt, sie ist genervt, dass ich gefragt habe. Sie hat also wieder ihre Tage.

Svea kommt aus Mammoth zurück, mit blassem Hals und gebräunt vom Kinn aufwärts. Als sie gefragt wird, wie's war, sagt sie, gut, aber ihr sei aufgefallen, dass ihre Freundin sie manchmal ein bisschen deprimiere, und das habe sie deprimiert. Ich bin drauf und dran, meine Fassungslosigkeit darüber zum Ausdruck zu bringen, dass ihr ein so prägender Charakterzug ihrer besten Freundin bisher entgangen sei, aber ich halte mich zurück. Es gibt so viel, was ich bis vor Kurzem nicht über Maria Fabiola wusste.

Ich setze mich zu meinem Vater ins Arbeitszimmer, um Nachrichten zu gucken. Heute Abend gibt es nur eine kurze Meldung zu Maria Fabiola. Dazu dasselbe Foto. Dann berichtet die Nachrichtenfrau über Torschlusspanik beim Kauf von Weihnachtsbäumen.

Wir feiern Weihnachten auf die schwedische Art, an Heiligabend.

Den ganzen Tag klingelt das Telefon – es sind die Freundinnen und Verwandten meiner Mutter aus Schweden. Wir essen Schinken, meine Mutter macht Glühwein, und Svea und ich dürfen die weingetränkten Rosinen am Boden ihrer kleinen Tasse essen.

Abends gehen wir in die Kirche. Der Gottesdienst ist voller Lieder und Kerzen. Ein dunkelhaariges Mädchen in Weiß spielt Harfe. Als es Zeit wird, die Namen der Leute in unserer Gemeinde zu nennen, die unsere Gebete und Unterstützung brauchen, fällt immer wieder der Name Maria Fabiola. Meine Eltern nennen auch die Namen von Maria Fabiolas Eltern.

Wir gehen nach Hause und setzen uns ins Wohnzimmer zu den vielen Strohziegen, die die Schweden zur Weihnachtszeit aufstellen. Diese Tradition ist mir nicht ganz klar, auch nicht, warum die traditionellen Strohfiguren meiner Meinung nach mehr an Pferde erinnern als an Ziegen. Aber jetzt ist nicht die Zeit, um Fragen zu stellen – ich will die Geschenke auspacken, die unter dem Baum liegen. Das dauert vier Minuten, denn wir feiern Weihnachten nicht nur auf die schwedische, sondern auch auf die knauserige Art. Die Geschenke sind weich, also weiß ich noch vor dem Öffnen, dass ich Socken und Unterwäsche bekomme. Vor dem Kamin hängt mein Weihnachtsstrumpf, auf dem mein Name falsch geschrieben ist, »Ulabee«. Eine Freundin der Familie hat mir den Strumpf mal vor Jahren geschenkt, und wir benutzen ihn trotz des Rechtschreibfehlers, der mich nur noch mehr darin bestärkt, dass das amerikanische Schulsystem den Bach runtergeht. Die Strümpfe sind sowieso hauptsächlich Dekoration; morgen wird mein Strumpf voller Bleistifte sein.

»Ich habe eine Überraschung«, sagt mein Vater. »Es war zu groß zum Einpacken.«

Er zieht einen rechteckigen Gegenstand hinter dem Klavier hervor, der die Größe eines Gemäldes hat. Vorsichtig entfernt er den schützenden Stoff und enthüllt: ein Gemälde. Dargestellt sind spielende Kinder am Strand.

»Es ist wunderschön, Joe«, sagt meine Mutter.

»Es ist für die Familie«, sagt mein Vater.

»Wer hat es gemalt?«, frage ich.

»Vanessa Bell«, sagt mein Vater. »Ich muss sie unbedingt mal nachschlagen.«

»Vanessa Bell«, sage ich. »Dazu bellt mir was ein.« Normalerweise mache ich solche Witze nicht, aber mein Vater ist ein großer Freund von Wortspielen. Ich betrachte diesen Kalauer als mein Weihnachtsgeschenk an ihn.

»Was meinst du damit?«, fragt er.

»Ich musste mal ein Referat über sie schreiben, für Mr London«, sage ich.

»Haben wir eigentlich inzwischen rausgefunden, ob er mit Jack London verwandt ist?«, fragt meine Mutter.

»Ist er nicht«, sage ich.

»Woher weißt du das?«, fragt meine Mutter. »Als ich mich mit ihm unterhalten habe, hörte es sich so an.«

»Genau«, sage ich. »Also ist er's nicht.«

»Entschuldige, Greta«, sagt mein Vater. Er dreht sich wieder zu mir. »Was heißt das, du musstest ein Referat über sie schreiben?«

»Na ja, ich musste was über die Bloomsbury Group schreiben, und Vanessa Bell gehörte dazu.«

Ausdruckslose Blicke allenthalben.

»Ich hol schnell mein Referat.«

Ich renne hinauf in mein Zimmer. Als ich wieder nach unten komme, hat sich meine Familie um das Gemälde versammelt, und alle starren es mit gespannter Erwartung an. Sie ähneln den Gestalten auf dem Gemälde selbst – das Gemälde zeigt drei Figuren, die um eine Sandburg herumstehen.

Ich reiche meinem Vater das Referat, und er liest es. Meine Mutter, meine Schwester und ich falten das Geschenkpapier zusammen und beschließen, dass der Großteil davon wohl weggeworfen werden muss. Es ist nicht mehr glatt genug für weitere Geschenke.

»Was sagst du zu dem Referat?«, frage ich meinen Vater.

»Das ist richtig spannend«, sagt er. »Vielleicht haben wir hier einen Fang gemacht.«

Meine Mutter und meine Schwester stellen Essen raus für den Weihnachtsmann (Haferflocken) und die Rentiere (Möhren), und mein Vater und ich blicken ins Feuer. Ich weiß nicht, ob Svea noch an den Weihnachtsmann glaubt, aber gerade ist nicht die Zeit, um zu fragen.

»Ich hab so ein Gefühl«, sagt mein Vater. »Dass das hier richtig was wert ist.«

»Ich auch«, sage ich.

Meine Mutter lächelt höflich, aber verzweifelt – sie kennt das alles zur Genüge. »Okay, ihr Träumer«, sagt sie. »Zeit zum Schlafengehen.«

Am Weihnachtsmorgen setzen meine Mutter, Svea und ich Wollmützen auf und gehen am Land's End spazieren.

»Überlegt mal. Alle anderen sitzen jetzt noch rum und packen Geschenke aus«, sagt meine Mutter schadenfroh, als ginge es an Weihnachten darum, vor allen anderen einen Spaziergang zu machen.

Bei unserer Rückkehr steht mein Vater an der Treppe vorm Haus und wartet auf uns. Irgendjemand ist gestorben, denke ich. Ich habe Angst, dass es eine meiner schwedischen Tanten ist. Ich mag sie wahnsinnig gerne.

»Maria Fabiola ist in den Nachrichten«, ruft er uns entgegen. »Man hat sie gefunden.«

Meine Mutter dankt Jesus und Gott auf Schwedisch.

Ohne unsere Turnschuhe auszuziehen, rennen wir ins Arbeitszimmer, und dort im Fernsehen sehe ich die Schlagzeile: »Ein Weihnachtsmärchen: Verschwundene Erbin lebend aufgetaucht«. Das immer selbe Foto von Maria Fabiola füllt den Bildschirm aus. Sie wurde heute früh in eine Decke gehüllt auf den Stufen ihres Elternhauses in Sea Cliff gefunden. Die Polizei habe noch keine Presseerklärung mit Details über die Entführer herausgegeben, sagt die Sprecherin. Die Frau macht ein ernstes Gesicht – die Situation erfordert das, klar –, aber in ihren Augen nehme ich ein wenig Aufregung wahr. Ihr Partner ist gerade im Urlaub, und das hier wird ihre Story sein.

»Wir müssen da vorbeigehen«, sagt meine Mutter. »Wir müssen sie begrüßen.«

Ich stehe so unter Schock, dass ich meiner Mutter folge. Sie geht schnell und schwingt die Arme, die Hände zu Fäusten geballt. Mein Vater und Svea kommen auch mit. Wir nähern uns dem Haus von Maria Fabiolas Eltern und sehen davor eine Menschentraube, fünfzig bis sechzig Leute. Sie haben sich versammelt wie bei einer Vorführung, als wären sie das Publikum und das Haus wäre die Bühne.

Nachbarn und wildfremde Leute umarmen sich auf der Straße. Einige tragen Zipfelmützen und andere Weihnachtspullover, von denen ich bezweifle, dass sie ironisch gemeint sind. Es treffen immer mehr Menschen ein – die einen mit dem Auto, die anderen mit dem Fahrrad. Wir warten auf etwas, wissen aber nicht, worauf. Schließlich werden im Wohnzimmer die Vorhänge aufgezogen. Maria Fabiola und ihre Eltern kommen ans Fenster. Ich höre, wie Leute nach Luft schnappen, gefolgt von lautem Schweigen. Maria Fabiola starrt hinaus zu all den Menschen auf der Straße. Es gibt Rufe und Jubelschreie, und es fällt das Wort »Weihnachtsmärchen«.

Ihr Vater öffnet das Fenster. Die Menge applaudiert ekstatisch. Maria Fabiola winkt wie Miss America – ihr Arm bewegt sich nur vom Ellenbogen aufwärts. Sie lässt den Blick über die Gesichter in der Menge schweifen und merkt sich genau, da bin ich mir sicher, wer alles aufgetaucht ist, um sie willkommen zu heißen. Kurz darauf begegnen sich unsere Blicke. Ihre Augen verharren, werden hart. Dann zieht ihr Blick weiter zu anderen Gesichtern, die mehr Bewunderung zum Ausdruck bringen.

17

Während Maria Fabiola verschwunden war, haben alle immer nur darauf gewartet zu erfahren, was genau passiert ist, wo sie war. Jetzt, wo sie wieder aufgetaucht ist, warten alle nur darauf, dass sie enthüllt, was passiert ist und wo sie war.

Eine Minute vor den Sechs-Uhr-Nachrichten setzt sich meine Familie vor den Fernseher. Es gibt kaum Neuigkeiten über Maria Fabiolas Verschwinden, außer dass ihre Entführer angeblich Russen waren. Die arme Madame Sonya, denke ich. Sie bietet Maria Fabiola ihr Gartenhaus an, und dafür kriegen ihre Landsleute einen Tritt in den Hintern. Der Nachrichtenmann ist wieder da – er muss seinen Urlaub abgebrochen haben, um die Berichterstattung über die Entführung zu übernehmen. Selbst die Nachrichtensprecher wirken kleinlaut angesichts ihrer dürftigen Meldungen. Der Mann verliest einen Absatz, der sich ungefähr so anhört: »Die Zuckererbin ist zurück bei ihren Eltern, nachdem sie, wie inzwischen bekannt ist, von Russen entführt wurde. Sie erholt sich im Kreise ihrer Familie in deren Haus in Sea Cliff. Wir halten Sie mit weiteren Neuigkeiten auf dem Laufenden, momentan jedoch bittet die Familie um Rücksicht auf ihre Privatsphäre.«

An den nächsten paar Abenden nehme ich etwas Angestrengtes im Gesicht des Nachrichtensprechers wahr. Ich stelle mir vor, dass er denkt: Und dafür habe ich meinen Urlaub abgebrochen? Ich bin zurückgekommen, um Abend für Abend Variationen ein und derselben Meldung zu wiederholen?

Als am siebten Abend dieselbe Meldung vorgelesen wird, heißt es statt »Haus in Sea Cliff« nun »Anwesen in Sea Cliff«. »Sie erholt sich auf dem Anwesen ihrer Familie in Sea Cliff«, sagt der Nachrichtenmann, und der Groll steht ihm jetzt ins Gesicht geschrieben.

»Anwesen?«, sage ich zu meinem Vater. »Das steigert bestimmt den Wiederverkaufswert, oder?«

Mein Vater lässt sich nicht ködern und in eine Immobiliendiskussion verwickeln. »Willst du sie nicht mal anrufen?«, fragt er stattdessen.

»Nein«, sage ich. Doch später an dem Abend wähle ich ihre Nummer, die ich auswendig kenne, seit ich acht Jahre alt bin. Es klingelt, und ihr Vater ist dran.

»Hallo, hier ist Eulabee.«

»Hallo, Eulabee«, sagt ihr Vater.

»Ich wollte nur sagen, wie erleichtert und … froh ich bin, dass Maria Fabiola wieder zu Hause ist.«

»Ja, wir auch.«

»Das glaub ich«, sage ich. »Also …«

»Sie nimmt noch keine Telefonate entgegen, Eulabee«, sagt er. Seine Stimme war immer schon geschmeidig und ruhig, wie die eines Hypnotiseurs. »Aber ich richte ihr aus, dass du an sie denkst. Auch Grace wird es viel bedeuten, dass du angerufen hast.« Ich brauche eine Sekunde, bis mir aufgeht, dass Grace Maria Fabiolas Mutter ist. Wieso wird es ihr etwas bedeuten, dass ich angerufen habe? Hat ihr Maria Fabiola von mir erzählt?

»Okay«, sage ich. »Na ja, dann viele Grüße auch an Grace. Frohes neues Jahr!«

Ich lege den Hörer auf und komme mir blöd vor.

In der ersten Januarwoche fängt die Schule wieder an. Am ersten Tag gehe ich allein zur Schule, wie gehabt. Vor mir sehe ich Faith und Julia laufen. Maria Fabiola ist nicht dabei. Vielleicht kommt sie später, denke ich. Wie ein Promi.

Doch als ich zur Morgenversammlung ins Auditorium komme, sehe ich Maria Fabiola zwischen ihrer Mutter und Mr Makepeace in der ersten Reihe sitzen. Als die Versammlung beginnt, verkündet Ms Catanese, die Oberstufenleiterin, dass »im Lichte der vergangenen Ereignisse« die Schultherapeutin Ms Ross erst einmal ganztägig da sein werde. Ms Ross hüpft auf die Bühne, bebrillt und in einem zitronengemusterten Kleid. »Ich wollte euch nur wissen lassen, dass all eure Geheimnisse bei mir sicher sind«, sagt sie. Sie stockt, als wollte sie noch mehr sagen, aber dann geht sie von der Bühne.

Meine Mitschülerinnen verbringen die Versammlung damit, vorsichtig nach Maria Fabiola zu schielen, und die verbringt die Versammlung damit, aus dem Fenster zu starren. Ich habe mal ein Nachmittagsspecial gesehen, da hat ein Mädchen, dessen Eltern sich scheiden ließen, genau dasselbe getan. Mir fällt plötzlich ein, dass ich diese Sendung zusammen mit Maria Fabiola geschaut habe, bei ihr zu Hause.

Ms Mäc ist krank, also werden unsere Klassen für den Biounterricht zusammengelegt, und wir haben eine Vertretung. Maria Fabiola starrt aus dem Fenster. Irgendwann stellt sich die Vertretung an der Seite des Klassenzimmers in Maria Fabiolas Sichtachse. »Wie viele Chromosomen enthält normalerweise eine menschliche Zelle?«

»Ich muss das nicht beantworten«, erwidert Maria Fabiola.

»Wie bitte?«, fragt die Vertretung.

»Die Polizei hat gesagt, ich muss keine Fragen beantworten, bei denen ich mich unwohl fühle.«

Die Vertretung verzieht das Gesicht und kneift für einen Moment die Augen zusammen, bis … wumms. Ich sehe den exakten Moment, in dem sie Maria Fabiola aus den Nachrichten wiedererkennt. Ihre Augen werden groß, sie strafft den Rücken.

»Nein, natürlich nicht«, sagt sie. »Natürlich musst du das nicht beantworten.«

Dann ruft die Vertretung Stephanie auf, die in der Nähe von Dianne Feinstein auf der Presidio Terrace wohnt.

»Okay, gut«, sagt die Vertretung zu Stephanie, obwohl die Antwort falsch war. Der Blick der Vertretung ruht noch immer auf Maria Fabiola, die Anwesenheit von Ruhm hat ihr die Sinne verwirrt.

Ich dagegen bin unsichtbar.

In den Wochen nach Maria Fabiolas Wiederkehr wird Sea Cliff von großer Geschäftigkeit ergriffen. Die Gärtner schneiden die Pflanzen und Hecken mit mehr Elan und Präzision, Hundebesitzer führen ihre Hunde länger und an längeren Leinen spazieren, und der Postbote liefert Briefe und Pakete mit neuer Energie und pfeift dabei oft ein Lied aus alten Zeiten.

Jeden Tag gehe ich direkt von der Schule nach Hause, damit ich den Postboten abfangen kann, bevor meine Mutter von der Arbeit kommt. Er kommt immer um 15:15 Uhr an unser Haus. Sie stellt ihr Fahrrad meist um 15:25 Uhr im Garten ab. Im Zuge meiner neu entdeckten Einsamkeit habe ich mehrere Internate kontaktiert und Bewerbungsunterlagen angefordert. Ich will nicht, dass meine Eltern erfahren, dass ich vorhabe, aus Sea Cliff wegzugehen, auf eine andere Schule. Mein Ziel ist es, erst mal zu sehen, wo ich angenommen werde, um sie dann zu überzeugen, dass mein Leben hier unerträglich ist. An vielen Schulen ist bald Bewerbungsschluss, also muss ich mich beeilen.

Mit seinem neuen Schwung hüpft eines Tages kurz nach Neujahr der Postbote die Stufen hinauf, einen cremefarbenen Briefumschlag in der Hand, der an mich adressiert ist. Der Umschlag, auf dem in Schönschrift mein Name steht, enthält eine Einladung »zu Ehren Maria Fabiolas und zur Feier ihrer glücklichen Rückkehr«. Die Party wird von ihrer Patentante ausgerichtet und soll an einem Freitagabend stattfinden. Ich habe noch nie persönlich eine solche Einladung erhalten – in Schönschrift und mit vorfrankierter Postkarte für meine Antwort. Ich lasse die Einladung auf dem Marmortisch in unserer Diele liegen, wo ich alle Korrespondenzen hinlege, die meine Mutter sehen soll, die ich ihr aber nicht persönlich geben will. Die Note für meine Salinger-Arbeit zum Beispiel.

»Na, das ist doch schön«, sagt meine Mutter. Sie steht in

meiner Zimmertür und hat die Einladung in der Hand. Ich liege auf meinem Bett und lese Kundera.

»Seltsame Idee für eine Party, findest du nicht?«, frage ich.

»Es sind ungewöhnliche Umstände«, sagt meine Mutter.

»Ja, wahrscheinlich. Wenn man in einen Schreibwarenladen geht, gibt es Glückwunschkarten für *Geburtstage* und *Hochzeitstage,* aber keine für die *Rückkehr von Leuten, die verschwunden waren und für tot gehalten wurden.*«

Ich grinse in der Hoffnung, meine Mutter zum Lachen zu bringen. Stattdessen legt sie den Kopf schief und sieht mich an.

»Ich will ja hingehen«, sage ich. »Ich glaube nur nicht, dass sie mich dahaben will.«

»Natürlich will sie dich dahaben.«

Ich starre auf meinen Schreibtisch, als läge dort etwas von besonderem Interesse. Ich habe meinen Eltern nicht erzählt, dass Maria Fabiola seit ihrer Rückkehr nicht mit mir geredet hat. Sie hat auch vor ihrem Verschwinden nicht mit mir geredet, das heißt, es herrscht seit dreieinhalb Monaten Funkstille.

»Ich denke, ihre Mutter muss mich eingeladen haben«, sage ich.

»Na, dann solltest du ihrer Mutter zuliebe hingehen. Leider können wir dich nicht begleiten«, sagt sie. »Dein Vater hat an dem Abend eine große Auktion – Danny Glover kommt in die Galerie.«

»Ich glaube, ihr wart sowieso nicht eingeladen. Der Umschlag ist an mich adressiert.«

»Ach so«, sagt sie. »Na, dann schick doch gleich die Zusage zurück, bevor du's dir anders überlegst.«

»Okay«, sage ich. Ich frage mich, woher sie das weiß – dass ich heute zwar hingehen will, aber befürchte, dass ich morgen keine Lust mehr dazu haben.

»Und noch was, Eulabee«, sagt sie. »Ich hab mir überlegt, jetzt, wo du aufgehört hast mit Ballett und mit der Tanzschule, vielleicht hast du ja Lust, irgendetwas anderes zu machen?«

Ich starre auf das Buch, das ich gerade lese. »Ich will Tschechisch lernen«, sage ich.

»Tschechisch«, sagt sie.

»Mm-hm«, sage ich.

Sie sieht mich an, als wollte sie etwas sagen. Doch sie entscheidet sich dagegen. Stattdessen nickt sie und verlässt den Raum. »Auf oder zu?«, fragt sie.

»Zu«, sage ich nur, weil ich die neue Macht über meine Eltern auskosten will, die mich gerade wie ein rohes Ei behandeln. Ich lese noch zehn Minuten, dann fülle ich die Antwortkarte aus. Ich schreibe meinen Namen sehr, sehr ordentlich. Neben dem Satz »Ja, ich will mitfeiern!« ist ein kleines Kästchen. Ich male das Kästchen komplett aus wie beim Multiple-Choice-Test in der Schule.

Auf dem Weg zum Briefkasten sehe ich Keith. Er ist auf seinem Skateboard allein unterwegs in der Lake Street.

»Hey, Keith«, rufe ich, und er antwortet nicht.

Scheiße, denke ich. Er hat mich auch fallenlassen. Aber dann dreht er sich auf seinem Brett, und ich entdecke die knallgelbe Walkmantasche an seinem Hosenbund und sehe, dass er Kopfhörer aufhat. Ich gehe auf ihn zu, und er sieht mich an und winkt. Er nimmt die Kopfhörer ab und legt sie sich um den Hals.

»Hey«, sagt er. »Was machst du?«

»Ich bring was zum Briefkasten«, sage ich.

»Ist das wegen Maria Fabiolas Willkommensparty?«, fragt er und nickt in Richtung der Postkarte in meiner Hand.

»Ja, gehst du auch hin?« Ich hoffe, dass ich nicht zu aufgeregt klinge.

»Weiß ich noch nicht. Ich frag mal nach, wenn meine Eltern nach Hause kommen. Ich glaub, wir sind an dem Wochenende auf ner Hochzeit.«

»Wo?«

»Im Yosemite-Park.«

»Im Winter?«

»Ja. Nicht zum Zelten. Wir übernachten in so nem Hotel. The Ahwahnee.«

»The Ahwahnee? Da wurde *Shining* gedreht.«

Ich erwarte, dass er »cool« sagt, wie es die meisten Jungs tun würden, aber stattdessen spricht er mir aus der Seele. »Schon etwas gruselig«, sagt er.

Ich nicke.

»Findest du's nicht irgendwie seltsam, dass es eine Party für sie gibt?«, fragt er. »Also, ich bin ja froh, dass die Entführer sie wieder zurückgebracht haben, aber … ich meine halt nur, was soll auf dieser Party passieren? Gibt's da Wundertüten für die Gäste?«

»Vielleicht verteilen sie ja Augenbinden«, sage ich.

Er starrt mich eine Sekunde lang an. Mein Humor ist wirklich nicht jedermanns Sache. Dann lächelt er. »Oder alle kriegen einen Koffer mit Bargeld.«

»Gab's denn eine Lösegeldforderung?«, frage ich. »Haben ihre Eltern gezahlt?«

»Keine Ahnung«, sagt er. »Aber wieso sollte sie sonst wieder zu Hause sein?«

»Was meinst du, wie viel es war?«, frage ich. »Was sind denn so die gängigen Preise?«

»Für eine Erbin ne Menge«, sagt er. Er spricht das Wort wie Eher-bin aus.

Ich spiele mit dem Gedanken, ihm von meiner Theorie zu erzählen, dass sie gar nicht entführt wurde, sondern ihr Verschwinden selbst inszeniert hat, beschließe aber, dass es gerade nicht der richtige Zeitpunkt ist. Ich habe nicht genug Beweise; streng genommen gar keine. Außerdem habe ich es satt, dass Maria Fabiola das einzige Gesprächsthema ist. Und das schon seit Monaten. Selbst wenn Leute über andere Themen reden, reden sie eigentlich über sie. Wenn meine Eltern mich fragen, um wie viel Uhr ich nach Hause komme, oder wenn die Lehrer »Schönes Wochenende, und passt auf euch auf« sagen, ist das nur ihretwegen.

»Was hörst n du da?«, frage ich.

»The Furs«, sagt er. »Findest du die gut?«

Vor ein paar Monaten noch hätte ich gelogen und so getan, als würde ich eine Band kennen, die ich gar nicht kenne. Aber ich will jetzt, dass es anders ist. Ich will jetzt anders sein.

»Die kenn ich nicht«, sage ich.

Ich erwarte, dass er spöttisch reagiert und sagt: »Wie, du kennst sie nicht.« Aber stattdessen zieht er sich den Kopfhörer vom Hals und setzt ihn mir über die Haare. Er drückt an seinem Sony Sports Walkman auf »Play«, und ich höre eine kratzige britische Stimme davon singen, dass man seine

Tränen runterschlucken und ein neues Gesicht aufsetzen soll.

Ich nehme den Kopfhörer ab und gebe ihn ihm zurück.

»Findest du nicht gut?«

»Nein, ich finde sie gut. Sehr sogar.« Ich kann ihm ja nicht sagen, dass ich ihm den Kopfhörer deshalb zurückgebe, weil mich das Lied so angerührt hat, so unmittelbar, dass ich Angst habe, an Ort und Stelle in Tränen auszubrechen.

»Ja, die sind echt gut«, sagt er.

»Stimmt«, sage ich. Es entsteht ein peinlicher Moment. »Dann bring ich das mal zum Briefkasten«, sage ich und halte die Postkarte hoch.

An diesem Abend bin ich lange auf und lese *Die unerträgliche Leichtigkeit des Seins*. Da ist eine Szene mit einer Melone – Sabina ist nackt in ihrer Prager Wohnung und verführt Tomas mit ihrem Körper und dem Hut. Ich versuche mir vorzustellen, wie eine Melone aussieht. Ich nehme mir vor, in den Secondhandläden in Haight-Ashbury nach einer zu suchen, wenn ich das nächste Mal da unterwegs bin. Wenn ich das nächste Mal *alleine* da unterwegs bin, denke ich.

Ich bemitleide mich selbst, und dann tut es mir leid, dass ich mich selbst bemitleide. Sich selbst zu bemitleiden, ist ein neuer Tiefpunkt, denke ich. Genau diese Worte schreibe ich in mein Tagebuch. Milan Kundera ist gut fürs Gehirn. Das Buch hat mich zur Philosophin gemacht.

Es ist nach elf, als es an der Haustür klingelt. Ich setze mich im Bett auf. Es klingelt meist nur dann an der Haustür, wenn uns einer irgendwas verkaufen will. Die meisten unserer Freunde kommen durch die Hintertür.

Ich gehe hinaus in den Flur und linse nach unten. Meine Mutter spricht schwedisch mit einer blonden Frau. Ich sehe nur die beiden blonden Scheitel, die sich zueinanderneigen und trotzdem laut reden.

Irgendetwas Schlimmes ist passiert.

Ich kenne die Freundinnen meiner Mutter lange genug und habe genügend Santa-Lucia-Shows absolviert, um ziemlich viel zu verstehen, auch wenn ich nicht fließend Schwedisch spreche. Immer wieder höre ich das Wort *mjölk,* das heißt »Milch«, wobei Milch die Intensität ihres Gesprächs nicht zu rechtfertigen scheint. Auch nicht die Gegenwart zweier Koffer.

Ich gehe die Treppe hinunter, reibe mir auf dem Treppenabsatz demonstrativ die Augen und gebe mir Mühe, in meinem pseudoschläfrigen Zustand zu stolpern. Vielleicht bin ich ja eine geborene Schauspielerin, denke ich.

»Oje, haben wir dich geweckt?«, fragt mein Vater.

»Schon gut«, sage ich beschwichtigend.

Ich sehe die blonde Besucherin an, als fiele sie mir gerade erst auf. »Hallo«, sage ich. »Wer sind Sie?«

»Ich bin Ewa«, sagt sie. »Das schreibt man mit w, aber hier wird es wie ein V ausgesprochen.«

»Ich bin Eulabee«, sage ich. »Und ich hab noch nicht raus, wie ich mich vorstelle, damit die Leute sich erinnern.«

»Oh, damit kann ich dir helfen«, sagt sie. Sie spricht fließend Englisch mit leichtem britischen Akzent. Sie war auf guten Schulen. Und sie ist viel jünger, als ich zuerst dachte. Von oben gesehen wirkte sie rund und fast mittleren Alters.

Aber jetzt, wo ich ihr gegenüberstehe, sehe ich, dass sie Anfang zwanzig sein muss. Sie muss ...

»Ewa ist Au-pair-Mädchen«, sagt meine Mutter. Ich wusste es.

»Ich *war* Au-pair-Mädchen«, sagt Ewa.

Zu den inoffiziellen Aufgaben meiner Mutter als Teil des Schwedennetzwerks gehört es, als Beraterin für Au-pair-Mädchen aus Schweden aufzutreten. Man gibt ihnen ihre Nummer, falls irgendwas ist. In diesem Fall ist eindeutig irgendwas. Meine Mutter und Ewa unterhalten sich weiter angeregt auf Schwedisch.

Mein Vater verlagert das Gewicht von einem behausschuhten Fuß auf den anderen. Er räuspert sich. »Verzeihung. Darf's eine Tasse Tee sein?« Mein Vater spricht außer Englisch keine andere Sprache, und in Gegenwart von Ausländern, was in unserem Haus meist Schweden bedeutet, nimmt er unbewusst einen britischen Akzent und ein Faible für Tee an.

»Ist der Tee koffeinfrei?«, fragt Ewa. Meine Eltern tauschen einen Blick aus.

Es ist klar, dass sie noch nie darauf gekommen sind, zu überprüfen, ob der Tee, den sie spätabends trinken, koffeinfrei ist oder nicht.

»Ich seh mal nach«, sagt mein Vater und geht in die Küche. Er gibt sich oft häuslich in der Gegenwart schöner Frauen. Ewa ist zwar nicht im klassischen Sinne schön, aber mit ihrem runden breiten Gesicht und (für San Franciscoer Verhältnisse) eigentümlich braunen Haut sehr einnehmend. Sie ist mollig, kurvig. Sie trägt die weißen Hosen, die alle Schweden lieben. In Amerika würden Frauen mit ihrem

Körperbau wahrscheinlich keine solchen Hosen tragen. Vielleicht ist das ein Trick, denke ich. Indem sie weiße Hosen trägt, signalisiert sie, dass sie nicht rund ist, obwohl sie es ist. Ihre Augen sind veilchenblau wie eine Flamme, und ihre schulterlangen Haare sind lockig. Könnte eine Dauerwelle sein, denke ich. Meine schwedischen Cousinen lassen sich gerade alle Dauerwellen machen.

Meine Mutter und Ewa unterhalten sich noch kurz, und alles, was ich verstehe, ist *Damernas Värld,* der Name einer Frauenzeitschrift. Ich weiß das, weil wir alte Ausgaben in einem Korb in unserem Badezimmer haben. Immer wenn in Amerika lebende Schweden »für den Sommer nach Hause« fahren, bringen sie so viele *Damernas Värld* mit, wie sie tragen können.

»Oh, wir sollten englisch mit dir sprechen«, sagt Ewa, die es offenbar nicht gut findet, dass ich nicht fließend Schwedisch spreche. Schweden finden das nie gut.

»Ich lerne Tschechisch«, sage ich.

Mein Vater kommt mit einem Teetablett zurück, und wir folgen ihm ins Wohnzimmer. Ich weiß, dass meine Eltern sehr viel von Ewa halten, weil wir so spät am Abend sonst nie im Wohnzimmer sitzen. Es ist kalt hier drin, mit all den Fenstern.

»Und«, sage ich gespielt lässig. »Was bringt Sie hierher?«

»Ich habe etwas Milch verschüttet«, sagt Ewa.

Meine Mutter erklärt. »Ewa war Au-pair bei einer Nachbarin in der Lake Street. Das ältere Mädchen heißt Maxine.« Meine Mutter sieht mich eindringlich an. »Kennst du sie?«

»Auf welche Schule geht sie?«, frage ich.

»Auf die Viner School«, sagt Ewa. »Sie ist in der achten Klasse.«

Viner ist die andere Mädchenschule. Bei Sportwettkämpfen treten wir manchmal gegeneinander an und immer wenn es um Jungs geht. Es gibt vieles, das wir über die Viner-Mädchen erzählen könnten.

»Ich glaube, ja«, sage ich. Ich spare mir die Bemerkung, dass ich Maxine mal begegnet bin, bevor sie die Tanzschule geschmissen hat, und dass sie einen gewissen Ruf hat.

»Maxine ist etwas … durcheinander, aber sie hat ein gutes Herz«, sagt Ewa, »ihr Vater hingegen … das ist eine andere Geschichte. Heute Abend wollte er sich noch einen Snack holen und hat dabei eine ganze Gallone Milch verschüttet. Er rief nach mir, weil mein Zimmer direkt neben der Küche liegt. Er wollte, dass ich die Milch aufwische.«

»Das ist nicht ihre Aufgabe«, sagt meine Mutter zu mir.

»Nein, es gehört nicht zu meinem Aufgabenbereich. Wenn eines der jüngeren Kinder die Milch verschüttet hätte, hätte ich das vielleicht getan, aber es ist nicht meine Aufgabe, hinter ihm herzuwischen.«

»Wieso wollte er Milch trinken?«, frage ich.

»Das tut nichts zur Sache«, sagt sie.

»Klar«, sage ich. Ihre Antwort bestätigt meine These, dass er keine Milch wollte, sondern Alkohol. Warum sollte sie sonst sagen, dass es nichts zur Sache tut? Ich vermute außerdem, dass sie nicht in ihrem Zimmer war, sondern mit ihm zusammen in der Küche getrunken hat. Aber es steht mir nicht zu, an dieser Stelle meine Theorien darzulegen.

»Ich glaube, du solltest wieder ins Bett gehen«, schlägt meine Mutter vor.

»Okay«, sage ich. »Bis morgen.«

Ich liege schlaflos in meinem Himmelbett, und eine Stunde später höre ich, wie mein Vater Ewas zwei Koffer im Nebenzimmer abstellt, in unserem sogenannten Spielzimmer, wobei dort nicht gespielt wird. Die Einrichtung ist viel zu förmlich, das Zimmer viel zu aufgeräumt. Dort steht ein apricotfarbenes Lederklappsofa, wo Gäste übernachten. Es liegt allerdings seltsam für ein Gästezimmer, weil ich durch das Zimmer hindurchmuss, um in mein Zimmer zu kommen. Jetzt höre ich, wie Ewa es sich im Bett bequem macht. Die Sofafedern seufzen. Sie seufzt. Sie und das Sofa seufzen gemeinsam.

Am nächsten Morgen gehe ich leise an Ewa vorbei. Sie hat die Matratze auf den Boden gelegt und schläft mit dem Gesicht nach unten, Arme und Beine diagonal wie ein X, und ihre weiße Hose hängt über dem goldenen Türknauf.

18

Als ich nach einem weiteren Tag des Ignoriertwerdens aus der Schule nach Hause komme, sitzt Ewa im Gästezimmer und fädelt Perlen auf.

»Was machst du da?«, frage ich.

»Ohrringe«, sagt sie. »Hast du Ohrlöcher?«

»Ja, ich hab zwei Löcher in meinem linken Ohr und ein Loch im rechten. Das zweite Loch habe ich mir selber gestochen.«

»Wow«, sagt sie. »Das ist mutig.«

»Ich hab ein Ohrloch-Unternehmen«, sage ich, »ich steche den Leuten Ohrlöcher. Mädchen, Jungen, ganz egal, mit Eiswürfeln und sterilisierter Nadel.« *Unternehmen* ist etwas hochgegriffen für das, was ich mache. Ich habe drei Personen für jeweils fünf Dollar ein Ohrloch gestochen. Eine davon war Maria Fabiola.

»Ich bin beeindruckt«, sagt Ewa. »Und gut, dass du die Nadel sterilisierst.«

Ich wusste, der Teil würde ihr gefallen. Alle Schweden haben einen Hygienefimmel.

»Vielleicht kannst du mir ja auch eins stechen. Ich hätte gerne ein drittes.« Sie zieht ihr rechtes Ohrläppchen vor und zeigt mir, wo sie das Loch gern hätte.

»Sähe bestimmt gut aus«, sage ich.

»Hast du einen Freund, Eulabee?«

»Gerade nicht.«

»Gibt es jemanden, den du magst?«

»Ja.«

»Dann solltest du ihn zu deinem Freund machen.«

Ich stoße einen kurzen Lacher aus. »Und wie geht das?«

»Na ja, als Erstes solltet ihr was zusammen machen. Habt ihr irgendeine Gemeinsamkeit? Was ihr beide mögt?«

»Wir mögen beide Musik. Wir mögen beide eine Band namens The Furs.«

»The Psychedelic Furs!« Sie hört auf zu fädeln.

»Genau«, sage ich und hoffe, dass es dieselbe Band ist.

»Ich habe gerade gesehen, die spielen demnächst in San Francisco.«

»Echt?«

»Ja, du musst dir Tickets besorgen und ihn einladen.«

»Ich weiß nicht«, sage ich. »Scheint mir ein bisschen … ein ziemlich großer Sprung zu sein.«

»Pass auf, ich werd's so machen«, sagt sie. »Wie wär's, wenn ich zwei Karten kaufe, und dann kannst du ihm sagen, dass du eine ältere Freundin hast – eine ältere Freundin zu haben, ist immer gut, das macht Eindruck und zeigt, wie erwachsen du bist –, und deine ältere Freundin hätte zufällig zwei Karten für das Furs-Konzert gehabt, die sie dir geschenkt hat.«

Ich spüre eine Leichtigkeit im Brustkorb und auf beiden Fußrücken. »Das wäre echt cool«, sage ich. Ich starre Ewa, diese Aufwischverweigerin verschütteter Milch, mit neuer Bewunderung an.

Am Abend darauf finde ich zwei Karten auf meinem Schreibtisch, aufgefächert in einem V. Das Konzert ist im Fillmore. Ich war noch nie im Fillmore. Meine Lungen pressen sich gegen meinen Brustkorb. Jetzt muss ich nur noch Keith einladen. Und dann meine Eltern überreden, mich gehen zu lassen. Und ich muss rausfinden, ob die Band noch mehr aufgenommen hat als den halben Song, den ich gehört habe.

Ich ziehe meine Uniform aus und meine beste schwarze Jeans an. Statt einem Gürtel knote ich mir einen schwarzen Pullover um die Taille. Ich suche mir ein blaues langärmliges Oberteil mit einem großen Knopf am Kragen aus. Gut, denke ich und schaue in den Spiegel auf der Rückseite meiner Tür. Ich schaue nicht zu lange, nur lange genug, um zu denken, dass es hübsch aussieht. Mit genauerem Hinsehen, habe ich festgestellt, tu ich mir keinen Gefallen. Ich klebe mir ein paar Pflaster auf die Knöchel, bevor ich in meine Doc Martens steige, die noch nicht richtig eingelaufen sind. Doc Martens sind für Abende und Wochenenden. Sie sind auf der Spragg nicht erlaubt.

Ich laufe zur California Street, um den ersten der beiden Busse zu meinem bevorzugten Plattenladen zu nehmen. Ich hoffe darauf, Keith auf seinem Skateboard anzutreffen, aber er ist nirgends zu sehen. Ich warte auf den Bus und fahre damit vier Blocks, bevor ich beschließe, beim Busfahrer ein Umsteigeticket zu kaufen. In meinem Bus sind keine Jungs. Ich halte mein Umsteigeticket in der Hand und warte eine Viertelstunde auf den nächsten Bus. Das Warten hat sich gelohnt. In diesem Bus sehe ich Axel Wallenberg. Er kennt mich nicht, aber ich weiß, wer er ist, weil er auch schwedisch ist – unsere Mütter kennen sich. Axel Wallenberg, habe ich beschlossen, ist ein tiefsinniger, traumhaft schöner Junge.

Während seine Schönheit nicht zu übersehen ist, liegt seine Tiefsinnigkeit vielleicht weniger auf der Hand. Aber ich bin sicher, sie ist da, denn ich weiß etwas über seine Familie. Seit ich in der siebten Klasse einen Aufsatz über Raoul Wallenberg schreiben musste, bin ich ein Riesenfan. Er hat im Zweiten Weltkrieg Hunderte von Juden gerettet, indem er von Schweden nach Ungarn gefahren ist und den Juden gefälschte schwedische Papiere besorgt hat. 1945 hat ihn dann der russische KGB ins Gefängnis geworfen. Die Russen behaupten, er sei 1947 hingerichtet worden, aber seine Leiche wurde nie gefunden, und ich bin nicht sicher, ob ich ihnen glaube. Jede Menge Leute glauben ihnen nicht. Ich persönlich habe den Verdacht, dass Axel Wallenberg, der in diesem Moment mit mir zusammen im California Bus der Linie 1 sitzt, sein Enkel ist.

Wir steigen am Presidio um und nehmen die 43 bis Haight-Ashbury. Axel und seine Freunde sitzen hinten im Bus, ich in der Mitte. Ich muss darauf achten, immer mal wieder eine Seite der *Unerträglichen Leichtigkeit des Seins* umzublättern, damit es so aussieht, als würde ich tatsächlich lesen, falls jemand aufpasst, was niemand tut. Ich konzentriere mich auf das Gespräch der Jungen, das sich jetzt um Maria Fabiola dreht. Noch interessanter für mich ist die Tatsache, dass Axel gerade erzählt, er habe vor, auf die Willkommensparty zu gehen.

»Du solltest auf jeden Fall was in die Getränke mischen«, sagt einer seiner Freunde.

»Genau«, sagt der andere Freund, der mit den längeren Haaren. »Schütt was in den Punch rein.«

Als wir in Haight-Ashbury sind, schaue ich aus dem Fenster und sehe ein Mädchen mit aschblonden Haaren in einer pinkfarbenen Pelzjacke, mit runder Brille und Schlaghosen. Sie unterhält sich mit zwei deutlich älteren Männern, von denen der eine hochhackige Stiefel trägt. Der andere Mann trägt eine braune Lederjacke und eine Wollmütze.

»Da«, sagt einer von Axels Freunden. »Da ist wieder die Nackte vom Klettergerüst.«

Die anderen Jungen sehen aus dem Fenster. »Meine Fresse. Die Hippieschlampe«, sagt Axels anderer Freund.

»Die ist echt fertig«, sagt Axel. »Aber sie tut mir leid. Ihre Mutter ist einfach nach Afrika abgehauen.«

Indien, will ich sagen. Aber sie sollen nicht wissen, dass ich die ganze Zeit ihr Gespräch belausche.

Als wir in Haight-Ashbury sind, steigen wir alle aus. Die Jungen gehen nach links, wo die Läden ihre Pfeifen verkaufen und, beim Park in der Nähe, die Dealer ihr Gras. Ich gehe nach rechts in Richtung der größeren Geschäfte. Ich komme an ein paar Schulabbrechern mit Hunden vorbei. Man sieht, dass sie mal in teuren Sommerlagern gewesen sind – sie haben noch immer diese vergilbten und vergammelten Nautikarmbänder am Handgelenk –, und jetzt sitzen sie draußen vor den Läden und schnorren.

Im Plattenladen sind lauter Typen, die alle ungefähr fünf Jahre älter sind als ich. Ich sehe nur noch ein anderes Mädchen beim Plattenkaufen, aber sie ist mit ihrem Freund da. Ich sehe mir schnell die gebrauchten Platten durch, ohne das Gesuchte zu finden, also muss ich in die Abteilung NEU. Und da sind sie – die Psychedelic Furs. Es gibt zwei Platten. Nein, drei. Ich weiß nicht, welche ich kaufen soll. Ich beschließe, dass ich mir nur eine leisten kann. Svea hat im März Geburtstag, und ich muss den Rest meines Geldes sparen, um ihr irgendwas zu kaufen, das ich eine Woche später in den Tiefen ihres Kleiderschranks wiederfinden werde.

Ich entscheide mich für die Platte in der Mitte, mit einer Collage aus Schwarz-Weiß-Porträts von den Bandmitgliedern. Ich nehme sie in beide Hände, als wäre sie das Gesicht einer geliebten Person.

Der Mann mit dem schütteren Haar an der Kasse im ironisch gemeinten (?) Blondie-T-Shirt nickt, als ich ihm das Album reiche. »Coole Wahl«, sagt er, und ich sage nichts, denn Danke scheint mir nicht die richtige Entgegnung zu sein. Ich versuche, mit den Augen *Was sonst* zum Ausdruck zu bringen. Dann trage ich meine knallgelbe Plattentüte durch die Straße und gebe mir Mühe, nicht mit den Armen zu schlenkern und jemanden damit zu erwischen.

Ich komme an einem Ladenfenster mit einer Schaufensterpuppe vorbei, die ein schwarzes Kleid mit kleinen weißen Pünktchen anhat. Spontan gehe ich in den Laden.

Zwei schlaksige Frauen arbeiten in dem Geschäft. Eine davon trägt eine rote Fliege, die andere einen engen Rock mit durchlaufendem bronzefarbenem Reißverschluss auf der Vorderseite. »Das Kleid da im Schaufenster …«, beginne ich.

»Oh, das würde dir fabelhaft stehen«, sagt die Frau mit der Schleife.

»Wir haben nur das eine«, sagt die Frau im Reißverschlussrock. »Ich zieh's der Puppe aus.«

Sie geht ans Fenster und nimmt die Schaufensterpuppe heraus. Für einen kurzen Moment führen sie und die Schaufensterpuppe einen unbeholfenen Tanz auf. Dann legt die Frau die Schaufensterpuppe auf den Boden des Ladens und fängt an, die Knöpfe am Oberteil des Kleides aufzumachen. Es sieht aus, als wollte sie Erste Hilfe leisten. Die starre Gestalt sieht mir erstaunlich ähnlich. Der Frau mit der Fliege fällt das auch auf. »Die Schaufensterpuppe sieht dir ein bisschen ähnlich«, sagt sie.

»Ich hoffe nur, ich sehe etwas lebendiger aus«, sage ich.

»Tust du«, sagt sie.

»Ein Glück!«, sage ich. Die beiden Frauen starren mich an. Dann ringt die Frau auf dem Boden der Puppe das Kleid ab. Sie gibt es mir.

»Da geht's zur Umkleide«, sagt sie. »Hinter der rosa Gardine.«

In der Umkleide hängt ein Poster von Botticellis *Geburt der Venus,* wo die Venus aus einer Muschelhälfte steigt, und vielleicht hat das Poster damit zu tun, aber als ich das Kleid anziehe und in den Spiegel schaue, finde ich, dass ich wie eine bessere Version meiner selbst aussehe. Ein künftiges Ich. *So sehe ich später mal aus, wenn ich älter bin,* denke ich, und das beruhigt mich. Vielleicht bin ich dafür geschaffen, Kleider mit kleinen Pünktchen zu tragen.

»Lass mal sehen«, sagt eine der Frauen.

Ich komme aus der Umkleide und hoffe, dass der Zauber anhält.

»Wow«, sagen sie beide, er hält also noch an.

»Du hast genau den richtigen Körper für dieses Kleid«, sagt die Frau im Reißverschlussrock.

»Ist es nicht zu weit ausgeschnitten?«, frage ich und hoffe, dass sie die Frage verneinen wird. Ich weiß, dass es knapp davor ist, zu viel Busen zu zeigen.

»Auf gar keinen Fall«, sagt sie.

»Zeig, was du hast!«, sagt die Frau mit der Fliege. Und da muss ich lachen. Ich habe nie gezeigt und nie gehabt.

»Habt ihr zufällig auch eine Melone?«, frage ich.

Die beiden Frauen tauschen einen Blick aus, dann schütteln sie den Kopf und sehen mich an. Aber meine Frage nach einem weiteren Artikel hat sie inspiriert.

»Brauchst du Schuhe?«, fragt die Frau mit der Fliege. Sie trägt sehr hohe Absätze.

»Ich hätte einfach die hier zu dem Kleid getragen«, sage ich und sehe hinunter auf meine Doc Martens.

»Nein!«, rufen beide gleichzeitig.

»Welche Größe hast du?«, fragt die Frau mit dem Reißverschlussrock.

»Siebenunddreißig«, sage ich.

»Okay«, sagt sie und sucht die Schuhregale ab.

»Probier mal die hier. Sie sind gebraucht.« Die Schuhe, die sie mir reicht, sind silberfarben und zart – das Gegenteil von meinen Docs.

Ich setze mich auf ein niedriges Samtsofa und wechsle die Schuhe. Die Pflaster fallen mir von den Fersen, und ich muss sie wieder zurechtkleben. Dann stehe ich auf und versuche, nicht zu wackeln.

Die Frau mit der Fliege stößt einen Pfiff aus.

»Ich wünschte auch, ich könnte pfeifen«, sagt die Frau

mit dem Reißverschlussrock. »Kann ich aber nicht. Ist was Genetisches.«

Ich sehe in den Spiegel.

»Siehst du, was die für tolle Beine machen? Deine Beine werden richtig laanggezogen«, sagt die Frau mit der Fliege und zieht das Wort selbst in die Länge.

»Ich trau mich gar nicht, zu fragen, was das alles kostet.« Und plötzlich habe ich wirklich große Angst.

Die Frau mit dem Reißverschlussrock holt ihren Taschenrechner hervor, tippt darauf herum und nennt mir die Summe inklusive Mehrwertsteuer, die beträchtlich ist, aber nicht so groß, wie ich befürchtet hatte. Ich habe genug Geld dabei, mein gesamtes Geburtstagsgeld für Svea. Wenn ich es ausgebe, habe ich nur noch drei Dollar in der Tasche. Ich weiß, dass ich für ältere Nachbarn Besorgungen machen und es mir zurückverdienen kann. Ich bezahle, und die Schuhe werden behutsam in Seidenpapier gewickelt und anschließend unelegant in eine Papiertüte gestopft.

Ich danke den Frauen und steige über die reglose und nackte Schaufensterpuppe hinweg zur Tür. Als ich den Laden verlasse, klingelt ein Glöckchen.

Ich steige eine Haltestelle zu früh aus dem Bus, um durch Keiths Block zu gehen. Da ist er, auf der Straße auf seinem Skateboard. Und er ist allein. Ich gehe auf ihn zu und versuche, lässig zu sein. Ich sorge dafür, dass meine Plattentüte in seine Richtung zeigt.

»Na«, sagt er.

»Na.«

»Was hast du dir gekauft?«

»Die Furs«, sage ich.

»Echt?«

»Ja«, sage ich. »Und weißt du was? Ich hab eine Freundin, die ein bisschen älter ist, und die hat mir zwei Karten für das Konzert geschenkt.«

»Im Ernst? Cool.«

»Ja«, sage ich. Ich stehe da und sammle meinen ganzen Mut zusammen, um zu sagen, was ich als Nächstes sage: »Hast du Lust, mitzukommen?«

»Wie bitte?«, sagt er. Er sagt »Wie bitte« anstatt »Was«, und das liebe ich an ihm – er spricht, als käme er aus den Südstaaten oder aus der Vergangenheit oder beides.

»Hast du Lust mitzukommen?«, wiederhole ich. »Ich hab zwei Karten.«

»Vielleicht«, sagt er. »Wann ist es denn?«

Ich nenne ihm das Datum, und er sagt, er werde seine Eltern fragen und mir Bescheid sagen.

»Cool«, sage ich. Bevor ich irgendwas vermasseln kann, drehe ich mich weg. Ich hoffe, er sieht mir hinterher mit meiner Platte, meinem Kleid, meinen Schuhen und meinen letzten drei Dollar in der Tasche. Ich spüre, wie sich ein gelockertes Pflaster von meinem Knöchel löst und abfällt, aber das interessiert mich nicht, denn ich bin unsterblich.

19

Beim Abendessen spreche ich das Konzert an.

»Ich halte es für eine gute Idee, dass du gehst«, sagt meine Mutter. Ich weiß, was sie damit meint: *Ich halte es für eine gute Idee, dass du dir neue Freunde in deinem Alter suchst.* Es gefällt ihr, dass Ewa und ich uns so gut verstehen, aber ich merke auch, sie macht sich Sorgen, weil niemand mehr für mich anruft.

»Moment mal, Greta«, sagt mein Vater und legt seine Gabel hin. Er dreht sich zu mir. »Du gehst mit einem Jungen auf ein Konzert?«

»Er ist kein Junge«, sagt meine Mutter. »Er ist der Sohn von Bonnie und Fred. Du weißt schon, auf der Sea View Terrace.«

Ich spiele mit dem Gedanken, meine Mutter zu korrigieren. Keith *ist* ein Junge. Aber darauf hinzuweisen wird mir in dieser Sache nicht weiterhelfen.

»Was ist das für eine Band?«, fragt mein Vater.

»Eine britische«, sage ich.

»Ich würde sie mir gern mal anhören, bevor ich zu irgendetwas Ja sage«, sagt er.

»Okay. Ich hab das Album.«

Nach dem Essen hilft Ewa meiner Mutter beim Abwasch, und mein Vater folgt mir nach oben. Letztes Jahr hat er mir bei Sears einen Plattenspieler gekauft. Weil mir das peinlich war, habe ich das Sears-Logo überklebt. Ich habe so ein kleines Gerät benutzt, mit dem man Großbuchstaben auf rotem Klebeband ausstanzen kann. Ich habe »MARKEN-NAME HIER« auf das Klebeband gestanzt und damit das Logo überklebt.

Mein Vater setzt sich auf meinen Schreibtischstuhl und dreht sich hin und her. Ich hoffe, er sieht die Konzertkarten nicht – ich glaube, es wird ihm nicht gefallen, dass ich diejenige bin, die Keith einlädt.

Konzerte sind für meinen Vater nichts Neues. Mit Mitte zwanzig war er bei Little Richard, in Richmond auf der anderen Seite der Bucht – er war einer von zwei weißen Männern im Publikum. Es gibt aber merkliche Bildungslücken in seiner Laufbahn als Musikliebhaber. Einmal habe ich ihn nach seinem Lieblings-Beatle gefragt. »Den Trend habe ich irgendwie verpasst«, sagte er. *Den Trend verpasst,* dachte ich. *Den Beatles-Trend.* Insofern weiß ich nicht, was er von den Psychedelic Furs halten wird.

Die Platte liegt schon auf dem Plattenteller, und ich platziere die Nadel vorsichtig auf *Pretty in Pink.* Ich denke mir, der Songtitel ist harmlos genug und macht den Eindruck, dass die Band total angemessen ist für meine Altersgruppe.

Er schließt die Augen, während er sich den Song anhört.

»Eulabee«, sagt mein Vater.

»Ja«, sage ich.

»Ist in Ordnung«, sagt er.

»Okay«, sage ich. »Das heißt …«

»Du darfst auf das Konzert gehen«, sagt er, und ich merke, dass er selbst kaum glauben kann, was er da gerade sagt. »Wir müssen nur was ausmachen, damit dich Ewa vielleicht gleich danach abholen kann oder so.«

»Klar«, sage ich. »Danke.«

Anstatt »gern geschehen« zu sagen, nickt er. Dann lässt er das Gedrehe sein und steht auf.

Ewa fährt uns im gelben Saab meiner Eltern zum Konzert. Während der Fahrt sind Keith und ich sehr still, und Ewa überbrückt das Schweigen, indem sie erzählt, wie beliebt Heavy Metal in Schweden sei. Wir halten vor dem Fillmore. Die Leute stehen dicht gedrängt und sind alle älter.

»Sie ist cool«, sagt Keith, nachdem Ewa uns abgesetzt hat.

»Stimmt«, sage ich. Ich freue mich wahnsinnig, dass er sie nett findet.

Der Duft von feuchtem Laub schlägt mir entgegen, als wir das Gebäude betreten.

»Gras«, sagt Keith.

Klar, denke ich. Das einzige Konzert, auf dem ich bisher gewesen bin, war Duran Duran.

Wir stehen in der Mitte des Saals, ohne zu wissen, was wir mit unseren Händen machen sollen. Alle anderen haben Getränke in der Hand. Als das Konzert anfängt, schwanken wir ein bisschen im Takt der Musik.

»Kein Gelaber«, sagt Keith.

»Was?«, frage ich. Ich beuge mich zu ihm und rieche Tide. Anscheinend benutzt seine Mutter, anders als meine, das Waschmittel pur.

»Interessant, dass die Band kein Gelaber macht. Nicht mal so was wie *Es ist so toll, in San Francisco zu sein.*«

Als relativer Neuling in dieser Welt sage ich: »Ja.«

Die Band fängt an, *Heaven* zu spielen, und Keith streckt die Arme V-förmig in die Höhe und beginnt, sich um die eigene Achse zu drehen.

»Was machst du?«, frage ich.

»Das macht Richard Butler in dem Video zu dem Song.«

Ich frage nicht nach, wer Richard Butler ist – so blöd bin ich nicht. Es ist mir nie in den Sinn gekommen, die Namen der Bandmitglieder auswendig zu lernen.

»Versuch's mal«, sagt er.

Ich fange an, mich zu drehen, erst widerwillig.

»Streck die Arme hoch und zur Seite«, sagt Keith.

Ich tu's. Und dann drehen wir uns, kreisen in entgegengesetzte Richtungen, sodass unsere Hände bei jeder Umdrehung sanft aneinanderstoßen. Jedes Mal wenn unsere Gesichter einander zugewandt sind, sehe ich, dass Keith mitsingt. Ich gebe mich der Musik hin. Ich segle über die Welt hinaus, und alles ist egal, außer bei der nächsten Umdrehung Keiths Gesicht zu sehen, wenn mir die nächste Waschmittelwolke in die Nase weht.

»Ich bin so froh, dass wir hergekommen sind«, sage ich.

»Was?«, fragt er gegen die Lautstärke an.

»Ich bin so froh«, rufe ich.

Als die Furs durch sind mit ihrem Set und von der Bühne gehen, sinkt mein Herz. Aber dann rufen alle nach einer Zugabe – ich inklusive, ich ganz besonders –, und die Band kommt noch mal raus und spielt *Pretty in Pink*. Ich schreie, denn jetzt weiß ich, wie es sich anfühlt, wenn die Musik aufhört, und ich will auf gar keinen Fall, dass sie aufhört.

Als das Konzert offiziell vorbei ist, treten Keith und ich hinaus in den kalten Nebel. Die Nachtluft riecht nach neuen

Lederjacken. Die tief liegenden und breiten Scheinwerfer des Saab kommen auf uns zu, und wir rutschen beide auf den Rücksitz.

»Und, wie war's?«, fragt Ewa beim Anfahren.

»Fantastisch«, sagt Keith. Seine Finger krabbeln hinüber zu meiner Hand, und er nimmt sie in seine. Ich spüre seinen Herzschlag in seinem Daumen.

»Guckt euch das an«, sagt Ewa, während wir die Pine Street hochfahren. »Die müssen die Ampelschaltung verändert haben. Wir haben grüne Welle.« Unsere ruhige geschmeidige Fahrt durch die Nacht fühlt sich an, als wären wir auf einer Prachtstraße, die nur für uns gebaut wurde.

20

Endlich ist der Freitag der großen Party da, und Maria Fabiola fehlt in der Schule. Vielleicht ist sie ja wieder entführt worden, denke ich, aber ich bin nicht so blöd und sage es laut. Der einzige Mensch, zu dem ich so was sagen könnte, wäre Keith. Er fände es lustig. Aber Keith ist verreist, er ist im Yosemite-Park auf der Hochzeit seiner Cousine.

In der Schule kann sich keiner konzentrieren – nicht mal die Lehrer, die bis auf unsere Biolehrerin Ms Mäc auch alle auf die Party gehen. Niemand ist richtig bei der Sache, alle fragen sich, was eigentlich genau passieren wird. Wird es eine Ansprache geben? Wird ein Geheimnis enthüllt? Wir alle wissen über die Umstände von Maria Fabiolas Verschwinden und ihre wundersame weihnachtliche Rückkehr genauso wenig wie vor drei Wochen.

Noch vor dem Läuten um drei werden wir entlassen. Die Mütter in der Hufeisenauffahrt sind aus ihren Volvos ausgestiegen und stehen in kleinen Gesprächsgrüppchen herum. Sie wirken heute schicker als sonst. Ich zähle mindestens sechs bügelfrische Bleistiftröcke.

Als ich nach Hause komme, gehe ich erst durch Ewas Zimmer und dann in meins. Wir sagen jetzt Ewas Zimmer, denn das Schwedennetzwerk hat immer noch keine Au-pair-Stelle für sie aufgetan. Darüber bin ich extrem erleichtert.

Ich habe Ewa das Pünktchenkleid von der Haight Street gezeigt, aber sie hat es noch nicht an mir gesehen. Ich schließe meine Zimmertür und ziehe mich für die Party um. Als ich die Knöpfe an meinem Oberteil zumache, muss ich an die Verkäuferin denken und wie sie mit ihren zarten, kompetenten Händen dieselben Knöpfe am Torso der Schaufensterpuppe hantiert hat. Ich fühle mich überhaupt nicht wie ich selbst, aber im denkbar besten Sinne, denn *ich selbst* bin ja eine Geächtete.

Ich schlüpfe in die neuen Schuhe und gehe zu Ewa ins Zimmer.

»Perfekt«, sagt sie, und es klingt wie *pörrfekt*. Und anstatt mich zu bitten, mich um die eigene Achse zu drehen, steht sie vom Sofa auf und geht ein paarmal um mich herum, als wäre ich eine Statue in einem Museum, ein Kunstwerk.

»So«, sagt sie. »Ich habe eine Überraschung für dich.«

Sie geht an den Handarbeitsschrank, wobei ihre breiten Füße Abdrücke im dicken weißen Teppich hinterlassen. Sie hat den Schrank für ihre eigenen Zwecke umfunktioniert – die Stricksachen, Stickereien und Steppdeckenquadrate meiner Mutter sind allesamt ins unterste Regal gewandert. Ich verstehe das als Willkommensgruß, der bedeutet, dass sie eine Weile bleiben wird.

Ewa nimmt einen runden Lederkoffer aus dem Schrank, der aussieht, als wäre er für ein Musikinstrument gedacht – ein Tambourin? Eine Trommel? Sie öffnet ihn mit flinken effizienten Fingern wie eine Flugbegleiterin, die den Gebrauch der Rettungsweste demonstriert.

»Ta-da«, sagt sie und reicht mir einen Hut.

Ich komme nicht sofort drauf.

»Ist das eine Melone?«, frage ich. Beim Lesen der *Unerträglichen Leichtigkeit des Seins* hatte ich mir kein Bild machen können.

»Ja«, sagt Ewa. Schweden nicken nicht gern. Sie tun das Gegenteil – sie heben das Kinn, atmen ein und sagen gleichzeitig *Ja.*

»Echt?«, sage ich. Ich probiere sie auf und weiß, dass sie wahrscheinlich lächerlich aussieht.

»Ja, ja«, sagt sie, scheinbar gleichgültig, ob die Melone überhaupt ankommt.

Ich setze sie trotzdem auf. Ewa und ihre Au-pair-Freundin Monica fahren mich im Jaguar, der Monicas »Familie« gehört, zur Party. Sie finden keinen Parkplatz, also parken sie in zweiter Reihe vor dem Haus, um mich aussteigen zu lassen. Ich halte mich einen Moment zu lange am Türgriff fest, sodass ich ihn noch in der Hand habe, als sie anfahren. *Loslassen,* sage ich zu mir. *Lass los.* Ich hatte ein bisschen gehofft, sie würden mich bis vor die Tür begleiten.

Die Party findet im Haus von Arabella Gschwind statt, Maria Fabiolas Patentante, einer Frau, die ich nicht persönlich kenne, von der mein Vater aber sagt, sie sei eine bekannte Innenarchitektin. »Sie hat dieses Jahr für die Decorator Showcase das Wohnzimmer gemacht«, hatte mir mein Vater sichtlich beeindruckt erzählt. Arabella wohnt am Hafen. Berichtigung: Sie wohnt direkt in der Uferstraße, wo die Boote vor Anker liegen und wo am Wochenende alle joggen, fit aussehen und so tun, als wären wir in Südkalifornien. Marina Boulevard ist die Straße in San Francisco, die für ihre Weihnachtsdekoration bekannt ist. Erst letzten Monat hat meine Familie eigens einen Ausflug gemacht, und wir sind an den Häusern mit den Lichtern und Rentieren und Weihnachtsmännern vorbeigefahren. »Welches gefällt euch am besten?«, fragte mein Vater, als würde das ausgesuchte Haus dann uns gehören.

»Zu viel des Guten«, sagte meine Mutter. »Zu viel … Amerika.« Doch ihre Körperhaltung verriet die Wahrheit – sie hatte sich im Beifahrersitz nach vorn gebeugt, um besser sehen zu können.

Es ist ein windiger Abend. Auf den Stufen zum Haus habe ich die Hand auf meiner Melone, weil ich Angst habe, sie könnte mir vom Kopf geweht werden. Ich bin erleichtert, dass ich nicht klingeln muss; die Tür steht einen Spaltbreit offen. Als ich eintrete, begreife ich, dass Leon hier wohnt, dass Arabella seine Mutter ist. Leon war letztes Jahr auf der französischen Schule, bis sich seine Eltern scheiden ließen und er mit seinem Vater nach Genf zog. Ich kenne Leon aus der Tanzschule. Alle kennen ihn aus der Tanzschule. Letztes Jahr, als wir ein paar unserer Mitschülerinnen ärgern wollten, riefen wir diejenigen zu Hause an, von denen wir wussten, dass sie nicht da waren, und als dann ihre Eltern fragten, ob sie etwas ausrichten könnten, sagten wir: »Sagen Sie ihr, Leon hätte angerufen.« Dann buchstabierten wir seinen Namen, um Missverständnisse zu vermeiden. Wir wussten, wenn das Mädchen nach Hause kommt, wäre sie im siebten Himmel. Wir stellten uns vor, wie sie Leon zurückruft und total enttäuscht ist. Das war unsere Vorstellung von Spaß.

Die Wände des Foyers sind salonmäßig voll mit Fotos

von Leon in allen Altersstufen. Hier trägt er gebügelte Shorts mit Hosenträgern. Hier ist er in Anzug und Fliege. *Armer Leon*, denke ich – als Kind solche Klamotten tragen zu müssen. Auf der anderen Seite des Raums entdecke ich eine Frau in einem engen weißen Seidenkleid mit Bolerojäckchen und Schuhen, die so hoch sind, dass ich mich frage, wie lange ihre Waden das noch aushalten. Ich vermute, sie ist der Grund für Leons Altherrengarderobe. Bisher hat mir noch keiner erklärt, woran man ein Facelifting erkennt, aber die Haut sitzt bei ihr so straff um die Augen und den Mund herum, dass ich beim Anblick ihres Gesichts sofort denken muss: *geliftet!* Gerade begrüßt sie einen jungen Mann. »Ich bin Arabella«, sagt sie und küsst den jungen Mann auf beide Wangen. Er ist so verblüfft von der Aufmerksamkeit, dass er es versäumt, sich selbst vorzustellen. »Wo ist das Klo?«, fragt er. »Das WC«, korrigiert sie ihn, »befindet sich rechts neben dem Diebenkorn.« Er täuscht Verständnis vor und lässt sie stehen.

Ich höre die Party im Herzen des Hauses – im Wohnzimmer und im Esszimmer links vom Foyer –, aber ich kann mich noch nicht durchringen. Die Haustür geht auf, und Julia und Faith treten ein. Ich werfe ihnen einen erwartungsvollen, bittenden Blick zu. *Wir sind alle hier. Es ist alles okay. Ein neues Jahr. Eine Party. Eine glückliche Heimkehr.* Doch ihre geschminkten Augen gleiten über mich hinweg.

Ich schaue auf meine Uhr. Es ist zehn vor sieben. Noch zwei Stunden und vierzig Minuten, bis ich abgeholt werde. Ich denke an den dreistündigen Job, den ich letzten Sommer hatte. Ich musste Handzettel verteilen. Die Handzettel waren für einen Fotoladen, wo man drei Filmrollen zum Preis von zweien entwickeln lassen konnte. Der Handzettel war das Übliche – schwarz auf weiß mit dem Wort »Sonderangebot!« in Rot. Ich hatte die Aufgabe, in der Innenstadt zu stehen, einen Block vom Fotoladen entfernt, und jedem Passanten einen Handzettel in die Hand zu drücken. »Außer den Obdachlosen«, hieß es. »Die haben keine Kameras.«

Ich stand an der Ecke und gab mir Mühe, meine Handzettel zu verteilen. Die meisten Frauen ignorierten mich. Die meisten Männer nahmen einen Handzettel. Aber schon nach fünfzig Minuten merkte ich, dass ich in dem Job versagte. Meine Füßen taten weh, mir war langweilig, und ich hatte immer noch 300 Handzettel, die ich loswerden musste. Ich musste pinkeln, also ging ich ins nächstbeste Hotel, das St. Francis, und fuhr mit dem gläsernen Fahrstuhl in die oberste Etage. Nachdem ich mich vergewissert hatte, dass niemand auf der Toilette war, stopfte ich fünfzig Handzettel in den Mülleimer. Ich hätte den ganzen Stapel entsorgen können, aber ich hatte ein komisches Gefühl. Also stellte ich mich auch noch zehn Minuten lang vor die Herrentoilette, bis ich sicher war, dass niemand drin war. Dann stopfte ich sechzig Handzettel in den Mülleimer der Herrentoilette. Gott sei Dank, dachte ich. Mit kleinlautem Stolz spazierte ich ins Freie.

Genau so fühle ich mich auf Maria Fabiolas Willkommensparty, als müsste ich mir überlegen, wie man am besten ein paar dicke Schwaden Zeit loswird. Ich stelle mir sorgsam einen Teller mit Essen zusammen, esse erst sehr langsam und dann sehr hastig, damit ich mir später noch einen Teller holen kann, was wieder Zeit in Anspruch nehmen wird. Ich bleibe nachdenklich und sehr lange vor jedem der gerahmten Bilder stehen. Diese Gemälde bewegen sich in einer anderen Preiskategorie als die Bilder, die mein Vater in seiner Galerie verkauft. Auf dem obersten Treppenabsatz entdecke ich sogar ein Bild, das nach Chagall aussieht, aber ich komme nicht nah genug heran. Die Treppe ist mit einem weinroten samtenen Seil abgesperrt, als wäre das Haus ein historisches Anwesen, das öffentliche Besichtigungen anbietet.

Während der ersten Stunde der Party ist von Maria Fabiola nichts zu sehen. Ich begegne ein paar Mädchen aus meiner Klasse, die höflich nicken oder abschätzig oder so tun, als würden sie mich nicht sehen. Ich unterhalte mich kurz mit Ms Livesey und warte darauf, dass sie mir für mein Kleid ein Kompliment macht, was aber nicht passiert. Dann fangen plötzlich Julia und Faith eine Unterhaltung mit ihr an, als stünde ich nicht direkt daneben, also schlendere ich davon und auf Mr London zu, der gerade dabei ist, einen Tortillachip mit Guacamole zu essen. Ich sage ihm, der Roman von Milan Kundera gefalle mir gut.

»Besser als Salinger?«, fragt er und taucht den nächsten Tortillachip in Salsa. Ich nicke, will aber nicht wieder mit ihm über Salinger diskutieren und entschuldige mich, um auf die Toilette zu gehen. Ich sehe ein paar Jungen von der Tanzschule, die ich vor Monaten geschmissen habe, aber Maria Fabiola sehe ich nicht. Ich ziehe meine Kreise um die Party und muss dabei an den Haifisch im Aquarium im Golden Gate Park denken. Irgendwann bin ich sicher, dass allen klar ist, was ich tue, also häufe ich mir zum zweiten

Mal Essen auf meinen Teller. Die meisten Gäste haben sich im großen Esszimmer zusammengefunden. Ich finde ein kleines und unbevölkertes Wohnzimmer auf der anderen Seite des Foyers.

Ich setze mich in die Ecke einer roten Samtcouch – es ist die Art von Couch, die einen zwingt, stocksteif dazusitzen. Der Couchtisch ist aus Glas, und darauf liegen dicke Mode-bildbände – Coco Chanel, Diane von Furstenberg, Carolina Herrera. Ich klemme mein Glas Mineralwasser zwischen zwei dicke Bücher und hoffe, dass ich nichts verschütte. Das Essen ist lecker – Risotto –, und ich haue rein.

Ich rieche ihn, bevor ich ihn sehe. Polo Blue von Ralph Lauren. Es ist Axel, und er setzt sich neben mich auf die Couch. Zwei seiner Freunde sind ihm ins Wohnzimmer ge-folgt und setzen sich in die beiden Sessel auf der anderen Seite des Couchtisches. Sie stellen ihre voll beladenen Teller auf den Bildbänden ab. Ein gegrillter roter Paprikastreifen neigt sich langsam über ein Bauhaus-Buch, aber die Jungs scheinen nichts davon zu merken. Einen von ihnen erkenne ich wieder – er saß neulich mit Axel im Bus, aber den ande-ren habe ich noch nie gesehen. Der Junge aus dem Bus ist knapp über eins fünfzig, hat ein zartes Gesicht und ge-bräunte Haut. Der andere hat sorgsam zurückgegelte hell-braune Haare und nur am Haaransatz Akne. Die untere Ge-sichtshälfte ist makellos. Ich spekuliere, dass es das Haargel sein könnte, das die Pickel auf seiner Stirn verursacht, und frage mich, ob ihm das schon mal jemand gesagt hat. Die Hackordnung ist sofort klar: Axel hat das Sagen, danach kommt der Gebräunte, dann der Gegelte.

Sie beachten mich nicht, also esse ich weiter. Ich habe

eine Gabel Risotto halb zum Mund geführt, als der gegelte Junge sagt: »Hey, der Reis sieht aus wie meine Wichse.« Die anderen beiden Jungen drehen sich zu mir und starren mich an. Meine Gabel schwebt auf halbem Wege zwischen dem Teller und meinem Mund, aber ich werde nicht so dumm sein und jetzt essen. Ich lege meine Gabel hin.

»Ist es deine Wichse?«, fragt der gebräunte Junge.

»Genau, vielleicht hast du ja Maria Fabelhaft gesehen und die ganze Küche vollgespritzt.«

Maria Fabelhaft, denke ich. So wird sie von den Jungen genannt. Natürlich.

»Und, isst du jetzt weiter?«, fragt der gegelte Junge.

»Deine Wichse, nein«, sage ich. »Den Risotto, ja.«

Axel lacht und starrt mich an. Er guckt ein zweites Mal, und ich merke, dass ihm gerade aufgefallen ist, dass ich in bestimmten Momenten, aus einem bestimmten Winkel, hübsch aussehen kann. »Du bist doch das schwedische Mädchen«, sagt er. Ich betrachte mich selbst als tschechisch, nicht schwedisch, also brauche ich einen Moment, um zu reagieren.

»Ja«, sage ich.

»Dachte ich mir«, sagt er stolz, als hätte er soeben ein Rätsel von größter Bedeutung gelöst. »Unsere Mütter sind befreundet.«

»Echt?«, sage ich und versuche, lässig zu sein. Meine Mutter spricht immer sehr respektvoll von Axels Mutter. Sie sei so wohlhabend und tue so viel Gutes für die schwedische Gemeinde (ihre guten Taten werden allesamt durch blank polierte Gedenktafeln gefeiert), doch meine Mutter würde niemals das Wort »befreundet« benutzen. Das ist eine Sache, die ich wirklich an ihr bewundere: Soziale Kontakte werden niemals überbewertet.

»Wie kann man denn schwedisch sein und keine blauen Augen haben?«, fragt der gegelte Junge.

»Ignorier ihn«, sagt Axel. »Dein Hut gefällt mir übrigens.«

Ich prüfe sein Gesicht auf Sarkasmus, sehe aber keinen. »Danke.«

Ich führe eine Gabel voll Risotto zum Mund.

»Und, schmeckt's?«, fragt Axel.

Ich kaue noch.

»Spuckst du, oder schluckst du?«, fragt der gebräunte Junge.

»Junge, halt's Maul«, sagt Axel und dreht sich zu mir. »Wie heißt du noch mal?«

»Eulabee«, sage ich.

»Heißt das, du bist bi?«, sagt der gegelte Junge.

»Ignorier sie alle beide«, sagt Axel. Er hat sich mir komplett zugedreht und berührt mich fast mit seinen Knien. Ich rieche sein Ralph-Lauren-Parfüm, aber zusätzlich zu dem Duft ist da noch ein anderer Geruch, ein bisschen wie Kardamom. Alkohol, begreife ich. Er ist betrunken, sie alle drei sind es, oder zumindest auf gutem Wege.

»Was trinkt ihr da?«, frage ich.

Axel lächelt. Er hat ein Lächeln, das offenbart, was für ein Mann er einmal sein wird. Ich sehe es genau vor mir. Er ist dazu bestimmt, Highend-Immobilien zu verkaufen – sein Foto mit genau diesem Lächeln wird in einem kleinen Kästchen die dicken Hochglanz-Werbeflyer für Pacific-Heights-Anwesen schmücken.

»Gib mal deinen Becher«, sagt er. Ich gehorche. Er greift in die Innentasche seines Jacketts und dreht sich mit viel Aufhebens von mir weg.

Fünf Sekunden später dreht er sich wieder zu mir.

»Ta-da«, sagt er hält mir den Becher hin.

»Junge«, sagt sein gegelter Freund. »Du solltest echt niemals Zauberer werden.«

Ich schließe die Augen und leere den Inhalt meines Bechers mit einem einzigen langen Schluck.

»Ach du Scheiße«, sagt einer der Jungen.

Ich sehe Axel an, der jetzt weniger wie ein künftiger Immobilienmagnat aussieht und mehr wie Milan Kundera.

Plötzlich höre ich eine Triangel, wie man sie aus Sinfonien kennt. Widerwillig wende ich mich von Axels hübschem Gesicht ab.

Es ist eine Triangel.

Arabella hält die Triangel und schlägt sie mit einem Stab an. Sie hält inne, damit der Laut durchs Haus schallen kann. Sie hat ihr Bolerojäckchen ausgezogen – wahrscheinlich, um beim Halten der Triangel ihre Armmuskeln zu zeigen. Ihr weißes Kleid sitzt noch enger, als ich gedacht hätte. Sie hat nichts drunter.

»Wir haben uns heute hier versammelt –«, beginnt sie.

»Um dieses Ding namens Leben zu feiern«, sagt Axels sonnengebräunter Freund.

Arabella dreht den Kopf wie eine Eule in Richtung Wohnzimmer. Ich vermute, sie wird ihn zur Ordnung rufen, weil er ihre Rede gestört hat, aber ihr Blick ruht auf Axel. Ich begreife, dass sie denkt, Axel hätte gesprochen. Und sie mag Axel, so viel ist klar. Schleichend zieht sich ein langsames und möglicherweise verführerisches Lächeln über ihre orangefarbenen Lippen.

»Ganz genau«, sagt sie. »Wir haben uns heute hier versammelt, um das Leben zu feiern. Insbesondere das Leben einer bestimmten Person. Wir sind so dankbar, dass unsere wunderschöne Freundin, meine großartige Patentochter, wieder bei uns ist.«

»Amen«, flüstern einige Erwachsene laut. Die Mädchen klatschen Beifall. Die Jungen pfeifen.

Maria Fabiola ist immer noch nicht in Sicht.

»Maria Fabiolas Mutter war am Vassar College meine Mitbewohnerin«, verkündet Arabella. »Das war bevor …«

Es klingelt an der Tür, und die Menge dreht sich geschlossen um, in gespannter Erwartung der Hauptperson. Lotta, das holländische Mädchen, kommt zögerlich durch die Tür. Sie trägt einen roten Flanellrock, ein knallgelbes enges Oberteil und einen lila Mantel. Alle wirken enttäuscht, dass sie nicht Maria Fabiola ist; Arabella wirkt enttäuscht, einen so schrecklich schlecht gekleideten Gast zu haben. Abrupt dreht sie sich weg, als wollte sie den Anblick so schnell wie möglich aus ihrer Erinnerung verbannen. Lotta sucht mit den Augen den Raum ab und begegnet meinem Blick. Sie will sich zu mir setzen, das merke ich ihr an. Doch Axels alkoholisches Gebräu hat mir den Körper gewärmt und den Verstand geschärft, und ich sehe sie als die Verräterin, die sie ist.

Ich lasse meinen Blick vorsätzlich an ihr vorbeischießen. Ich wende mich meinem leeren roten Becher und dann Axel zu, der die Luftlinien meiner Augen falsch deutet und denkt, ich wollte noch einen Schluck zu trinken haben. Den brauche ich nicht, aber ich weiß es zu schätzen, dass er mich so genau beobachtet hat, um auf diese Idee zu kommen. Als Arabella erneut zum Reden ansetzt, spielt Axel wieder den schlechten Zauberer. Er dreht sich weg, greift mit der rechten Hand in seine linke Innentasche, als wollte er ein Schwert hervorziehen, doch stattdessen füllt er aus einem, wie ich mir vorstelle, silbern verzierten Flachmann meinen roten Becher auf.

»Nur Fliegen ist schöner«, flüstere ich ihm ins Ohr. Axel beugt sich vor zu meinem Mund, sodass meine Lippen aus Versehen sein Ohrläppchen streifen. Obwohl ich sein Gesicht nicht sehen kann, spüre ich, wie sich sein Körper vor Erregung anspannt. Er reicht mir den roten Becher zurück.

Was immer Arabella gesagt hat, wir haben es verpasst. Als ich mich wieder dem Raum zuwende, sind alle verstummt und blicken zur Treppe.

Maria Fabiola betritt die erste Stufe. Hörbar wird nach Luft geschnappt, noch bevor wir überhaupt ihr Gesicht sehen können. Sie trägt ein langes weißes Brautkleid. Sie sieht aus wie die Debütantinnen auf den Fotos in der *Nob Hill Gazette*. Ich beobachte sie, wie sie mit ihrem weißen Schuh mit dem Satinabsatz einen Schritt um die geschwungene Treppe macht, dann dreht sie sich frontal zur Menge. Sie sieht atemberaubend aus, und im besten Sinne fünf Jahre älter. Ihre Haare sind hochgesteckt, aufgehellte Strähnen umspielen ihr Gesicht. Mir dämmert, dass sie den Tag im Schönheitssalon verbracht hat – deswegen war sie heute nicht in der Schule.

Sie macht noch einen Schritt nach unten, und dann

nimmt ihr ernstes Gesicht mit dem sanft verschwommenen Blick die Huldigung aller Anwesenden auf. Ich vermute, sie zählt die Leute, die ihretwegen hier sind – 115, 120. Als der Raum verstummt ist, zieht sich ein Lächeln über ihr Gesicht, und sie streckt die Hände diagonal vor sich aus, als hätte sie gerade eine sagenhafte Vorstellung beendet – eine Tanznummer oder eine Arie auf einer hohen Note. Die Partygäste applaudieren stürmisch.

Als das Klatschen und Pfeifen endlich nachlässt, kommen Maria Fabiolas Mutter und Vater die Treppe hinunter und nehmen Maria Fabiola in ihre Mitte, nur dass sie dabei eine Stufe über ihr stehen. Ist der ganze Abend choreografiert worden wie eine Preisverleihung? Woher wussten ihre Eltern, dass sie genau eine Treppenstufe über ihr stehen zu bleiben hatten? Ich bin beeindruckt.

Wieder schlägt Arabella die Triangel an, und Maria Fabiola beginnt zu sprechen.

»Ich möchte euch allen für eure Unterstützung danken, während ich verschwunden war«, sagt sie. Ihre Stimme ist sanft und der Tonfall bebend. Ihre Stimme, stelle ich fest, gehört mit zur Inszenierung. »Ich weiß, viele von euch fragen sich, was passiert ist …«

Die Gäste lachen und unterdrücken ihr Gelächter schnell wieder, als sie merken, dass es unangebracht ist. »Tja, im Moment muss ich mich noch mit den Einzelheiten zurückhalten, weil ich ABC News ein Exklusivinterview versprochen habe.« Beim Sprechen dreht sie sich ganz nach links, zur Mitte und ganz nach rechts, und jedes Mal macht sie eine kaum merkliche Verbeugung. Sie erinnert mich an Glinda, die gute Hexe, wie sie zu den Munchkins spricht.

»Aber ich kann euch zumindest sagen, dass ich von Ausländern entführt wurde und dass sie mich auf ein Boot verschleppt haben. Erst wurde ich nicht gut behandelt – ich wäre im Dunkeln fast gestorben! –, aber einer der Schiffsleute hatte Mitleid mit mir, und dann fingen sie an, mich besser zu behandeln. Vor einer Insel erlitten wir Schiffbruch, ich schwamm an Land, und so gelang es mir, zu entkommen.«

Die Gäste beginnen, Beifall zu klatschen.

Ich fühle mich benommen. Ich beiße mir auf den linken Zungenrand. Ich habe Angst, ich könnte etwas sagen. Ich könnte widersprechen wie ein böser Gast auf einer Hochzeit, der inmitten der Feierlichkeiten etwas Schreckliches hinausposaunt.

Ihr Vater hält eine knappe, nichtssagende Rede darüber, wie glücklich sie sind, dass sie Maria Fabiola wiederhaben. Ihre Mutter dankt Arabella, dass sie in ihrem traumhaften Haus die Party ausrichtet. Arabella nutzt das Lob als Gelegenheit, um zu verkünden: »Mein Exmann mag zwar in Genf leben, aber unsere Scheidung war alles andere als schweizerisch. Alle waren parteiisch. Aber zumindest habe ich dieses Haus.« Noch mehr Gelächter.

Dann schlägt sie erneut mit dem Stab die Triangel an – das Zeichen, vermute ich, dass die Vorstellung vorbei ist. Maria Fabiola dreht sich um und steigt die Treppe wieder hinauf. Ihr Kleid hat eine Schleppe mit Bogenkante, die sich hastig hinter ihr zurückzieht wie eine Ozeanwelle.

»Hat die sich die Titten machen lassen?«, fragt Axels gebräunter Freund.

»Sie wurde entführt«, sagte Axel.

»Na ja, vielleicht wurde sie ja gezwungen, sich die Titten machen zu lassen«, sagte der gegelte Freund.

»Das liegt an ihrem Kleid«, sage ich. »Das sieht nur so aus.«

Sie alle nicken, als wäre ich die Kleiderexpertin. Ich nehme das Diane-von-Furstenberg-Buch vom Wohnzimmertisch, um meinen neuen Ruf zu untermauern.

»Kommst du mit raus?«, fragt mich Axel. »Ich kenne einen geheimen Balkon. Hat mir Leon mal gezeigt.«

»Klar«, sage ich. Ich folge ihm in den hinteren Teil des Wohnzimmers. Ich spüre die Augen meiner Mitschülerinnen auf ihm, auf mir, auf uns. Ich versuche, mir von meinem Vergnügen nichts anmerken zu lassen, doch meine Mundwinkel ziehen sich unwillkürlich hoch. Er öffnet die Tür, die aussieht, als würde sie in eine Besenkammer führen, und ich stolpere über die Schwelle.

»Vorsicht, Stufe«, sagt er verspätet, und wir lachen beide. Ich bin auf allen vieren auf dem Balkon. Er hilft mir hoch, und ich richte mich ungeschickt wieder auf. Ich bin noch nie betrunken gewesen, aber ich bin mir ziemlich sicher, dass es sich genau so anfühlt. Ein taumelndes, witziges, warmes Gefühl. Ein Kokon gegen die Welt. Ein Kokon, der nur Axel und mich umschließt.

Der Balkon ist klein und zeigt auf den Hafen. Die Sicht liegt völlig im Nebel. Gegen den weißen Himmel sehen die schwarzen senkrechten Masten der Boote aus wie Taktstriche auf einem Notenblatt. Die Sonne ist versunken, und die Nachtluft ist feucht und erfrischend auf meiner Haut.

»Nicht hinfallen«, sagt er.

»Ich versuch's«, sage ich.

Wieder greift er in die Innentasche seines Jacketts und holt den Flachmann hervor. Bloß sehe ich jetzt, dass es nicht der silberne Flachmann ist, den ich mir vorgestellt hatte. Die Flasche ist aus Plastik. »Ist das eine Shampooflasche?«, frage ich. »In Reisegröße?«

Er zuckt mit den Achseln und gießt etwas von der goldfarbenen Flüssigkeit in meinen roten Becher. Ich nehme einen Schluck, und jetzt, wo ich weiß, dass der Flachmann nicht das ist, was ich dachte, dass man ihn in jeder Drogerie neben den Minideorollern findet, schmeckt mein Getränk nach Seife.

Axel schenkt sich den Rest ein. Die Shampooflasche ist leer, und er schraubt den Plastikdeckel wieder drauf und steckt sie zurück in seine Anzugtasche.

»Und, was sagst du dazu?«, sage ich und sehe dorthin, wo normalerweise an einem klaren Abend die Brücke zu sehen wäre.

»Wozu?«

»Zu der Rede auf der Treppe?«

»Ach so«, sagt er, als wäre das nur ein Nebenaspekt dieser Party. »Sie war viel offizieller, als ich gedacht hätte.«

Er verlagert das Gewicht auf den anderen Fuß. »Was sagst *du* denn dazu?«, lallt er.

Ich will sagen, dass ich sie lächerlich fand, dass Maria Fabiola lügt, dass ich das Ganze für Betrug halte, für eine tolle Story, um Aufmerksamkeit zu bekommen, und dass sie in Wirklichkeit die ganze Zeit in einem Gartenhaus hinter einer Ballettschule war. Aber ich sehe Axel, der gerade Schluckauf hat, an und weiß, ich kann es mir sparen. Für einen kurzen Moment wünschte ich, er wäre Keith. Keith würde mich verstehen. Keith würde mir zustimmen und ziemlich sicher keinem anderen von meinem Verdacht erzählen.

Der Wind weht, und ich halte meinen Hut fest. Ich rieche Axels Duft, und die Wärme in meiner Kehle und meinem Magen ist jetzt auch auf meiner Haut. Ich atme tief durch. Wir sind wieder zusammen im Kokon.

»Willst du noch was?«, fragt er. Ich nicke, weil ich haben will, was er anbietet, egal, was es ist. Ich will seine Nähe spüren, vor allem jetzt, wo wir draußen sind und der Polo-Duft sich ausbreitet und mich, so denke ich mir, umgibt. Ich hoffe, dass mein Kleid nach Polo riecht, heute, morgen und nächste Woche. Ich will den Duft mit Ewa teilen. Ich stelle mir vor, wie ich ihr das Kleid unter die Nase halte, damit sie den Geruch tief einatmen kann, während ich auf ihr Urteil warte, von dem ich schon weiß, dass es anerkennend sein wird. Ewa, beschließe ich, ist das Beste, was mir seit Monaten passiert ist. Bis jetzt. Bis Axel, der sich jetzt zu mir beugt und mit seinen Lippen nach meinen sucht. Doch als er mich küsst, passiert etwas – ich habe das Gefühl, meine Lippe blutet, oder vielleicht seine, aber irgendetwas schmeckt nach Batterie. Und dann registriert mein Gehirn, was er mit seinem Mund macht – er überträgt den Alkohol von seinem Mund in meinen. Ich schlucke und mache einen Schritt zurück, und er lächelt mich an, und ich zwinge mich, das Lächeln zu erwidern, wobei ich in Wirklichkeit enttäuscht bin. Ich wollte einen richtigen Kuss haben, kein aufgezwungenes Getränk aus seinem Mund.

Ich lehne mich wieder an ihn und presse meine Lippen gegen seine. Ich will die Verbindung wiederherstellen, ich will den Kokon. Er legt beide Hände auf meine Brüste und drückt zu. Dann blickt er runter, drückt noch mal zu und lächelt seine Hände an, als wäre er sehr stolz auf das, was er gerade tut.

»Fass mich an«, sagt er. Ich berühre seinen Nacken, obwohl ich weiß, dass das nicht gemeint ist. »Fass mich da unten an«, sagt er.

Ich lege meine Hand auf die Beule unter dem Reißverschluss seiner Hose. Ich werfe einen Blick hinaus über den Marina Boulevard, um mich zu vergewissern, dass uns niemand sehen kann. Niemand kann uns sehen. Die Straße ist erschreckend leer. Ein einsamer Spaziergänger, eine Gruppe französischsprachiger Touristen, die Bier aus Flaschen trinken. »*Merde*«, sagt einer.

Axel drückt seine Handfläche auf meinen Handrücken und lenkt meine Bewegungen – auf und ab; nicht in die Richtung, die ich gewählt hätte; ich hätte sie von links nach rechts bewegt. Ich will seine Hände wieder auf meinen Brüsten haben. Ich habe keine Ahnung, wie es dazu gekommen ist, dass ich auf einer Party plötzlich auf einem Balkon stehe und einem Jungen in seinen Schritt fasse. Es ist, als hätten wir ein Video direkt nach dem Vorspann zur Mitte des Films vorgespult.

Aber das ist die Position, in der wir uns befinden – seine Hand auf meiner Hand auf seiner Beule, als die Balkontür aufgeht. Ich höre eine Woge von Gelächter aus dem Innern des Hauses, dazu feierliche Musik. Es ist Arabella. Sie tritt hinaus auf den kleinen Balkon. Axel und ich lösen uns hastig voneinander.

»Liebe auf den ersten Blick«, sagt sie.

»Guten Abend, Ma'am«, sagt Axel, und ich bin beeindruckt, wie schnell er in der Lage ist, auf normalen Partysmalltalk umzuschalten.

Sie mustert ihn. »Was für ein hübscher Junge«, sagt sie mit der Autorität einer Königin, die gleich jemanden zum Ritter schlagen wird. Sie trägt jetzt wieder ihr Bolerojäckchen, Triangel und Stab sind nirgends zu sehen.

Dann wendet sie mir ihren Blick zu. Reflexhaft lächle ich wie für ein Foto, als würde ich gleich ein Kompliment bekommen.

»Ist dir nicht kalt?«, fragt sie und mustert meine nackten Arme, den runden Ausschnitt meines Kleides.

»Nein, ich bin sehr warmblütig«, sage ich zu ihr.

»Na, das ist nicht zu übersehen!«, sagt sie.

Axel zuckt etwas und unterdrückt ein Lachen.

»Ich wollte euch nur mitgeteilt haben, dass in zehn Minuten das Dessert serviert wird.«

Sie tritt zurück ins Wohnzimmer und schließt die Balkontür hinter sich.

»Ich lach mich schlapp«, sagt Axel.

»Du vielleicht.«

»Ich glaub, die ist einfach enttäuscht, weil sie sich wünscht, Maria Fabiola und ich würden zusammenkommen. Ich glaub, die wollte uns heute verkuppeln.«

Was?, frage ich fast. Aber ich will nicht, dass sich dieser Moment, wie ohnehin schon alles, um sie dreht. Ich will noch mal zurückspulen, einen Schritt zurück machen. Plötzlich taucht seine Hand hinab, und ich denke schon, er fällt hin. Seine Finger greifen unter den Saum meines Kleides und schlängeln sich an meinem Oberschenkel hoch.

»Oh«, sage ich. Und dann sage ich nichts. Die Brise auf meinen Beinen ist feucht, und zwischen den Beinen spüre ich einen Schwall Feuchtigkeit und Hitze. Axels Hand bewegt sich in Richtung dieser nassen Hitze. Sein Duft kommt wieder näher, und das ist alles, was mich kümmert. Außer, dass mir schlecht ist von dem Drink. Der penetrante Duft und der Alkohol und die Erkenntnis, dass er mit Maria Fabiola verkuppelt werden soll, alles das vermischt sich in meinem Magen. Sein Finger ist in mir drin, und dann sind es womöglich zwei.

»Wow«, sagt er. »Das gefällt dir ja richtig.«

Ich weiß nicht, wie ich darauf reagieren soll, denn eigentlich gefällt mir das gar nicht. Er zieht seine Hand hervor, und selbst im Licht der späten Dämmerung kann ich erkennen, dass seine Finger voller …

»Blut!«, sagt er. »Ach du Scheiße. Du blutest.«

Wir starren beide auf seine Finger, und für einen kurzen Moment denke ich, dass er schuld ist, dass er mich zum Bluten gebracht hat.

»Warte, oder kriegst du … kriegst du gerade deine Tage?«, fragt er.

»Ich weiß nicht«, sage ich. »Vielleicht.« Vielleicht ist mir deswegen so schlecht.

»Vielleicht? Wieso hast du mir nichts gesagt? Und was mach ich jetzt damit?«

Ich starre auf seine Hand. »Hier«, sage ich, nehme den Saum meines Kleides und drehe ihm die Innenseite zu. »Du kannst es hier abwischen.«

Was er auch tut.

»Du bist widerlich«, sagt er.

»Dein Großvater wäre so enttäuscht von dir«, rufe ich.

»Mein Großvater?«

»Ich weiß, dass dein Großvater Raoul Wallenberg ist!«

»Wer? Was redest du da für ne …«, sagt er. »Du bist ja komplett gestört.«

Dann dreht er sich um und tritt zurück ins Wohnzimmer.

Ich beschließe, fünfzehn Sekunden zu warten und ihm erst dann zu folgen, damit es nicht so offensichtlich ist, dass wir zusammen draußen waren. Mein Magen fühlt sich an wie ein zu fest gepacktes Paket. Als ich zurück ins Wohnzimmer trete, ertönt viel zu laut Maria Fabiolas Lieblingslied *We Are the Champions*. Es gibt Tiramisu. Maria Fabiola ist nirgends zu sehen. Die Toilettentür ist abgeschlossen, also warte ich davor. Ich nehme die Melone ab und halte sie so lässig wie möglich vor mein weißgepunktetes schwarzes Kleid. Nur für den Fall, dass irgendwo Flecken sind. Als das Badezimmer frei wird, wische ich mich mit zusammengeknülltem Klopapier sauber, das ich dann in die Toilette schmeiße, wo das Papier aufblüht. Das Wasser färbt sich rosa, und ich drücke auf die Spülung. Ich suche unter dem Waschbecken nach Binden, bis mir einfällt, dass Arabella keine Töchter hat.

Um zwanzig nach neun gehe ich vor die Tür und warte auf Ewa und ihre Freundin. Während ich dastehe und warte, fällt mir ein, dass ich meinen Hut im Haus vergessen habe, möglicherweise im Badezimmer, aber ich kann nicht noch mal reingehen. Als Monica und Ewa vor dem Haus halten, parken sie nicht, sondern stoppen nur kurz. Ich bin so froh, sie zu sehen, dass ich auf den Rücksitz springe. Monica fährt sofort los. »Wie war die Party?«, fragt Ewa.

Ich fange an, ihre Frage zu beantworten – ich habe mir schon eine Lüge zurechtgelegt –, aber eine Macht, die stärker ist als Worte, wirbelt in meinem Innern, und ich übergebe mich auf die Rückbank des Jaguars.

ls wir wieder zu Hause sind, setzt mich Ewa an den
Küchentisch und macht mir Tee und Toastbrot.

»Der Tee ist koffeinfrei«, sagt sie zu mir, als wäre das etwas, worüber ich mir in diesem Moment Gedanken machen
würde. Mein einziges Ziel ist es, das Toastbrot bei mir zu
behalten.

Meine Eltern sind bei ihrer Auktion und werden erst in
einer Stunde zurück sein. Welch ein Segen. Ich habe keine
Ahnung, wie sie darauf reagieren werden, dass ich mich auf
Maria Fabiolas Party betrunken habe.

Mein Herz rattert gegen meine Rippen, meine Rippen
rattern gegen mein Herz.

»Wie fühlst du dich?«, fragt Ewa.

»Verraten.«

»Von wen?«, fragt sie.

»Wem«, sage ich.

»Von wen?«

»Ich fühle mich von meiner Weiblichkeit verraten.«

»Ich wünschte, mir würde irgendetwas Kluges dazu ein-
fallen«, sagt sie und sieht mich gnädig und mitfühlend an.
Ich merke ihr an, dass sie sich einbildet, sich selbst in mir zu
sehen. Ich lasse sie glotzen. Sie sucht mit dem Blick meine
Haare ab, wo eine Strähne Erbrochenes hängt wie Lametta.

»Der beste Rat, den ich dir geben kann, ist, geh unter die Dusche, wasch dir gründlich die Haare und leg dich schlafen«, sagt sie. »Im Schränkchen hinter dem Spiegel hab ich Binden, falls du welche brauchst.«

Im Badezimmer sehe ich jemanden, der mir ähnelt, nur in Blass und Aufgedunsen. In der Seifenschale der Badewanne entdecke ich Ewas Rasierer, mit dem sie sich immer die Beine rasiert und wahrscheinlich die Achseln. Ich habe mich noch nie irgendwo rasiert. Ein dreiteiliger Spiegel – ein Triptychon – bedeckt den Medizinschrank. Wenn ich ihn auf bestimmte Weise einstelle – also die zwei Außenflügel zu mir klappe –, bildet er Tausende von Spiegelbildern. Ich nehme den Rasierer und stelle mich auf die Toilette, damit ich mein vervielfältigtes Ich sehen kann.

Meine Schamhaare sind dunkler als meine Kopfhaare. Sie sind gelockt und, wie ich feststelle, störrisch. Ich nehme den Rasierer, drücke so fest wie möglich zu und wische damit auf meinem kleinen Schamhügel hin und her.

Dann fange ich an zu schreien. Die Klinge ist voll mit Haaren, und ich blute noch mehr. Erst tritt das Blut tröpfchenweise hervor, dann quillt es. Und das Brennen ist unerträglich. Ich springe vom Klodeckel und stoße mir dabei den großen Zeh an der scharfen Kante der Badezimmerwaage. Ich renne zur Dusche. Der Wasserdruck hilft. Eine rosa Pfütze wirbelt um meine Füße, und ich trete vom Abfluss zurück. Ich drücke mir einen Waschlappen gegen den Schamhügel – Druck ist das Einzige, was hilft.

Mir wird klar, dass ich den Rasierer nicht so fest gegen meine zarte Haut hätte pressen dürfen. Außerdem geht mir auf, dass ich Wasser und Seife hätte benutzen müssen, dass das der Grund ist, wieso man Rasierer so oft in den Seifen-schalen von Badewannen sieht.

Unter der Dusche fange ich an zu schluchzen. Ich heule und heule, bis das Wasser kalt wird. Dann heule ich, weil mir schrecklich kalt ist.

Draußen vor der Badezimmertür höre ich Ewa schreien.

»Du hast eine Minute, um aufzuschließen, sonst trete ich die Tür ein!«

Ich drehe das Wasser ab, schleppe mich zur Tür und lasse sie rein.

»Tut mir leid, aber ich glaube, ich hab deinen Rasierer zerstört«, sage ich.

Am nächsten Morgen werde ich von stechenden Schmer-zen geweckt. Ich habe das Gefühl, ich verbrenne. Ich habe Kopfschmerzen, aber der Schmerz zwischen meinen Bei-nen ist so stark, dass die Kopfschmerzen dagegen harmlos wirken. Ewa hat mir Aspirin vor die Zimmertür gestellt. Ich schlucke zwei Pillen ohne Wasser und muss von der kreidi-gen Beschaffenheit würgen.

Als ich es nach unten schaffe, sehe ich meinen Vater flach auf dem Esstisch liegen. Er liegt unter einem weißen Laken, als wäre er tot, aber ich weiß, dass er am Leben ist, weil Ewa vor sich hin summt, während sie ihn massiert. Auf dem Ess-tisch ist praktischerweise ein Plastikschutz, weil wir diesen Tisch nie für normale Mahlzeiten benutzen. Für Massagen aber anscheinend schon.

»Ich meinte gerade zu deinem Vater, vielleicht solltest du mal auf seinem Rücken laufen«, sagt Ewa zu mir. »Ich bin zu schwer, aber du hättest das richtige Gewicht.«

»Okay«, sage ich. Ich weiß, dass ich jetzt als Entschädigung zu allen im Haus freundlich sein muss.

Es klingelt an der Haustür. Vielleicht das nächste schwedische Au-pair-Mädchen auf der Flucht, denke ich. Ich öffne die Tür, und vor mir steht Maria Fabiola. Sie sieht so viel kleiner aus als gestern Abend, viel mehr wie meine Größe, jetzt, da wir auf Augenhöhe stehen und sie Jeans trägt statt einem Kleid. Doch ihr Zorn ist gigantisch. Ihr Zorn ist eine Gewalt, die ich wahrnehme, noch bevor sie den Mund aufmacht.

»Das war meine Party, und du hast sie ruiniert«, sagt sie. Sie stellt ihre Tasche vor unserem Eingang aus Backstein ab, sie hat also vor, eine Weile zu bleiben.

Ich trete aus der Tür und ziehe sie hinter mir zu. Ich will nicht, dass mein Vater und Ewa das hier mitbekommen.

»Mir ist nicht klar, wie ich sie ruiniert haben soll«, sage ich. Soweit ich mich erinnere, habe ich mich erst übergeben, als ich in den Jaguar eingestiegen bin, aber diese Information behalte ich für mich.

»Ist das dein Ernst? Alle reden von nichts anderem, als dass du Axel vollgeblutet hast. Er hat's allen erzählt.«

»Wieso würdest du dich überhaupt mit so nem Typen verkuppeln lassen wollen?«, frage ich.

Statt einer Antwort stößt sie einen frustrierten Schrei aus. Sogar ihre Haare, die jetzt keinen Haarsprayhalt mehr haben, stehen wie Ausrufezeichen von ihrem Kopf ab.

»Keine Ahnung, wie du's geschafft hast, den ganzen Abend an dich zu reißen, aber du hast es geschafft«, sagt sie.

»Ich hab nur meine Tage bekommen.«

»Das ist widerlich.«

»Soll ich dir mal sagen, was widerlich ist?«

Sie starrt mich an. Ich weiß noch nicht genau, was ich Widerliches sagen werde, also zögere ich den Moment hinaus und lege mir meine Antwort zurecht.

»Die Geschichte, die du erzählt hast«, sage ich. »Glaubst du wirklich, dass dir irgendjemand deine Entführungsstory abnimmt?«

»Wie bitte?«, sagt sie.

»Hattest du schon dein Interview mit ABC?«

»Sie haben die B-Rolle gedreht«, sagt sie.

Ich nicke, als wüsste ich, was das bedeutet.

»Das heißt, sie haben mich gefilmt, wie ich mit meiner Familie den Strand entlanggehe. Es ist echt gut geworden.«

»Du kannst richtig Ärger kriegen, wenn du die Presse belügst«, sage ich.

Ich weiß nicht, ob das stimmt, aber es klingt plausibel. »Die Story, die du gestern Abend erzählt hast, kommt einem doch irgendwie bekannt vor, findest du nicht?«

»Was meinst du damit?«, fragt sie, und ich merke, dass sie Angst hat.

»*Entführt?* Robert Louis Stevenson.«

»Wovon sprichst du?«

»O Gott«, sage ich, denn jetzt dämmert es mir. »Als ich das letzte Mal bei Mr London im Büro war, fehlte ein Buch. Nämlich *Entführt,* stimmt's? Du hast es genommen.«

»Wovon redest du?«, fragt sie mit leiser Stimme.

»Von dem Buch. Du hast die Idee aus einem Buch.«

»Ich les überhaupt keine Bücher«, sagt sie. »Die Entführer vielleicht, aber wann hätte ich denn lesen sollen, ich war schließlich damit beschäftigt, entführt zu sein!«

»Na ja, ich sag ja nur, bevor du vor die Kamera trittst für dein Exklusivinterview, solltest du deine Geschichte vielleicht noch mal überprüfen.«

»Ich geh jetzt«, sagt sie. »Aber ich hab dir was mitgebracht. Das hast du gestern vergessen.« Sie greift in ihre Tasche und zieht meine Melone hervor. Sie wirft sie auf den Boden zwischen uns. Dann stampft sie auf dem Hut herum, als hätte er Feuer gefangen. »Da«, sagt sie. Sie dreht sich um und geht die Stufen hinunter. Ich nehme den Hut und versuche, ihn wieder in Form zu biegen, aber er ist nicht zu retten. Ich trage ihn ins Haus, als wäre er ein einst geliebtes Tier, das ich nun beerdigen muss.

22

Am Sonntagmorgen kommt mein Vater in mein Zimmer und fragt, ob ich Lust hätte, mit in die Kirche zu gehen. Ich ziehe mir die Bettdecke über den Kopf.

Als meine Eltern wieder zu Hause sind, erfahre ich, dass meine Mutter sich mit Julias Mutter Kate draußen vor der Kirche unterhalten hat. Es wurde ein Plan ausgeheckt, wonach ich heute Nachmittag zu Julia gehen soll, um Valentinskarten zu basteln.

»So wie früher«, sagt meine Mutter. »Ihr Mädchen habt doch immer zusammen Karten gebastelt.«

Ich sage, Valentinskarten gebastelt hätten wir zuletzt als kleine Kinder.

»Na ja, Kate vermisst dich«, sagt meine Mutter.

»Na ja, Julia hasst mich.«

Meine Mutter will widersprechen. Sie öffnet und schließt den Mund. Sekunden später sagt sie: »Die Verabredung steht jedenfalls.«

Meine Mutter backt einen Cheesecake, kippt eine Dose Kirschen darüber und verteilt sie mit einem hölzernen Teigschaber. Kurz vor drei begleitet sie mich zu Julia, den mit Frischhaltefolie bedeckten Cheesecake trägt sie vor sich her. Die Folie hat sie mit dem groben medizinischen Klebeband festgeklebt, das sie immer aus dem Krankenhaus mitbringt.

Kate reißt die Tür weit auf, eine übertriebene Geste, um zu zeigen, wie willkommen wir sind.

»Euer neues Haus ist bezaubernd«, sagt meine Mutter, noch bevor sie sich umgesehen hat.

»Danke«, sagt Kate. Sie scheint sich ehrlich über das Kompliment zu freuen. Sie hat noch ihre Kirchenklamotten an, die ihren glitzernden Eiskunstlauf-Outfits nicht unähnlich sind, nur dass das Oberteil weniger Glitzer hat und der Rock eine Spur länger ist.

»Ich habe euch einen Cheesecake mitgebracht«, sagt meine Mutter und überreicht Kate die Torte.

»Vielen Dank, Greta. Du weißt, wie sehr ich deine Süßspeisen liebe. Wie hieß das noch mal, was du letztes Jahr für den Kuchenbasar gebacken hast?«

»Besenstielkekse«, sagt meine Mutter stolz.

»Genau«, sagt Kate. »Und den Teig legst du wirklich über einen Besenstiel, damit die Kekse so aussehen?«

»Ja«, sagt meine Mutter. »Aber keine Sorge – der Besen ist sauber.«

Beide lachen künstlich.

Julia ist nirgends zu sehen, und wir stehen in der Diele und warten auf sie, ohne auszusprechen, dass wir auf sie warten. Neben der Tür stehen drei Pappkartons, auf denen »Hitachi«, »Toshiba« und »Sanyo« steht.

»Neuer Fernseher?«, fragt meine Mutter.

»Das ist eine längere Geschichte«, sagt Kate und seufzt theatralisch.

Ich merke ihr an, dass sie diese längere Geschichte gern erzählen möchte, aber meine Mutter ermutigt sie nicht dazu. »Jedenfalls, die Kurzversion ist, sie sind zu verkaufen.

Kennst du jemanden, der einen Fernseher, einen Betamax oder eine Karaokemaschine kaufen will?«

»Vielleicht«, sagt meine Mutter. Sie wirkt ernsthaft interessiert. »Was wollt ihr denn haben für den Betamax?«

»Hm, das finde ich gerne raus«, sagt Kate.

»Mann, Mama«, sagt Julia, als sie den Raum betritt. »Gentle dreht doch noch mehr durch, wenn du das Zeug verkaufst.«

»Sprich nicht so über deine Schwester«, sagt Kate.

»Hallo, Julia«, sagt meine Mutter. »Deine Haare gefallen mir.«

Julias normalerweise hellbraune Haare sind jetzt orange. Ich weiß, es liegt an ihrem Aufhellungsspray. Sie ist besessen davon.

»Danke«, sagt Julia. »Ich hab mir Zitronensaft reingetan und saß damit in der Sonne.«

Sie ist so eine schlechte Lügnerin. Wir haben Winter, und es ist seit Tagen bewölkt.

»Na, es hat funktioniert!«, sagt meine Mutter.

Die beiden Frauen starren sich kurz an – für meine Mutter wird es Zeit zu gehen. »Ich pass auf, dass Eulabee pünktlich zum Abendessen zu Hause ist«, sagt Kate. »Und danke noch mal für den Kuchen.« Ich weiß, dass sie nichts davon essen wird, weil sie in ständiger Angst lebt, einen fetten Hintern zu kriegen. Sie sagt, alle Eiskunstläuferinnen würden einen fetten Hintern kriegen.

Nachdem meine Mutter gegangen ist, bekommen Julia und ich die Bastelstation gezeigt, die Kate im Esszimmer für uns eingerichtet hat. So nennt sie es – Bastelstation. Bastelpapier, Schere, Pailletten, Perlen und Klebstoff stehen für uns bereit, als wenn wir neun Jahre alt wären. Es gibt sogar noch einen Packen Scooby-Doo-Valentinskarten aus irgendeinem fernen Jahrzehnt.

»Ahnst du, was es mit den ganzen Kartons auf sich hat?«, fragt Julia, als wir allein sind.

Ich schüttle den Kopf und versuche, nicht durchblicken zu lassen, wie froh ich bin, dass wir über die Elektrogerätekartons reden werden und nicht über Maria Fabiolas Party.

»Als Gentles Mutter abgehauen ist, ist sie in einen Ashram gegangen.«

»Ich dachte, sie wäre nach Indien gegangen«, sage ich.

»Ja, der Ashram ist in Indien.«

Ich frage nicht nach, was ein Ashram ist.

»Sie hat was angefangen mit dem Leiter oder Chef, und jetzt wird sie praktisch als Königin des Ashrams gefeiert.«

Ich gebe einen Laut von mir, um zu zeigen, dass ich beeindruckt bin.

»Ja, irre, oder?«, sagt Julia. »Jedenfalls, da sie die Königin ist, rate mal, wer die Prinzessin ist?«

»Gentle«, sage ich mit Überzeugung.

»Genau. Also wird sie von den Mitgliedern dieses Ashrams wie eine Prinzessin behandelt, und sie opfern ihr ganzes Geld und kaufen lauter Geschenke. Diese ganzen … Sachen.«

»Sie schicken das Zeug hierher?«

»Ja, ständig kommen irgendwelche Kisten. Gentle hasst das alles. Sie findet es *abscheulich*. Achtzigerjahre-Kommerz, sagt sie dazu. Jedenfalls steht's mir langsam bis hier, dass sich alles immer nur um Gentle dreht.«

Wir beide starren auf die Valentinskarten auf dem Tisch.

Ich spüre, wie Julia wieder vor mir zurückweicht wie eine Welle.

»Ich hab eine Idee«, sage ich. »Wär es nicht lustig, wenn wir allen Lehrern Valentinskarten mit brennenden Liebeserklärungen von anderen Lehrern schicken?«

»Wie meinst du das?«, fragt Julia und beugt sich ein bisschen vor.

Ich schlage vor, dass unsere Biolehrerin, Ms Mäc, eine Karte von Mr Makepeace bekommt.

»Ich will versaute Sachen zu Dir sagen – mit meinem blöden britischen Akzent«, sagt Julia.

Ich lache. Sie schreibt es auf. Das ist gut, denke ich. Sie mag mich wieder.

»Wir brauchen eine von Mr London an Ms Catanese«, sagt sie.

»Ich liebe Dich – buchstäblich.«

Julia lacht, dann stockt sie, als ginge ihr auf, dass sie den Witz nicht verstanden hat. Ich presche vor, um den peinlichen Moment zu überspielen. »Ms Ross sollte eine Karte von diesem Therapeuten bekommen, der sie letztes Semester vertreten hat. Mr Gunji.«

»Sie hatte private Probleme«, bemerkt Julia. »Faith meint, sie hätte sich die Brüste verkleinern lassen.«

»Ich vermisse Deine Titten«, sage ich. *»Dein Gunji-Baby.«*

Darüber kichern wir gut zwei Minuten lang.

»Ms Patel braucht auch eine von Mr Makepeace«, sage ich. »Eigentlich sollten alle eine von Mr Makepeace bekommen.«

»Sogar die Männer?«

»Gerade die Männer.«

Wir beschließen, dass Mr Makepeace nur Scooby-Doo-Karten verschickt. Auf jede Karte schreiben wir »*Au Backe! Ich liebe Dich!*«

Dann fügen wir hinzu: »*In Liebe, Dein Chef.*«

Mr Robinson, unser Sportlehrer, schreibt unserer Handarbeitslehrerin: »*Lass uns zusammen davonlaufen. Aber nicht zu schnell, denn in meinen langen Outback-Hosen komme ich so schlecht voran.*«

Ms Mac schreibt Mr Robinson: »*Immer wenn ich Lehrvideos zum Thema Fortpflanzung schaue, muss ich an Dich denken.*«

Mr London schreibt Ms Catanese: »*Wie wär's mit einem flotten Dreier? Franny, Zooey und Du? Ach, und ich. Also ein flotter Vierer.*«

Unsere Mathelehrerin Ms Peterson schreibt an unsere Spanischlehrerin Ms Trujillo: »*Ich + Du = Amor.*« Wir schlagen in einem Taschenwörterbuch das spanische Wort für »Sex« nach, und wir überkleben das Wort »Amor« mit dem Wort »Sexo«.

Wir lachen eine Stunde lang, aber irgendwann, als wir beschließen, dass jeder Lehrer mindestens eine Karte von mindestens zwei anderen Lehrern bekommen soll, wird der ganze Vorgang seltsam mechanisch. Wir benutzen sämtliche Utensilien, die uns Julias Mutter zur Verfügung gestellt hat: von den Silberstiften bis hin zu den Wackelaugen-Aufklebern. Niemand wird verschont, außer Ms Livesey. Die würde ohnehin nicht darauf reinfallen, beschließen wir ohne Diskussion.

Als wir fertig sind, stecken wir die Karten in einen

schwarzen Müllbeutel, von dem wir glauben, dass er unverfänglich aussieht. Ich stehe auf und strecke mich, und während ich ziemlich stolz bin auf unsere Kreativität und Arbeitsmoral, rieche ich etwas Befremdliches. Ich frage mich, ob Kate in der Küche irgendetwas hat anbrennen lassen – sie ist eine fürchterliche Köchin.

Aber es ist Gentle. Sie ist aus ihrem Dachzimmer nach unten gekommen. Der Geruch, begreife ich, ist ihr Patschuli. Sie trägt einen Mittelscheitel, aber davon abgesehen sieht sie heute enttäuschend wenig hippiehaft aus. Sie sieht fast normal aus.

»Wieso arbeitet ihr beiden im Dunkeln?«, fragt Gentle.

»Es ist nicht dunkel«, sagt Julia und wirft einen Blick hinauf zum Kronleuchter.

»Macht doch einfach die Vorhänge auf«, sagt Gentle und geht ans Fenster.

»Nein!«, sagt Julia.

»Ist doch egal, dass man die Brücke von hier aus nicht sehen kann«, sagt Gentle.

»Nicht meiner Mutter«, sagt Julia.

»Also will sie jetzt immer so tun, als wär da draußen die Brücke? Wir sind hier doch nicht beim Zauberer von Oz.«

»Wolltest du gerade irgendwohin?«, fragt Julia wenig subtil.

»Ja, ich wollte ein paar von diesen Kisten hier spenden.«

»In den Kisten sind aber Sachen drin«, sagt Julia. Ihre Augen sehen extrem blau aus. Das ist immer so, wenn sie sich aufregt.

»Deswegen will ich sie ja spenden.«

»Ich glaube, Mom wollte sie verkaufen«, sagt Julia.

»Na ja, sie gehören aber mir«, sagt Gentle.

»Schon mal drüber nachgedacht, dass Mom sie vielleicht verkaufen *möchte*?«, fragt Julia. Sie benutzt in meiner Anwesenheit nicht das Wort »muss«. Sie schämt sich so schon genug wegen ihrer vergleichsweisen Armut.

»Sie gehören ihr aber nicht«, sagt Gentle. Sie hebt den größten Karton vom Boden hoch. »Kannst du bitte mal die Tür aufmachen?«, sagt sie zu Julia.

»Nein, ich bin beschäftigt«, sagt Julia und hält sich eine kleine dunkle Paillette seitlich über den Mund wie einen Schönheitsfleck.

Gentle stellt die Kiste ab, öffnet die Tür, hebt sie wieder auf und geht.

Seltsamerweise ist ihr Patschuliduft intensiver, als sie weg ist.

»Komm, wir gucken uns mal in ihrem Zimmer um«, sagt Julia und springt so abrupt vom Tisch auf, dass die Holzdielen beben.

Um in Gentles Zimmer zu gelangen, muss man mit einer Leiter auf den Dachboden klettern.

»*Sie* wollte unbedingt hier oben wohnen«, sagt Julia und klettert vor mir die Leiter hoch. »Unterm Dach wohnen doch immer die Gestörten. Unter Fledermäusen fühlen sie sich zu Hause.«

Die Sprossen der Leiter sind halb rund und drücken sich mir in die nackten Füße. Je höher ich steige, desto durchdringender riecht es nach Räucherstäbchen. Ich wappne mich für das Chaos, das vermutlich am Ende der Leiter auf mich wartet. Ich stelle mir Perlenvorhänge in den Türrahmen vor, ein Wasserbett, ein Durcheinander aus Schlaghosen und Plateauschuhen auf einem Flokati – Überreste ihres letzten nächtlichen Abenteuers.

Aber Gentles Zimmer ist erstaunlich aufgeräumt. Aufgeräumter als mein Zimmer. »Habt ihr eine Haushaltshilfe?«, frage ich Julia.

»Jetzt nicht mehr«, sagt sie leicht außer Atem vom Klettern. Für eine Sportlerin ist sie immer erstaunlich schnell aus der Puste. Viermal die Woche verbringt sie den ganzen Nachmittag auf dem Eis.

Ein gerahmtes Grateful-Dead-Poster hängt an der Wand. Die Teetassen mit Blümchenmuster auf ihrem Schreibtisch sehen mehr nach Großbritannien als nach Haight-Ashbury aus. Arme Gentle, denke ich. Sie kriegt's nicht mal hin, ein richtiger Hippie zu sein.

»Ich muss dir was zeigen, da schmeißt du dich weg«, sagt Julia. Sie öffnet die oberste Schublade von Gentles Schreibtisch und zieht eine Mappe mit Millimeterpapier hervor. »Die führt eine Tabelle, wo sie aufschreibt, was in den Siebzigern besser war als in den Achtzigern.«

Die Trennlinie in der Mitte wurde mit Lineal gemalt. Die Schrift in Bleistift ist extrem ordentlich.

1970er	1980er
Kissen auf dem Boden	Stühle
Fondue	Churros
Keine Uhren	Uhren
Freie Liebe	Keine Liebe
Schallplatten	Kassetten
Batik	Krawatten

»Verrückt, oder?«, sagt Julia. »Mal ehrlich jetzt, wer schreibt solche Listen?«

»Komm, wir schreiben ihr auch ne Valentinskarte«, schlage ich vor.

»Von wem denn?«

»Von den Siebzigern.«

»Ha!«, sagt Julia. Wir klettern die Leiter hinunter, kehren zurück ins Esszimmer und machen uns an die Arbeit. Wir benutzen sämtliche Perlen. *»Du fehlst uns!«*, schreiben wir. *»Viele Grüße, Deine ungewaschenen Hippies.«*

Es ist Zeit fürs Abendessen, und ich weiß, dass ich gehen sollte. Julia und ich sind wieder Freundinnen, und ich fühle mich groß und genial. Auf dem Nachhauseweg laufe ich einen kleinen Umweg an Keiths Haus vorbei. Die Lichter sind aus, das Auto ist weg: Er ist immer noch im Yosemite-Park. Zwischen Abendessen und Schlafengehen schleiche ich mich noch mal aus dem Haus, während meine Mutter den Abwasch macht und mein Vater im Arbeitszimmer ist. Bei Keith an der Tür hängt immer noch der Adventskranz, und das Licht brennt jetzt, aber es ist zu spät, um anzuklopfen. Ich schleiche um das Haus herum, in der Hoffnung, dass er mich sieht. Ich male es mir genau aus – er wird mich im Gebüsch hocken sehen, spätabends, und er wird mich lieben. Er wird rauskommen, und ich werde ihm von all den wunderbar witzigen und subversiven Valentinskarten erzählen, die ich mit Julia gebastelt habe, meiner Freundin, jetzt wieder.

23

Bei der Schulversammlung am Montagmorgen höre ich das Geflüster meiner Mitschülerinnen. *Blut. Axel. Party. Schlampe.* Alles passiert sehr schnell. Ich bin unberührbar. Irgendwie kann keiner glauben, dass ich mich in die Schule gewagt habe, nachdem ich auf Maria Fabiolas Feier einen Jungen vollgeblutet habe. Empörung umwabert mich wie ein schwefliger Nebel. Julia geht schnurstracks an mir vorbei, ohne mich zu grüßen.

Als die erste Stunde vorbei ist, scheint ein Internat fast unumgänglich. Vor Wochen hatte ich meine Bewerbungen eingereicht und die Zulassungsgebühr in bar in den Umschlag gelegt. Ich hatte die Geldscheine gebügelt, damit sie wie Erwachsenengeld aussehen. Jetzt muss ich nur noch ein paar Lehrer um ein Empfehlungsschreiben bitten – keine geringe Aufgabe. Ms Liveseys Schreiben wird gut sein, aber zwei meiner begehrtesten Schulen verlangen ein Schreiben des Englischlehrers. In der Mittagspause suche ich Mr London auf.

Seine Tür steht noch weiter offen als sonst. Er holt tief Luft, als er mich sieht – beim Einatmen fallen seine Wangen ein.

»Ich wollte Ihnen von meinen Plänen erzählen«, sage ich und setze mich auf den Stuhl auf der anderen Seite seines

Schreibtisches. »Ich will nächstes Jahr auf ein Internat und bin gerade dabei, mich zu bewerben.«

»Ja, das hattest du erwähnt.«

Ich weiß, dass ich das ihm gegenüber noch nicht erwähnt habe, denn ich habe bisher mit niemandem darüber gesprochen, nicht einmal mit meinen Eltern. Doch jetzt ist nicht der richtige Zeitpunkt, ihn zu korrigieren.

»Na ja, und diese Internate verlangen ein Empfehlungsschreiben des Englischlehrers, und ich wollte fragen …« Ich halte inne, in der Hoffnung, dass er mich nicht zwingt, den Satz zu Ende zu führen, aber er sagt nichts, also muss ich ihn vervollständigen. »Ich wollte fragen, ob Sie mir vielleicht die Ehre erweisen würden und mir ein Empfehlungsschreiben ausstellen könnten. Ich weiß, Sie sind sehr beschäftigt, aber ich wäre Ihnen sehr dankbar, wenn Sie mir den Gefallen tun würden.«

Er geht ans Fenster und sieht hinaus, er hat die Hände hinter dem Rücken verschränkt. Das ist eine Pose, die Filmschauspieler annehmen, wenn sie einen Präsidenten spielen, der gerade dabei ist, eine wichtige Entscheidung für die Zukunft seines Landes zu treffen. Es ist keine angemessene Haltung, um zu überlegen, ob man einer unglücklichen Schülerin ein Empfehlungsschreiben ausstellen soll.

Endlich dreht er sich wieder um. »Ich kann das für dich tun, Eulabee. Ich kann das tun, aber es wird eine Herausforderung für mich sein.«

»Tut mir leid, das zu hören«, sage ich.

»Es wird eine Herausforderung sein, weil ich nicht das Gefühl habe, dass du und ich dieselben Bücher respektieren. Wir haben einen unterschiedlichen Literaturgeschmack.«

»Ist das nicht erlaubt?«, frage ich.

»Nicht in meiner Klasse«, sagt er.

Jetzt bin ich an der Reihe, tief Luft zu holen. Ich denke an Thatcher, ein Internat, bei dem ich mich beworben habe, wo alle Schülerinnen ihr eigenes Pferd bekommen. *Tu es für das Pferd,* sage ich zu mir.

»Ich bin sicher, dass wir uns auf bestimmte Bücher einigen könnten.«

»Zum Beispiel?«

»Das Kundera-Buch hatten Sie noch nicht gelesen, oder?«

»Nein«, sagt er. »Eine Schülerin hat sich mein Exemplar ausgeborgt, insofern fehlte mir dazu die Gelegenheit.«

»Ich bring's zurück«, sage ich.

Ich taste mit dem Blick sein Bücherregal ab und suche nach einem Buch, über das wir sprechen können. Ich bin nicht so blöd, mir ein Buch von Jack London auszusuchen.

Da ist es, es steht wieder im Regal. *Entführt* von Robert Louis Stevenson. »Wie wär's mit *Entführt*?«

»Gerade hat sich eine Schülerin genau dieses Buch ausgeliehen, ohne mich zu fragen«, sagt er. »Es war weg, und dann ist es wiederaufgetaucht.«

»Es wurde *entführt*«, sage ich und hoffe auf ein Lächeln. Er lächelt nicht. »Nein, es war weg.«

Ich zucke auf hoffentlich sympathische Art mit den Achseln.

»Hat dir schon mal jemand gesagt, dass du einen … ungewöhnlichen Sinn für Humor hast?«, fragt er.

»Nein«, lüge ich. »Sie sind der Erste.«

»Hast du dir das Buch genommen?«, fragt Mr London.

»Nein, das hab ich schon vor Monaten gelesen.«

»Und, wie findest du es?«

»Ich finde es sehr …« Ich stocke und überlege, wie ich den Satz am besten beenden soll. »Ich finde es sehr relevant für das aktuelle Geschehen.«

»Wie meinst du das?«, fragt Mr London.

»Na ja, Sie waren am Freitag doch auch auf der Party.« Ich blicke zur Seite. Ich hoffe, er hat mich am Ende des Abends nicht gesehen.

»Ja«, sagt er. »Und weiter?«

»Nichts«, sage ich. Ich schlittere geradewegs auf ein Eigentor zu.

Er sieht mich an, und es gibt kein Zurück. »Finden Sie nicht, dass das, was Maria Fabiola erzählt hat, starke Anklänge an das Stevenson-Buch hat?«

»Lass mich nachdenken«, sagt Mr London. Und dann setzt er sein Denkergesicht auf – sein Blick geht an die beigefarbene Zimmerdecke, und er kratzt sich das Kinn.

Schließlich senkt er den Blick. Fertig mit Denken. »Ich bin nicht sicher, ob ich da Parallelen sehe«, sagt er.

»Sie sehen da keine Parallelen?« Schon jetzt bin ich sicher, dass er mir kein Empfehlungsschreiben ausstellen wird.

»Na ja, sie wurde entführt, aber nicht in den schottischen Highlands«, sagt er. »Und das Buch von Robert Louis Stevenson wurde vor einhundert Jahren veröffentlicht.«

Wie kann dieser Mann bloß Literatur unterrichten? Es ist ein Wunder, eine einzige Katastrophe.

»Aber die Nummer mit dem Boot und dem Beinahe-Tod, und die Insel und die Flucht von der Insel?«, sage ich.

»Und der Entführer, der die anderen überzeugt hat, netter zu ihr zu sein?«

»Schriftsteller rühren manchmal an sehr tief liegende Denkströmungen und sind deshalb Generationen später noch zeitgemäß«, sagt er. »Schön, dass du ein paar von den eher oberflächlichen Themen erkannt hast.«

»Kann ich kurz eine Pause machen?«, frage ich. »Frische Luft schnappen?«

»Klar«, sagt Mr London.

Ich stehe auf und verlasse sein Büro. Ich habe Schweiß auf der Stirn, meine Ohrläppchen sind heiß. Wie ist es möglich, dass Mr London nicht sieht, dass Maria Fabiola ihre Geschichte bei Robert Louis Stevenson geklaut hat? Noch vor einem Monat hat uns Mr London einen Vortrag zum Thema Plagiat gehalten. Für seine Verhältnisse war der Vortrag überraschend stichhaltig.

Und so gehe ich vor seinem Büro auf und ab und zähle bis 120. Das Brodeln der Gerüchteküche ist jetzt noch lauter – ich höre es vom anderen Ende des Flurs. *Blut. Schlampe. Besoffen. Blöder Hut.*

Ich gehe wieder hinein zu Mr London. Ich hole die Formulare für die Empfehlungsschreiben der Lehrer aus meinem Rucksack und lege sie ihm rechts von seinem Schreibtisch in den Eingangskorb. *Was soll's,* denke ich. Im Eingangskorb sehe ich einen bekannten roten Briefumschlag, der darauf wartet, geöffnet zu werden. Ich hätte nicht gedacht, dass Julia das Ausliefern der Valentinskarten wirklich durchzieht. Ich will mir den roten Briefumschlag schnappen, doch Mr London hat mich im Visier.

»Ich weiß, dass wir nicht in allem einer Meinung sind«,

sage ich. »Aber ich bin arm und habe nur meine Träume. Tritt leicht darauf, denn du trittst auf meine Träume.«

»Ist das ein Yeats-Plagiat?«

»Das ist ein Yeats-*Zitat*«, sage ich. »Ich *zitiere*.«

»Du solltest deine Quellen angeben«, sagt er.

»Alle sollten ihre Quellen angeben«, sage ich und gehe.

24

Nach der Schule gehe ich am Haus von Keith vorbei, aber er ist nicht draußen auf seinem Skateboard. Ich klingle bei ihm an der Tür. Niemand geht ran, was aber nicht heißen muss, dass niemand da ist. Von drinnen höre ich Schritte, jemand läuft in den hinteren Teil des Hauses. So, stelle ich mir vor, müssen sich Schwimmfüße auf Holzboden anhören.

Auf dem Nachhauseweg sehe ich meine Mutter auf ihrem Fahrrad, aber sie sieht mich nicht. Sie kommt von der Arbeit, und ich sehe sie wie mit fremden Augen. *Eine entschlossene, schöne Frau,* denke ich. Ein schwedisches Bauernmädchen, das auf dem Fahrrad durch eine palmengesäumte Straße in San Francisco fährt.

Fünf Minuten später bin ich zu Hause. Meine Mutter holt gerade Essen aus der Tiefkühltruhe. Sie hat noch ihre Stützstrümpfe an, die sie immer zur Arbeit trägt, damit ihre Beine nicht anschwellen. Sie verbringt den Großteil des Tages im OP, im Stehen. Die Strümpfe sind ein paar Töne dunkler als ihre helle Haut. »Ich glaube, heute Abend gibt's Köttbullar«, sagt sie. »Ich will heute zu einem Vortrag von Angela Davis in der Stadtbibliothek.«

Auf dem Tisch liegt ein Buch von Angela Davis, und ich schlage es auf.

Als mein Vater nach Hause kommt, erfahre ich, dass auch er zu dem Davis-Vortrag gehen will.

Es ist nicht meine Absicht, einen dramatischen Seufzer auszustoßen, es passiert einfach.

»Was sollte dieser Seufzer bedeuten?«, fragt er.

»Manchmal hab ich das Gefühl, all die interessanten …« Ich bin drauf und dran, *Perioden* zu sagen, entscheide mich aber stattdessen für *Ären*. »… Ären verpasst zu haben.« Meine Eltern sehen mich fragend an. Wahrscheinlich sagt man das so nicht. Ich rede weiter. »Der Präger Frühling in der Tschechoslowakei, und sogar hier habe ich Angela Davis verpasst, und die Black Panther und Patty Hearst …« Ich höre mich schon genauso an wie Gentle.

»Habe ich dir schon mal erzählt, dass ich Patty Hearst mal gesehen habe?«, sagt mein Vater. Er setzt sich ins Arbeitszimmer. Es folgt also eine Geschichte. Ich setze mich ihm gegenüber.

»Eines Tages war ich unterwegs auf der 30th Avenue. Du warst noch ein Baby. Ich wollte in den Lebensmittelladen, um irgendwas für dich zu besorgen. Windeln oder eine Kleinigkeit zu essen oder Klopapier … Was war das noch mal?« Er sieht zu Boden.

»Den Teil kannst du wahrscheinlich überspringen«, sage ich.

»Richtig«, sagt er. »Jedenfalls wollte ich in den Laden, und auf der Straße sah ich einen geparkten Chevrolet. Im Fahrersitz saß eine Frau mit Brille, die stur geradeaus guckte. Und hinter ihr, quer auf dem Rücksitz, hinter etwas, das nach Hundezwingerdraht aussah, lag eine Frau. Und ich dachte: Das ist Patty Hearst.

Ich bin weiter zum Laden, habe eingekauft und wollte wieder nach Hause. Inzwischen war das Auto weg. Ich dachte ein paar Stunden darüber nach und spielte das, was ich gesehen hatte, im Kopf noch einmal durch. In den Nachrichten hieß es, sie halte sich zu der Zeit in Pennsylvania auf – alle dachten das –, aber ich war überzeugt, dass ich sie gesehen hatte. Das FBI hatte 50 000 Dollar Belohnung ausgesetzt für jede Information über Patty Hearst, was verlockend war. Aber andererseits hatte ich Angst, die Symbionese Liberation Army wäre dann hinter mir her, zumal ich ein Baby hatte.«

Ich zeige auf mich. *Mich?*

»Richtig. Also habe ich ein paar Stunden hin und her überlegt und dann die Hotline angerufen. Der Mann am Telefon wirkte nicht sonderlich interessiert an meiner Geschichte. Wie gesagt, niemand hat geglaubt, dass sie in San Francisco ist. Aber später dann fand man heraus, dass sie tatsächlich die ganze Zeit in San Francisco gewesen war. Und als ich die Fotos von der Frau sah, die bei ihr war – die mit der Brille –, wusste ich, dass sie's war. Ich wusste, ich hatte Patty Hearst gesehen.«

»Wow«, sage ich ehrlich beeindruckt. »Und wo war das noch mal?«

»30th Avenue, Ecke California.«

»Um die Ecke von Julias Haus«, sage ich. »Da lauf ich jeden Morgen vorbei.«

»Genau, das heißt, wenn sie sie auf meinen Anruf hin gefunden hätten, wäre ich 50 000 Dollar reicher gewesen, vielleicht aber auch tot. Und dieses Haus wäre eine Touristenattraktion. Die ganzen Touristenbusse würden hier vorbeifahren, und es würde heißen: *Dort wurde der Mann er-mordet, der Patty Hearsts Versteck verraten hat.* Tja, so viel dazu«, sagt er.

Ich weiß nicht, was ich sagen soll. »Danke«, sage ich.

»Nichts zu danken«, sagt er und steht auf. In der Tür zum Arbeitszimmer bleibt er stehen und dreht sich noch mal um. »Ach, und Eulabee«, sagt er und tut so, als wäre ihm gerade noch was eingefallen. »Den Spirituosenschrank hab ich abgeschlossen.«

25

Als ich am Dienstagnachmittag das Schulgebäude verlasse, sehe ich ein Schild an der Tür des Sekretariats. »Nachmittags geschlossen wegen außerplanmäßiger Lehrerkonferenz«. Ich stehe einen Moment davor und denke über das Schild nach. Ms Mäc und Ms Catanese kommen in Richtung Sekretariat, beide haben einen roten Briefumschlag in der Hand. Ich beuge mich vor und tue, als würde ich mir einen Schnürsenkel zubinden, dann gehe ich in unauffällig zügigem Tempo weiter.

Ich mache mich auf den Nachhauseweg. Auf der Lake Street sehe ich Keith mit zwei Freunden, die ich nicht kenne. Alle drei sind auf ihren Skateboards. Die beiden Freunde tragen *Thrasher*-Sweatshirts. Keith trägt ein Sweatshirt mit der Aufschrift »*Powell Peralta*«. Als ich auf sie zugehe, starren mich seine Freunde an. Keith sieht weg.

Scheiße, denke ich. Sie haben von der Sache mit dem Blut gehört.

»Hey Keith«, sage ich. »Wie war Yosemite?«

Seine Freunde lachen. Keith antwortet nicht.

Ich sehe hinunter auf den Gehweg, als könnte ich das Gesagte ungeschehen machen. Ich gehe an ihnen vorbei, zielstrebig und ohne mich noch mal umzusehen. Als ich aus ihrer Sichtachse verschwunden bin, gehe ich schneller, obwohl ich nicht genau weiß, wohin ich will. Es weht ein starker Wind heute – bestens geeignet, um die winzigen Tröpfchen zu trocknen, die sich, wie ich merke, in meinen Augenwinkeln gesammelt haben.

Ich biege links in die 25th Avenue ein, und jetzt weiß ich, dass Baker Beach mein Ziel ist. Ich komme an einem Haus vorbei, wo ich mal babygesittet habe. Eines Abends kamen die Eltern nicht zur angekündigten Zeit nach Hause. Es wurde zehn, dann tickte die Uhr allmählich auf elf zu. Ich rief bei mir zu Hause an. Meine Eltern fragten, ob ich wisse, wo das Paar sei. Wusste ich nicht. Ich stellte mir Autounfälle vor. Ich stellte mir vor, die beiden würden sterben und ich müsste es den Kindern beibringen, mit ihren Lippen wie Rosenblüten und den Haaren, die nach Ketchup rochen. Endlich, um 0:37 Uhr, ging die Tür auf, und die Eltern schwappten ins Haus: Schals landen auf dem Boden, Schuhe fliegen von den Füßen, ein gezischtes »Scheiße!«, die Mutter stolpert über den Teppich.

Als ich unten am Strand ankomme, peitscht mir der Wind Sand ins Gesicht. Die Wellen krachen. Hoch über mir auf den Klippen stehen nicht die gleichen sorbetfarbenen Häuser, wie man sie in anderen Städten in Strandnähe findet. Nein, diese Häuser sind in ausgeblichenem Rostrot und gedecktem Weiß und Senfgelb gestrichen, die Farbe von Flecken, die in der Wäsche nicht rausgehen.

Ich habe einen ganzen Strandabschnitt für mich allein. Der einzige Mensch in meiner Nähe ist ein Mann, der im Wind mit seinem großen fischförmigen Drachen ringt. Ich gehe aufs Wasser zu. Ich beschließe zu warten, bis mich die Flut begrüßt, wie ein Haustier seinen Besitzer empfängt.

Sobald sie sich zurückzieht, werde ich umkehren und nach Hause gehen. Ich muss nicht weit gehen – das Wasser steht heute höher als sonst. Als ich den nassen Sand erreiche, höre ich hinter mir jemanden rufen. »Bee!«, schreit es.

Ich drehe mich um und sehe Keith mit seinem Skateboard. Ich bin gerührt, dass er mir gefolgt ist, und ich lächle. Doch als er näher kommt, sehe ich seinen wütenden Gesichtsausdruck.

»Und, stimmt das jetzt?«, fragt er.

»Stimmt was?«

»Du weißt schon«, sagt er. Er ist außer Atem von seinem Marsch über den Sand.

»Ich weiß es nicht«, sage ich. »Vielleicht kannst du etwas genauer sein.«

»Okay«, sagt er. »Hast du dich letztes Wochenende, genauer gesagt, auf der Party, genauer gesagt, von Axel ficken lassen?«

»Das ist überhaupt nicht, was passiert ist«, sage ich. »Das … das habe ich nicht.«

»Ach, echt nicht?«, fragt er. »Da hab ich aber was ganz anderes gehört. Ich hab gehört, es war ne Sauerei und es gibt Beweise.«

»Keith«, sage ich. Der Wind schlägt mir ins Gesicht, und ich merke, wie ich kleiner werde. Ich komme mir vor wie eine dieser russischen Puppen in der Puppe, die Madame Sonya in ihrem Ballettstudio hat – »Matrjoschka« sagt sie dazu. All meine äußeren Schalen werden mir abgenommen und enthüllen, wer ich im Kern wirklich bin, nämlich die kleinste Puppe, die mit den verschwommenen Gesichtszügen, die nicht alleine stehen kann.

»Wir hatten keinen Sex. Es war ein Fehler. Da war eine Flasche mit Alkohol. Erst dachte ich, es ist ein silberner Flachmann, aber es war eine Shampooflasche, und ...« Schon bei der Beschreibung der Flasche dreht sich mir der Magen um, und ich muss würgen. Ich beuge mich vor, als müsste ich mich gleich in den Sand übergeben.

»Wieso tust du so was?«, sagt Keith. »Wieso lässt du dir überhaupt von ihm Alkohol geben? Der Typ ist ein Wichser. Du solltest mal hören, was er für einen Scheiß über dich rumerzählt.«

Wir sind in der Nähe des Gullys, und der Wind weht mir den Gestank in die Nase und den Sand in die Kehle. Jetzt glaube ich wirklich, dass ich mich übergeben muss.

»Ist das alles, was du zu deiner Verteidigung zu sagen hast? Was du mir zu sagen hast?«

Ich stehe immer noch vornübergebeugt. Ich bin noch immer die kleinste russische Puppe, kurz davor umzufallen. Als ich die Augen aufmache, ist Keith nicht mehr da. Ich drehe mich um, sehe, wie er westwärts in Richtung Klippe marschiert.

»Keith«, rufe ich. »Es tut mir leid!«, schreie ich. Aber er dreht sich nicht um. Ich renne los und rufe weiter seinen Namen. Als ich näher komme, sieht er mich und fängt an, vor mir wegzulaufen. Jetzt hält er sein Skateboard schützend vor sich wie ein Baby. Er rennt auf den Felsvorsprung zu, der Baker Beach und China Beach voneinander trennt. Wenn er ihn erreicht hat, wird er stehen bleiben müssen. Wir haben Flut, und es gibt keine Möglichkeit, sicher um die Biegung zu rennen. Da ich das weiß, werde ich langsamer. Er wird stehen bleiben und sich zu mir umdrehen.

Aber ich habe mich geirrt. Als er die Felsen erreicht hat, bleibt er nicht stehen. Stattdessen beginnt er, um den Felsvorsprung herumzurennen. Diesen Sprint habe ich Dutzende Male gemacht, zusammen mit Maria Fabiola, aber immer nur bei Ebbe.

»Keith!«, rufe ich. »Bleib stehen!« Ich renne ans Wasser, als eine gewaltige Welle gegen die Felsen kracht. »Keith!« Ich warte auf eine Antwort. Ich starre aufs Meer, als würde es gleich zu mir sprechen, und da sehe ich etwas im Wasser. Es ist ein dunkler länglicher Gegenstand, der herumgeschleudert wird wie auf einem Trampolin. Keiths Skateboard.

Ich sehe zu, wie das Skateboard regelmäßig gegen die Felsen kracht, wie es zusammen mit den Wellen raus aufs Meer gezogen wird und dann wieder gegen die Felsen knallt. Es ist, als stünde ich vor einer Videoinstallation in Endlosschleife. Für einen Moment scheint die Zeit nicht linear zu sein, sondern vertikal.

Ich drehe mich um und sichte den Strand nach irgendwem, den ich um Hilfe bitten kann. Aber ich bin allein. Der Wind hat alle vertrieben. Selbst der Mann mit dem Drachen ist verschwunden. Das hier ist ein nordkalifornischer Strand, es gibt also keine Rettungsschwimmer, keine Badeaufsicht. Wo ist Keith?

Ich bin nicht so blöd und laufe um den Felsvorsprung herum – die Flut ist viel zu hoch, und es könnte mich dasselbe Schicksal ereilen wie … dasselbe Schicksal wie das Skateboard, sage ich mir und beende den Gedanken anders, als er angefangen hat. Ich habe keine Wahl, als die Felsen raufzuklettern und mir von oben einen Überblick zu verschaffen. Meine Hoffnung ist, dass Keith auf der anderen Seite des Felsvorsprungs in Sicherheit ist, dass er den Strand erreicht hat. China Beach, dort, wo ich ihm über die Zehen geleckt habe.

Die Felsen sind heute rutschig. Die Wellen sind ungewöhnlich hoch geschlagen und haben alles überspült. Ich grabe meine Fingerkuppen in jeden Spalt, den ich finden kann. Es ist viel schwieriger, mit meinen Turnschuhen Halt zu finden. Ich rutsche abwärts, schürfe mir dabei das Kinn auf, bis ich den Kopf zur Seite drehe und dem Felsen meine Wange biete. Ich lande hart auf dem Sand. Der Schmerz wummert in meinem Schädel. Ich wische mir übers Kinn, und meine Finger schmieren Blut an meine Lippen. Ich spucke in den Sand. Meine Lippen sind salzig. Tränen schießen mir in die Augen und salzen die Wunde.

Ich laufe ein Stück landeinwärts und versuche, an einer anderen Stelle hochzuklettern. Der Felsvorsprung ist an dieser Stelle höher, aber zerklüftet, wodurch ich mehr Halt habe. Ich beginne den Aufstieg und bewege mich bald zügig – Hand, Fuß, Hand, Fuß –, bis ich oben bin. Ich renne zum Vorsprung. »Keith«, schreie ich. Ich brülle gegen die Wellen an und kann kaum meine eigene Stimme hören. Ich versuche, nach unten zu spähen, ohne zu stürzen. Das Skateboard ist nicht mehr zu sehen.

Ich kraxle die andere Seite der Klippen hinunter zum China Beach. Erst rutsche ich, dann drehe ich mich dem Felsen zu. Fuß, Hand, Fuß, Hand, bis ich mich abstoßen kann und im Sand lande. Ich drehe mich um und sehe in ungefähr fünfzig Metern Entfernung eine Gruppe von Leuten.

Die Gruppe sitzt um ein Lagerfeuer herum. Ich renne darauf zu, meine Augen suchen nach Keiths hochgewachsener Gestalt. Der Rauch vernebelt mir die Sicht. Der Geruch des Feuers ist beißend. Ich huste, bleibe stehen, um zu verschnaufen, dann nehme ich meinen Sprint wieder auf.

Ich gehe auf das Lagerfeuer zu und zähle dabei neun Personen. Keine davon ist Keith. Es sind ein paar Hippies und, wie es scheint, Obdachlose, die sich um das Feuer herum versammelt haben und Alkohol trinken. Ich höre auf zu rennen und nähere mich ihnen vorsichtig.

»Habt ihr einen Jungen gesehen?«, frage ich.

Ein zahnloser Mann wendet mir sein Gesicht zu. Und dann neigt sich noch ein Gesicht, diesmal das einer Frau mit unfassbar langen Haaren, in meine Richtung. Ich spreche sie an. »Haben Sie einen Jungen gesehen?«

Sie reagiert nur langsam, sie ist völlig weggetreten. »Einen Jungen?«, sagt sie. Sie dreht sich zu den anderen, die entweder zu große oder zu kleine Pupillen haben.

»Einen Jungen«, sagen sie alle noch mal zueinander.

»Heute Morgen hab ich einen Jungen gesehen«, sagt ein Mann mit Wollmütze und starrt in die Flammen.

»Er ist groß. Er muss hier vorbeigerannt sein«, sage ich. »Am Strand. Vielleicht vor zehn Minuten? Oder fünf? Oder zwanzig?« Ich habe keine Ahnung, wie viel Zeit vergangen ist.

»Habt ihr einen Jungen gesehen, der hier vorbeigerannt ist?«, fragt die langhaarige Frau in die Runde. Niemand antwortet. Eine andere Frau stimmt ein Lied an, das hawaiianisch klingt.

»Bietet unserem Gast doch mal einen Schluck zu trinken

an«, sagt der zahnlose Mann. Er spricht ein junges Paar in Ponchos an. Die beiden reichen sich behutsam eine Schnapsflasche hin und her.

»Ich will nichts«, sage ich. »Ich muss einen Freund finden.«

»Lass mich dein Freund sein«, sagt eine Stimme am Feuer. Es ist die Stimme einer alten Frau mit kurzen glatten Haaren wie die eines Mönchs. Sie dreht mir den Kopf zu. Ihre Augen sind so ausdruckslos, dass ich erst denke, die Frau sei blind.

»Ich wollte nur wissen, ob jemand meinen Freund gesehen hat«, sage ich.

»Ich hab einen Jungen gesehen«, sagt sie. »Er ist gerannt.«

»Wohin?«, frage ich.

Sie zeigt aufs Meer.

»Dorthin«, sagt sie. »Er ist ins Wasser gerannt.«

»Ins Meer?«, frage ich. *Diese Scheißhippies!* Man hat ihr gerade eine große Bong gereicht, und sie stellt sie in den Sand vor sich und beugt sich darüber wie über ein Mikroskop. Sie hat vergessen, dass ich existiere.

Der zahnlose Mann bewegt sich auf mich zu, sein ungewaschener Körper stinkt so penetrant, dass nicht mal der Rauch den Geruch übertünchen kann. Ich trete von ihm weg. In der Ferne sehe ich zwei Polizisten, die die Stufen zum Strand hinunterlaufen. Ich rapple mich auf und renne auf sie zu.

»He, wo willst du hin?«, höre ich eine Stimme hinter mir rufen. »Wieso verlässt du die Party?«

Die Polizisten sehen, wie ich auf sie zurenne, und sie reagieren, indem sie mir entgegenlaufen. Sie kommen nur langsam voran – wegen der schweren Gürtel und Schlagstöcke, und hier auf dem Strand haben sie mit dem Sand zu kämpfen.

»Sind Sie wegen Keith hier?«, frage ich. »Haben Sie ihn gefunden?«

»Wen?«, fragt einer.

»Das ist ein Junge«, erkläre ich.

»Sitzt er am Lagerfeuer?«, fragt der andere Polizist. »Wir sind hier, um das Lagerfeuer auszumachen.«

»Nein«, sage ich. Und ich erzähle ihnen von Keith und wie er versucht hat, um die Klippe herumzulaufen. Ich erzähle ihnen alles, was ich weiß. Einer der Polizisten spricht in sein CB-Funkgerät, während der andere in Richtung Klippe sprintet. »Alles in Ordnung mit dir?«, fragt er.

»Ja«, sage ich. Mir wird klar, dass er meine eine Kopfseite ansieht. »Ich mach mir nur Sorgen um meinen Freund.«

»Okay, wir finden ihn«, sagt er. »Verstärkung und Krankenwagen sind unterwegs. Ich denke, ich hab alle Informationen, die ich brauche, aber jetzt müssen wir zusehen, dass wir dich ins Warme kriegen.«

»Mir geht's gut«, sage ich.

»Bin sofort zurück«, sagt der Polizist. Dann rennt er am Lagerfeuer vorbei.

Ich drehe mich um und gehe die Treppe hoch. Ich muss hier weg. Sie werden ihn finden. Werden sie seine Leiche finden? Sie werden seine Leiche im wütenden Ozean finden.

26

Ganz oben auf der dreiundneunzigsten Treppenstufe setze ich mich vor das Schild, auf dem in mehreren Sprachen steht, dass hier Menschen von den Wellen in den Tod gerissen worden sind. Mein Körper fühlt sich an, als wäre er seiner Muskeln und Knochen beraubt. Ich fahre mir mit den Fingern durch die Haare und stelle fest, dass sie nass sind. Ich starre auf meine Hand: Blut. Ich starre auf meine Beine und meine Arme, die kreuz und quer mit tiefen Schürfwunden überzogen sind. Die schraffierten roten Linien sind faszinierend – sie führen in alle Richtungen, ähnlich wie die Muster, die ein Gletscher in der Landschaft hinterlässt.

Mir fällt ein, dass ich eine Jogginghose im Rucksack habe. Ich streife sie mir über die Beine. Den blauen Uniformrock stopfe ich tief in meinen Rucksack. Dann stehe ich auf, um zu gehen. Nur wohin?

Nach Hause will ich nicht. Nach Hause kann ich nicht. Ich habe einen Jungen in den Tod gelockt. Ließe sich dieser Satz hier anwenden? Ja, ich habe ihn zum Strand gelockt, aber er ist *vor mir weg* in den Tod gerannt. Der präzise Vorwurf lautet, dass ich einen Jungen dazu gebracht habe, in den Tod zu rennen. Das kann ich meinen Eltern nicht sagen. Das kann ich niemandem sagen.

Im Schutz der Kapuze meines Sweatshirts fühlt sich mein Kopf besser an, also halte ich im Gehen mit der einen Hand die Kapuze fest. Ich gehe und gehe, bis ich auf einmal in der Clement Street stehe. Die Vorhänge der Ballettschule sind zugezogen. Das oberste Fenster ist geschlossen. Ich weiß nicht, wo Madame Sonya ist, aber ich bin froh, dass sie nicht da ist. Ich biege rechts hinter dem Gebäude in das schmale Gässchen, steige über den Gartenschlauch, der wie eine Schlinge am Boden liegt, und drehe die sperrigen Ziffern des Vorhängeschlosses auf 1938. Der Klang des sich öffnenden Schlosses ist der Klang von Freiheit.

Ich betrete das Gartenhaus, schließe hinter mir die Tür und lege mich auf den rosafarbenen Diwan. Wo ist die weiße Felldecke?, frage ich mich. Und dann muss ich wieder an die Fernsehberichte denken. Maria Fabiola wurde am Weihnachtstag auf den Stufen ihres Elternhauses gefunden, gehüllt in eine Decke wie ein Neugeborenes.

Gelbes Licht legt sich über mich wie ein Mückennetz. Ich träume, dass die langhaarige Frau vom Strand mir etwas reicht, das ich erst für eine Blume halte, doch als sie die Hand öffnet, entpuppt sich der Gegenstand als Melone. Sie setzt sie mir auf den Kopf, aber sie ist zu eng.

Als ich erwache, habe ich beide Hände über den Ohren. Mein Kopf fühlt sich an wie ein kubistisches Gemälde. Das Haar auf der einen Kopfseite – die ich den Felsen zugewandt hatte, um mein Gesicht zu schützen – ist klebrig von irgendetwas Zähflüssigem.

Ich suche im Gartenhaus nach einem Spiegel. Aber es gibt keinen, keine spiegelnde Oberfläche, nicht mal in dem kleinen Badezimmer. Dies ist ein Raum, der gebaut wurde, um der Vergänglichkeit zu trotzen, ja ihr entgegenzuwirken. An den Wänden hängen nur getrocknete Blumensträuße, ausgediente Spitzenschuhe und *Das Floß der Medusa*. Ich schiebe die Tür einen Spaltbreit auf und sehe, dass es draußen heller geworden ist. Wie ist das möglich? Und dann werfe ich einen Blick auf meine Uhr. Es ist sieben Uhr. Morgens. Ich habe die ganze Nacht durchgeschlafen. Oder zwei Nächte. Welchen Tag haben wir heute?

Und dann fällt mir Keith wieder ein. Ich frage mich, ob die Polizisten seine Leiche gefunden haben, ob der Rettungswagen ihn ins Krankenhaus gebracht hat. Ich frage mich, ob die Autos rechts rangefahren sind, als sie die Sirene des Rettungswagens hörten, oder ob sie das Heulen ignoriert haben.

Wenn ich nach Hause gehe, werde ich Ärger bekommen, weil ich die ganze Nacht unterwegs war, vielleicht sogar zwei Nächte. Und wegen Keith werde ich noch mehr Ärger bekommen, Ärger, der mich mein Leben lang verfolgen wird. Es wird viele, viele Fragen geben. Man wird mich hassen, noch mehr als ohnehin schon.

Wenn ich noch ein bisschen wegbleibe, kann ich mich erholen. Ich kann mich gesund pflegen und mir einen Plan ausdenken. Ich kann mir überlegen, was ich sagen werde wegen Keith, wie ich die Sache erklären soll.

Ich trete aus dem Gartenhaus ins Freie und schleiche mich durch das Gässchen hinaus in die Clement Street. Die Straße ist menschenleer bis auf den chinesischen Ladenbesitzer, der gerade seinen Eckladen aufmacht, und zwei ältere Frauen, die russisch miteinander sprechen und darauf warten, dass sich ihre winzigen Hunde fertig beschnuppert haben.

Ich betrete den kleinen Eckladen. Ich brauche Aspirin. Und was zum Frühstücken. Ich lege eine Flasche Orangensaft, eine Schachtel Cheerios und Aspirin in meinen Einkaufskorb und gehe damit zur Kasse.

»Alles okay mit deinem Kopf?«, fragt der Ladenbesitzer.

Die Kapuze meines Sweatshirts ist nach unten gerutscht. Hastig ziehe ich sie wieder hoch.

Die Plastiktüte knistert laut, als ich zurück zum Gartenhaus husche. Sobald ich drin bin, schließe ich die Tür hinter mir zu und setze mich auf den Teppich. Ich reiße die Cheerioschachtel so hektisch auf, dass ich gar nicht merke, dass sie auf dem Kopf steht. Mit der Hand schöpfe ich mir die Cheerios aus der Schachtel direkt in den Mund. Das Kauen klingt viel zu laut in meinen Ohren. Es bereitet mir Kopfschmerzen. Ich öffne die Flasche Orangensaft trinke ein Viertel davon in einem einzigen langen Zug. Ich erinnere mich an das Aspirin. Es fällt mir schwer, den Deckel mit der Kindersicherung abzuschrauben. Ich nehme drei Pillen und spüle sie mit noch mehr Saft runter.

Ich zwinge mich, zurück auf den Diwan zu rutschen, wo es bestimmt bequemer sein wird. Dieser Bewegungsvorgang erfordert lächerlich viel Mühe. Ich setze mich in den Schneidersitz und gebe mir selbst Anweisungen. »Denk nach!«, sage ich laut. Meine Stimme klingt rau, überraschend. Ich nehme mein Gesicht in beide Hände, als könnte ich meinen Kopf so überzeugen, in Richtung Zukunft zu schauen.

Ich zwinge mich zum Denken, aber mir kommen keine

Gedanken. Ich stelle mir Denkblasen vor wie in Comics. Die über meinem Kopf sind leer. Ich wache nach einem kurzem Schlaf auf dem Diwan auf und entdecke dort, wo gerade noch mein Kopf lag, ein herbstlich rotes Blatt von der Größe eines 25-Cent-Stücks. Ich will es aufheben und begreife, dass es getrocknetes Blut ist.

Ich muss eine Zeitung auftreiben, um zu sehen, ob was über Keith drinsteht. Ich schleiche mich aus dem Gartenhaus, falls Madame Sonya doch zu Hause ist, und gehe hinaus in die Clement Street. Ich sehe einen gelben Zeitungskasten und gehe vorsichtig darauf zu, ich habe Angst vor der möglichen Schlagzeile. Doch auf der Titelseite steht nichts über Keith. Im Hauptartikel geht es um Steuerreformen. Ich stecke meine Münzen in den Schlitz, entnehme eine Zeitung und gehe damit zurück ins Gartenhaus. Ich setze mich auf den Boden und überfliege jede Rubrik, jede einzelne Seite. Nirgends ein Wort über Keith. Nichts.

27

Am frühen Nachmittag hole ich mir wieder was zu essen und sehe ein bekanntes Gesicht. Mein Cousin Lazlo steht auf der anderen Straßenseite am Kino. Er hält Händchen mit einem offenkundig älteren Mann. Lazlo ist achtzehn. Ich sehe zur Markise des Kinos hoch: Heute läuft *Mein wunderbarer Waschsalon*. Es ist die Frühvorstellung.

»Eula?«, sagt Lazlo zu mir und lässt schnell die Hand seines Begleiters fallen.

Ich habe Lazlo seit drei Jahren nicht gesehen. Wir hatten immer engen Kontakt, bis mein Vater und Lazlos Mutter ein Zerwürfnis hatten. So sagt mein Vater dazu: ein Zerwürfnis. Meine Mutter sagt dazu eine Farce.

»Alles klar mit dir?«, fragt Lazlo. »Was hast du mit deinem Kopf gemacht?«

»Ich glaube, ich bin hingefallen«, sage ich und zeige auf die Stelle über meinem Ohr. Wenn ich die Wunde direkt anfasse, tut es weh.

»Du *glaubst,* du bist hingefallen?«, sagt er.

»Ja«, sage ich. Er ist immer noch ein Teenager, aber er trägt einen dünnen Oberlippenbart, der beim letzten Mal noch nicht da war. Seine Haare sind dunkelblond, seine Wangen rund, die Augen tief liegend. Man könnte uns für Geschwister halten.

»Vielleicht sollte ich dich nach Hause bringen«, sagt er.

»Mit dem Auto?«

»Ja«, sagt er zögerlich.

»Hast du eins?«

»Mein Freund hat eins«, sagt er und sieht sich um. Der Mann, mit dem er Händchen gehalten hatte, ist verschwunden. »Joel?«, ruft Lazlo.

»Wo ist er denn hin?«, frage ich.

»Wahrscheinlich zurück zu Frau und Kindern«, sagt Lazlo. Er versucht, die Wut in seiner Stimme zu überspielen, klingt aber dadurch nur noch wütender.

»Bleib mal kurz hier«, sagt er.

»Na gut«, sage ich widerwillig, als wenn mir das Warten lästig wäre. Ich tu immer gerne so, als hätte ich noch was vor. Ich beobachte Lazlo, wie er den Block hinunterrennt und zurückkommt und dann in die andere Richtung rennt. Sein Oberkörper wirkt ungewöhnlich lang, die Beine kurz und gummiartig wie bei einem Tausendfüßler. »Joel!«, ruft er. »Joel?« Seine dunkelblaue Members-Only-Jacke bläht sich beim Laufen auf.

Als er zurückkommt, sieht er fahrig und niedergeschlagen aus.

»Soll ich dich nach Hause bringen?«, fragt er.

»Ich kann nicht nach Hause«, sage ich.

»Kenn ich, die Situation«, sagt er.

Aber hast du auch schon mal einen Jungen in den Tod geführt?, würde ich ihn gerne fragen.

Stattdessen sage ich: »Du hast mir gefehlt.«

Am Ende nehmen wir zwei Busse zu ihm, zu dem Haus, das meiner Großmutter gehörte, bevor sie starb. Jetzt wohnt dort eine kleine Herde ungarischer Verwandter – Lazlo, seine Mutter Ágota (meine Tante), seine Schwester Jazmin und noch ein Cousin, Zsolt, mit seiner Familie. Ich bin nicht sicher, wie der Cousin Zsolt mit mir verwandt ist, und in meiner Familie bestehen berechtigte Zweifel, ob er überhaupt mit uns verwandt ist. Aber er ist Leiharbeiter oder Zimmermann und hilft bei der Instandhaltung des Hauses.

»Sind alle zu Hause?«, frage ich. Wir sitzen nebeneinander im Bus auf den rutschigen orangefarbenen Sitzen.

»Weiß ich nicht«, sagt Lazlo. »Einige werden bei der Arbeit sein. Jazmin hat einen Braten in der Röhre«, sagt er.

Meine Cousine Jazmin ist zwanzig.

»Wer war der alte Mann vor dem Kino?«

»So alt ist er gar nicht.«

»Der war mindestens vierzig.«

»Er ist vierunddreißig.« Lazlos Miene verdüstert sich. »Ich kenn ihn aus dem Restaurant, wo ich arbeite. Er ist durcheinander.«

»Küsst du ihn?«, frage ich.

»Dazu sag ich nichts«, sagt er.

»Weiß deine Mutter, dass du schwul bist?«

»Ich hab ihr nichts gesagt, aber ich glaube, sie weiß es«, sagt er und stützt die Stirn auf den Vordersitz. »Sie lässt ständig Bemerkungen fallen von wegen Harvey Milk«, erzählt er dem Boden des Busses.

»Mein Vater hat mal Mayor Feinstein getroffen«, sage ich. »Er meinte, sie hätte schöne Waden.«

Lazlo setzt sich auf und sieht mich an, als wäre ich ein Vollidiot.

Lazlos Mutter Ágota und mein Vater hatten ein Zerwürfnis über die üblichen Dinge zwischen Geschwistern: Geld und Liebe. Mein Vater hat Geld verdient, und Tante Ágota hat Geld verloren. Dann gab es Meinungsverschiedenheiten bezüglich der Frage, wie ihre Mutter, also meine Großmutter, leben sollte. Mein Vater dachte an ein Seniorenheim. Ágota wollte dafür bezahlt werden, dass sie sie pflegt. Der Streit half niemandem weiter. Am Ende ist meine Großmutter sowieso gestorben.

Dann zogen sämtliche meiner Verwandten, die sich keine eigene Wohnung leisten konnten, in das Haus meiner Großmutter ein, das ohnehin schon nicht groß war. Das habe ich gerade von Lazlo erfahren. Seit dem Tod meiner Großmutter bin ich nicht mehr zu Besuch gewesen.

Wir steigen in West Portal aus dem Bus, laufen ein paar Blocks durch das verschlafene Wohnviertel und betreten ihr kleines graues Haus. Seltsam, wie viel noch genau so ist wie damals, als sie hier lebte – die Radiouhr neben dem gelben Kühlschrank, die vielen kleinen Hundefigürchen aus Keramik, die sie gesammelt hat.

Von der Küche aus kann ich in den rechteckigen Garten schauen, ich sehe Jazmin schlafend unter dem Apfelbaum liegen. Von hier aus wirkt sie so natürlich wie eine Erdmutter, die sich an einem sonnigen, wenn auch frischen Wintertag im Garten entspannt. Aber Jazmin ist keine Erdmutter. Ihre Nägel waren schon immer lang und künstlich, ihre Kleidung schwarz.

»Willst du rausgehen und Hallo sagen?«, fragt Lazlo.

»Nö«, sage ich. »Sie soll ruhig schlafen, finde ich. Immerhin ist sie schwanger.«

»Ja«, sagt er.

Wir beobachten Jazmin für einen Moment, und ich staune, dass sie nicht aufwacht von unserem kollektiven Blick.

»Ich bin nicht sicher, was ich hier mache«, sage ich.

Wir spielen Centipede und Pac-Man. Irgendwann kommt Jazmin ins Haus.

»Was zum …?«, sagt sie, als sie mich sieht, doch sie umarmt mich nicht. Ich beglückwünsche sie zu ihrer Schwangerschaft. Sie zuckt mit den Achseln. Ihre kleinen grünen Augen wirken noch kleiner, jetzt, wo sie zugenommen hat, und vielleicht liegt es an der Schwangerschaft, aber ihr dunkelblonder Bob sieht viel voluminöser aus als früher. Das Telefon klingelt, und sie geht in einem anderen Zimmer an den Apparat. Ihr Gang erinnert an ein Fohlen, obwohl ihr Bauch gewaltig ist. Ein paar Minuten später kommt sie zurück und wirft mir einen komischen, etwas zu langen Blick zu. »Lass mich mal deinen Kopf sauber machen, Eulabee«, sagt sie.

Ich folge ihr ins Badezimmer. Als sie den Medizinschrank über dem Waschbecken öffnet, legt sich mir ein Gefühl von großer Traurigkeit auf die Brust. Die Oil-of-Olaz-Gesichtscreme meiner Großmutter und ihre Pond's Cold Cream stehen immer noch unten im Regal. Ich kenne den Duft dieser Cremes und erinnere mich genau, wie sie das Gesicht meiner Großmutter zum Glänzen gebracht und gekühlt haben, wenn ich bei ihr übernachtete und ihr abends einen Gutenachtkuss gab.

Jazmin nimmt ein paar Papiertaschentücher, befeuchtet sie und tupft damit ruppig an der Seite meines Kopfes herum. »Aua«, sage ich.

»Ich will's ja nur sauber machen«, sagt sie.

Das feuchte Handtuch bringt die Wunde nur noch mehr zum Bluten; ein dünnes rosa Rinnsal läuft mir übers Gesicht. Jazmin nimmt einen elastischen Verband aus dem Schrank und versucht, ihn mir um den Kopf zu wickeln. Immer wieder pikst sie mich mit ihren langen Nägeln.

»Das tut echt weh«, sage ich, während sie den Verband befestigt. Ich fange an, ihn wieder aufzuwickeln.

»Na gut«, sagt sie, aber es klingt nicht gut. Sie verlässt das Badezimmer, und ich nehme den Verband ganz ab. Jetzt ist er blutverschmiert und ruiniert, aber ich rolle ihn trotzdem wieder zusammen und lege ihn zurück in den Medizinschrank. Dann nehme ich das Fläschchen Oil of Olaz und creme mir mit kleinen kreisenden Handbewegungen das Gesicht ein, so wie meine Großmutter es mir beigebracht hat.

Als ich aus dem Bad komme, sitzt Lazlo im Fernsehzimmer und mischt ein Kartenspiel, und ich setze mich ihm gegenüber. Gerade als er ausgeteilt hat, höre ich Leute im Treppenhaus. Zsolt, der angeblich mit mir verwandte Baumann, betritt den Raum. Er ist Ende zwanzig und trägt einen glänzenden Anzug. Seine Frau Eileen kommt hinter ihm die Treppe hoch, sie trägt ein Kleid mit Schulterpolstern: Sie hat eine üppige schwarze Mähne, die bedrohlich von ihrer Stirn aufragt. An ihrer Bluse fehlt ein Knopf, und ich kann ihren beigefarbenen BH sehen. Sie umarmt mich mit großem Trara. Sie trägt die Ringe meiner Großmutter.

Keiner der beiden scheint sich sonderlich zu wundern, dass ich zu Besuch bin, weshalb ich annehme, dass Jazmin ihnen am Telefon Bescheid gesagt hat. Niemand fragt, warum ich heute nicht in der Schule bin. Während Eileen Essen kocht – ich rieche gedünsteten Kohl –, kommt Zsolt ins Zimmer und schaltet den Fernseher ein, um Nachrichten zu gucken. Er setzt sich in den Kippsessel, in dem früher immer mein Großvater saß.

Der Fernseher ist viel zu leise gedreht, als dass ich hören könnte, was die Nachrichtensprecherin sagt, aber ich sehe die blinkende Schlagzeile auf dem Bildschirm: »In Sea Cliff wird ein weiteres Kind vermisst.«

Sie haben Keith wohl noch nicht gefunden. Ich blinzle heftig. Dann sehe ich ein bekanntes Gesicht auf dem Bildschirm. Nämlich meins. Mein Foto aus dem Jahrbuch vom letzten Schuljahr ist im Fernsehen. Auf dem Foto stehe ich vor dem Busch auf dem Schulhof, in dem sich die Schmetterlinge versammeln. Ich brauche einen Moment, um die Meldung einordnen zu können: Ich bin es, die vermisst wird, nicht Keith. Und dann ist der Bericht vorbei, und nach mir geht es um eine Massenkarambolage auf der Schnellstraße.

»Eulabee«, sagt Zsolt.

Ich drehe mich zu ihm, bringe aber kein Wort heraus. Es scheint mir noch viel zu früh, um im Fernsehen vermisst zu werden.

Lazlo dreht sich zu mir. »Du musst deine Eltern anrufen.«

»Okay«, sage ich. »Wo ist das Telefon?«

Ich folge Lazlo in die Küche, wo Zsolt und Eileen den Tisch decken. Das Telefon hängt an der Wand neben dem Brotkasten. Ich nehme den Hörer in die Hand.

»Was machst du da?«, fragt Eileen erschrocken, als hätte ich eine Waffe in die Hand genommen.

»Sie muss ihre Eltern anrufen«, sagt Lazlo.

»Nein«, sagt Zsolts Frau schließlich. »Wir haben noch immer den Telefonvertrag von deiner Großmutter. Wir haben nur drei Anrufe pro Monat.«

Ich erinnere mich an das System. Immer wenn ich von meiner Großmutter aus zu Hause anrufen wollte, habe ich das Telefon zwei Mal klingeln lassen und aufgelegt. Das war das Zeichen für meine Eltern, mich zurückzurufen. Ich spiele mit dem Gedanken, das auch jetzt zu tun – ihre Nummer zu wählen und das Telefon zwei Mal klingeln zu lassen, damit sie wissen, dass sie zurückrufen sollen. Aber sie werden nicht damit rechnen, dass ich vom Haus meiner Großmutter aus anrufe.

Lazlo liest meine Gedanken. »Nicht mal dieses eine Mal?«

»Lass deinen Vater ruhig ein bisschen zappeln«, sagt Zsolt. »Was hat er schon für uns getan? Soll er uns doch einen besseren Vertrag organisieren. Er kann sich's leisten.«

»Das ist verrückt«, sagt Lazlo. »Eulabee ist im Fernsehen. Joe und Greta denken, sie sei tot oder entführt worden.«

»Sie ist putzmunter«, sagt Eileen. »Ich ruf die beiden später an.«

»Und die Polizei?«, sagt Lazlo. »Sie wird gesucht.«

»Scheiß auf die Polizei!«, sagt Zsolt verächtlich.

Eileen stellt Schalen mit Kohlsuppe auf die Tischsets. Der Tisch ist viel zu groß für den kleinen Raum, und es gibt zu viele Stühle. Man kann sich kaum bewegen.

»Setz dich, Eulabee«, sagt Zsolt und zeigt auf den letzten Stuhl.

Ich kann das Haus gar nicht schnell genug verlassen. Ich renne die Stufen hinunter und durch die Straße. Der Bus kommt sofort, als hätte er darauf gewartet, mich nach Hause zu bringen.

28

An der 25th Avenue steige ich aus dem zweiten Bus, und als ich auf das Haus meiner Eltern zugehe, sehe ich die Autos von zwei Nachrichtenagenturen. Das Licht im Haus scheint aus zu sein, aber ich bin sicher, dass meine Eltern zu Hause sind. Eine Nachrichtensprecherin steht vor einer Palme und berichtet live. Ich drehe mich um und renne in einem durch bis zur Ballettschule.

Ich öffne die Tür zum Gartenhaus. Auf dem Sofa sitzt eine Gestalt. Ich stoße einen Schrei aus.

»Gut gemacht«, sagt Maria Fabiola. »Ich wusste gar nicht, dass du ins Rampenlicht wolltest.«

Die Anwesenheit eines weiteren Menschen hier im Gartenhaus kommt mir vor wie eine unerhörte Invasion. Maria Fabiola wirkt übergroß, wie der Wolf aus dem Märchen.

»Was?«, sage ich und schließe die Tür hinter mir. »Du bist komplett auf dem falschen Dampfer.«

»Und wieso versteckst du dich dann hier im Gartenhaus?«, fragt Maria Fabiola. Sie zeigt im Raum herum, als wollte sie mich an meine Umgebung erinnern.

»Ich hab was Schlimmes getan«, sage ich.

»Okay, alle wissen, dass du die Valentinskarten geschrieben hast«, sagt Maria Fabiola. »Es gibt in unserer Klasse nicht viele schlaue Mädchen, die gleichzeitig so bescheuert sind. Und als du in der Schule gefehlt hast, war klar, dass du das warst.«

»Das ist nicht der Grund, warum ich gefehlt habe«, sage ich. »Ich war nicht in der Schule, weil ich mir den Kopf an den Felsen aufgeschlagen habe, als ich versucht habe, Keith zu retten.«

»Keith retten?«, sagt Maria Fabiola. »Wieso muss er gerettet werden?«

»Wir waren neulich am Baker Beach, und es war Flut, und er hat versucht, zum China Beach rüberzulaufen, aber …«

»Aber was?« Sie sieht mich mit offenem Mund an.

»Ich glaube, er hat's nicht geschafft«, flüstere ich dramatisch.

»Du glaubst, er hat's nicht geschafft?«, sagt Maria Fabiola. Sie setzt sich auf. »Eulabee!«, sagt sie und fängt an zu lachen. »Ich hab Keith gerade noch gesehen, auf dem Weg hierher. Vor ungefähr zwanzig Minuten!«

»Was? Wo?«

»Er war im Park, mit seiner üblichen Clique. Lance und White Charlie.«

»Oh mein Gott«, sage ich. »Oh mein Gott.« Ich will mich vor Erleichterung neben ihr auf die Couch plumpsen lassen, doch als sie mich kommen sieht, rückt sie kein Stück, um mir Platz zu machen. Stattdessen lege ich mich auf den flauschigen Teppich.

»Deswegen bist du hier?«, sagt sie. »Weil du gedacht hast, Keith wäre tot? Da kann ich ja nur hoffen, dass du dich nicht versteckst, wenn du jemals denken solltest, *ich* wäre tot. Ich dachte, du bist wegen der Valentinskarten hier. Die

Lehrer sind *stinksauer*. Alle erwarten, dass du von der Schule fliegst. Allein schon wegen dem *Ich vermisse Deine Titten*. Und *Sexo*? Da bin ich aber Besseres von dir gewohnt.«

Ich kann nicht denken. Ich will fragen, was mit Julia ist, beschließe aber dann, dass es im Grunde keine Rolle mehr spielt.

»Hör zu«, sagt Maria Fabiola. »Ich hab einen Plan. Du weißt doch, dass ABC eine Sendung über mich machen wollte? Und dass sie schon die B-Rolle gedreht haben?«

Schon wieder diese B-Rolle.

»Die Wahrheit ist, sie haben einen Haufen Fragen gestellt, und ich hab die Story irgendwie vermasselt«, sagt sie. »Zumindest gab es einige Unstimmigkeiten. Also meinten sie, sie müssten noch ›etwas recherchieren‹ und würden sich wieder bei mir melden. Und inzwischen ist Mr Makepeace ganz komisch zu mir geworden. Also hatte ich eine Idee.«

»Aber kannst du bitte erst mal zugeben, dass du dir die Story ausgedacht hast?«

»Ich hab sie mir nicht ausgedacht«, sagt sie. Sie sagt das mit so viel Überzeugung, dass ich weiß, jeder außer mir würde ihr glauben. Sie ist gut.

»Du hast sie aus einem Buch«, sage ich.

Sie wägt ihre Optionen ab. Sie zieht die Hälfte ihrer Armreife vom einen Handgelenk ab und schiebt sie über das andere. »In groben Zügen hab ich sie aus der *Schatzinsel*. Aber viele Details hab ich mir selber ausgedacht. Gute Details.«

»*Entführt*«, sage ich. »Nicht *Die Schatzinsel*.«

»Okay. Alle Achtung«, sagt sie. »Du bist ein Genie.«

Ich fühle mich tatsächlich genial. Denn ich ahne schon, wie ihre Idee aussieht.

»Ich soll behaupten, ich sei auch entführt worden.«

»Es hilft uns beiden«, sagt sie jetzt im Tonfall einer Schulpsychologin. »Es *rettet* uns beide.«

»Entführt von denselben Leuten?«, frage ich. »Von wem noch mal? Piraten? Echt jetzt, Piraten?«

»Das können wir ändern«, sagt sie. »Solange sich die Geschichten ähneln. Ich werd was von wegen Stockholm-Syndrom erzählen, und du kannst sagen, du hättest das sowieso, weil du ja schwedisch bist und alles.«

Ich weiß nicht, wo ich anfangen soll. Sie ist nicht intelligent genug, um diese Sache durchzuziehen.

»Du fliegst sonst von der Schule, Eulabee«, sagt sie.

Oder vielleicht doch?

»Keine Highschool nimmt dich, wenn du von der Schule geflogen bist, aber jede Highschool nimmt dich – jede Highschool –, wenn du *entführt* worden bist.«

Ich weiß, dass sie recht hat. Maria Fabiola rutscht zur Seite, um mir Platz auf der Couch zu machen. »Und, was denkst du?«

»Ich dachte, *du* hättest einen Plan«, sage ich.

»Hab ich ja, aber erst mal will ich deinen hören.«

Natürlich hat sie keinen Plan.

»Was ich schon denke, ist, dass es diesmal vielleicht logischere Entführer sein sollten«, sagt sie.

Wir haben keine Chance. Sie ist die denkbar schlechteste Partnerin für so ein Projekt.

»Ich dachte, die Mafia könnte involviert sein«, sagt sie.

»Nein«, sage ich. »Lass uns einen Schritt zurück machen.«

»Was ist mit Melvin Belli, dem Anwalt?«, fragt sie.

Melvin Belli sagt mir nichts. »Hör zu«, sage ich. »Es muss realistisch sein. Das hast du selbst gesagt. Wir denken uns jetzt eine echte Situation aus, die wirklich passiert sein könnte.«

»Der Typ im weißen Auto!«, sagt sie, und ihre Miene hellt sich auf. Ich begreife, dass es eine ziemlich geniale Idee ist. Aber es würde heißen, ich hätte damals gelogen, als es passiert ist oder eben nicht passiert ist. Ich beschließe, dass ich nicht *jetzt* lügen kann, indem ich behaupte, *damals* gelogen zu haben.

»Nein. Zu kompliziert«, sage ich, und das Licht in Maria Fabiola erlischt. »Wir brauchen einen Namen«, sage ich. »Wir brauchen irgendwas Großes, um die anderen Geschichten und Lügen aus der Welt zu schaffen. Wir brauchen eine Schlagzeile.«

»Wie wär's mit Neal Cassady?«, sagt sie. »Vielleicht hat er uns ja unter Drogen gesetzt und uns dann gezwungen, ihn zu heiraten. Er ist Polygamist.«

»Ich glaube, er ist tot«, sage ich. »Wie wär's, wenn Jerry Garcia uns unter Drogen gesetzt hätte?«

Das gefällt ihr. »Und dann mussten wir seine Gitarren putzen!«

»Und seine T-Shirts batiken!«, sage ich.

»Und wir können ihm was anhängen, zum Beispiel, dass er heimlicher Footballfan ist.«

Ich bin kurz davor, mich auf Jerry Garcia zu einigen, aber dann fällt mir auf, dass er zum Zeitpunkt unserer Entführung wahrscheinlich gerade in einem Stadion irgendwo in Ohio ein sechsstündiges Konzert gegeben hat.

»Wir brauchen jemanden, von dem man nicht genau weiß, wo er sich jeden Tag aufhält«, sage ich.

»Den Zodiac-Killer haben sie nie gefunden«, sagt sie. »Vielleicht hat der uns ja entführt, und wir mussten Sternzeichen für ihn recherchieren.«

Plötzlich bin ich überwältigt von allem, was vor mir liegt. Ich lasse mich von der Couch zurück auf den Teppich sinken.

»Keine Sorge«, sagt sie, rutscht ebenfalls von der Couch und setzt sich neben mich. »Ich weiß, wie wir's machen. Du kommst zurück. Wir stellen unsere Geschichten so dar, dass es Parallelen gibt. Alles ergibt einen Sinn, und wir haben einen großen Namen für den Entführer. Dann macht ABC eine Sendung über uns beide. Du musst dann auch deine B-Rolle kriegen, ich hab meine ja schon. Die B-Rolle macht total Spaß. Du läufst auf dem Gehweg hin und her, machst Türen auf, tust so, als würdest du Hausaufgaben machen. Dann kannst du dein hübsches Pünktchenkleid anziehen.«

»Ich weiß nicht«, sage ich.

»Du bist müde«, sagt sie, als wäre sie meine Babysitterin. »Ich bringe dich erst mal zurück zu deinen Eltern und schaue, dass es dir gut geht. Dann überlegen wir noch mal genauer.« Sie steht auf und streckt mir die Hand entgegen, um mir aufzuhelfen. »Keine Sorge«, sagt sie. »Ich lass dich nicht aus den Augen.«

Gemeinsam verlassen wir das Gartenhaus und laufen zurück in Richtung Sea Cliff. Als wir am Park vorbeikommen, entdecke ich einen halben Block weiter Keith. Er hat ein neues Skateboard. Als er mich sieht, blickt er zu Boden.

»Er ignoriert mich«, sage ich.

»Nein, tut er nicht«, sagt Maria Fabiola. »So guckt jemand, der zutiefst beschämt ist.«

Ich beobachte ihn und denke, sie könnte recht haben.

Als wir mein Haus erreichen, nehmen wir bewusst die Hintergasse, um nicht an den Journalisten vorbeizumüssen. Die Hintertür ist abgeschlossen, obwohl meine Eltern zu Hause sind, also hole ich den Ersatzschlüssel aus dem Versteck.

»Warte«, sagt Maria Fabiola, als wir in die Küche kommen. »Wir sollten deine Rückkehr groß ankündigen.«

»Wer ist da?«, ruft Svea aus einem anderen Zimmer.

»Ich bin's nur, Maria Fabiola«, sagt sie. »Lauf und hol deine Eltern.«

Kurz darauf geht die Küchentür auf, und meine Mutter und mein Vater betreten den Raum.

»Überraschung!«, ruft Maria Fabiola.

Es gibt Umarmungen und Tränen – Maria Fabiola übernimmt den Großteil des dramatischen Schluchzens. Ich nehme Svea extra fest in den Arm. Meine Eltern wollen wissen, wo ich gewesen sei, und ich erzähle ihnen die Kurzversion, dass ich mir den Kopf aufgeschlagen hätte und bei Großmutter zu Hause gewesen sei.

»Ja, den Teil kennen wir«, sagt mein Vater. »Lazlo hat vor ein paar Stunden angerufen und gesagt, du wärst auf dem Weg nach Hause.«

Ich bin überrascht und gerührt, dass Lazlo sie angerufen hat. Und ich bin dankbar, weil es meinen Eltern offensichtlich Sorgen erspart hat. Sie scheinen mir nicht ganz so böse zu sein, wie ich befürchtet hatte. Aber noch wahrscheinlicher ist, begreife ich, dass sie jetzt nett sind, weil sie froh sind, dass mir nichts passiert ist. Es wird aber keine vierundzwanzig Stunden dauern, da werde ich bis zum Studium unter Hausarrest gestellt.

Meine Mutter sieht sich meinen Kopf an. »Ist nur eine Schürfwunde«, erklärt sie stolz.

Svea serviert uns Tee. Sie legt Zierdeckchen unter unsere Tassen.

Mein Vater fragt, ob irgendetwas Seltsames passiert sei. »Nein«, antworte ich ihm. Meine Mutter fragt, wie es den Verwandten gehe. »Wie immer«, antworte ich.

»Was können wir für dich tun?«, fragt mein Vater. »Was brauchst du?«

»Ich will eigentlich nur, dass alles so schnell wie möglich wieder normal wird«, sage ich. »Einfach wieder normal.«

»Natürlich willst du das. Ich verstehe das total«, sagt Maria Fabiola aufgesetzt und beugt sich zu mir, um mich unbeholfen in den Arm zu nehmen. Dabei flüstert sie mir ins Ohr: »Gut gemacht.«

Die drei starren mich und Maria Fabiola an, als könnten sie es nicht ganz glauben, dass wir da sind.

»Habt ihr Hunger?«, fragt mein Vater und steht auf.

»Wir *sterben* vor Hunger!«, sagt Maria Fabiola. So etwas habe ich noch nie aus ihrem Mund gehört. Ich selbst habe überhaupt keinen Hunger, beschließe aber, dass alles, was den Alltag wiederherstellt, gut ist, also sage ich, ich hätte auch Hunger. Maria Fabiola ruft ihre Mutter an und fragt, ob sie heute bei mir übernachten dürfe. »Um Eulabee bei der Wiedereingewöhnung zu helfen«, erklärt sie in den Hörer.

Ich sehe mich im Arbeitszimmer um. Ich bin nur einen Tag weg gewesen, aber alles sieht neu aus. Ich inspiziere die Puppen aus aller Welt, die ich in jüngeren Jahren gesammelt habe. Eine Puppe im roten Flamencokleid. Eine Puppe im Kimono. Damals dachte ich, es seien Sammlerstücke, aber jetzt wirken sie kitschig. Ihre Kleider sind aus billigem Stoff, die Gesichter drücken eine skurrile Mischung aus Langeweile und Erstaunen aus.

»Ich nehme an, du gehst morgen in die Schule, Maria Fabiola?«, fragt meine Mutter. »Soll ich heute Abend deine Uniform mitwaschen?«

»Auf jeden Fall gehe ich«, sagt Maria Fabiola. »Und ich glaube, wir sollten beide gehen. Eulabee meinte ja vorhin, sie will, dass alles so schnell wie möglich wieder normal wird. Und wir sollten wahrscheinlich allen in der Schule Bescheid sagen, dass ihr nichts passiert ist, damit sich keiner mehr Sorgen machen muss. Es gab Gerüchte, dass eine Vigil geplant war.«

Meine Mutter sieht mich an. »Ich will auch«, sage ich.

»Nun, dein Vater hat die Kriminalpolizei schon benachrichtigt«, sagt meine Mutter. »Aber Mr Makepeace rufe ich morgen früh an.«

Das Abendessen verläuft ruhig, bis auf Maria Fabiolas ständiges, sichtlich gespieltes Gähnen. Sie richtet es so ein, dass wir nach dem Essen schnell die Biege machen können.

»Mann, sind wir erledigt!«, sagt sie und drückt mir unter dem Esstisch das Knie. »Habt ihr was dagegen, wenn wir heute nicht beim Abwasch helfen?«

»Das müsst ihr nicht«, sagt meine Mutter. Ich begreife, dass Maria Fabiola meine Familie noch immer genauso bezaubert wie ihre Freunde. Ich vermute, dass ich deswegen weniger Ärger bekomme als verdient, weil sie hier ist.

Ewa verbringt gerade ein paar Tage bei einem anderen Au-pair-Mädchen, also wird Maria Fabiola nebenan in Ewas Zimmer schlafen. Ich lege mich ins Bett, und sofort sind meine Augen bleiern. Maria Fabiolas Zimmer liegt zwischen meinem Zimmer und dem Flur. Sie steht in der Tür, eine Gefängniswärterin im Nachthemd.

»Schlaf jetzt«, sagt sie, »und morgen auf dem Weg zur Schule arbeiten wir an unseren Geschichten. Und in der Mittagspause rufe ich vom Sekretariat aus bei ABC an und sage, wir können zu zweit mit ihnen reden. Eulabee?«

Ich bin schon fast eingeschlafen. »Was?«, murmle ich.

»Ich bin total froh, dass du es warst, die entführt wurde«, sagt sie.

Dazu fällt mir nichts mehr ein. Der Schlaf löst mich allmählich auf.

»Ich hab mir überlegt, bei ABC genau das zu sagen«, sagt sie hoch über mir. »›Ich bin total froh, dass du es warst.‹ Was hältst du davon?«

29

Ich erwache und sehe Maria Fabiolas Bauch. Sie steht an meinem Bett und rüttelt an meiner Schulter. »Gut, endlich bist du wach. Deine Eltern wollten dich ausschlafen lassen, aber wir müssen los, in die Schule. Wir haben noch ne Viertelstunde.«

Ich schließe die Augen.

»Nein, nein, nicht wieder einschlafen«, sagt sie. »Deine Mutter hat mit Mr Makepeace telefoniert. Er will dich in der Schulversammlung begrüßen. Dann will er in der großen Pause mit uns reden. Und dann will der *Chronicle* ein Doppelinterview mit uns machen. Wir haben heute volles Programm, meine Schöne.«

Diese Person ist mir unbegreiflich, welche Vielheiten sie enthält.

»Was sollen wir denn sagen?«, frage ich.

»Wir stimmen unsere Geschichten gleich auf dem Weg ab«, sagt sie. »Der *Chronicle* wird eine gute Übung sein für ABC. Ich werde den Produzenten anrufen und ihm aufs Brot schmieren, dass der *Chronicle* jetzt Interesse hat, weil *seine Leute* so lange getrödelt haben. Die werden schon noch aus dem Knick kommen!« Sie legt mir meine Uniform aufs Bett.

»Zieh dich schnell an«, sagt sie. Als ich mich aufsetze,

sehe ich, dass meine Mutter Maria Fabiolas Matrosenbluse und ihren blauen Rock nicht nur gewaschen, sondern auch gebügelt hat – ich rieche den Bügeleisenduft an ihrer Uniform. Normalerweise tragen wir unsere Socken bis zu den Knöcheln, aber jetzt hat Maria Fabiola sie fast bis unters Knie hochgezogen, dazu ein Paar Loafer, die ich nur selten trage.

Sie dreht mir den Rücken zu und kramt in einer Schublade meines Schreibtisches nach Kleingeld. »Jetzt erzähl mir nicht, du willst dir Pennys in die Loafer stecken«, sage ich.

»Zieh dich an«, sagt sie. »Wir haben's eilig.«

Wir wollen gerade aus der Tür gehen, da ruft uns mein Vater. »Nein, nein, nein«, sagt er. »Ich fahre euch.«

»Schon okay, Joe«, sagt Maria Fabiola. Sie nennt meine Eltern beim Vornamen, und irgendwie spielen sie das Spiel mit.

»Wir können laufen«, sage ich.

»Keine Chance«, sagt er. »Ich fahre euch.«

Im Auto haben wir keine Zeit, unsere Geschichten zu koordinieren. Meine Mutter sitzt im Beifahrersitz und Svea zwischen uns auf der Rückbank. Maria Fabiola versucht, mir einen Zettel zu schreiben, aber ihre Handschrift ist eine Katastrophe, und außerdem dauert die Fahrt nur zwei Minuten. Als wir an der Schule ankommen, werden wir umzingelt.

In der Morgenversammlung sitzen meine Eltern in der ersten Reihe zu meiner Rechten, Maria Fabiola sitzt zu meiner Linken und massiert mir die Hand. Mr Makepeace trägt eine rote Fliege. Als er seine Ankündigung macht und mich wieder in der Schule willkommen heißt, erschallt tosender Applaus.

Nach der Versammlung verabschieden sich meine Eltern ins Sekretariat, um mit Mr Makepeace und Ms Catanese zu reden. Maria Fabiola und Julia nehmen mich auf dem Weg über den Campus in ihre Mitte, während Faith uns wie eine Zofe folgt. Ich bin begeistert über die Wiederaufnahme in den Kreis meiner früheren Freundinnen und all meiner Mitschülerinnen – die unaufhörlichen Umarmungen, die ernsten Willkommensbriefchen (und ein paar zerdrückte Blumen), die durch die Schlitze meines Spinds gesteckt worden sind.

In der ersten Stunde nach der Schulversammlung haben wir Englisch. Mr London kündigt eine neue Unterrichtseinheit an, Homers *Odyssee*. Ich weiß, dass das die nächste Masche ist, um andere Schulen und die Eltern zu beeindrucken. Niemand in unserem Alter liest die *Odyssee,* aber genau darum geht's bei uns auf der Spragg.

Mr London hat neue Kreide besorgt. »ZUHAUSE«, schreibt er in großer krakeliger Schrift an die Tafel. Uns bringt man bei, ordentlich und bloß nicht über die Linien zu schreiben, und gleichzeitig hat man uns beigebracht, dass alle Männer mit Sauklaue Genies sind.

»Was bedeutet der Begriff ›Zuhause‹ für euch?«, fragt er und verschränkt die Hände hinter dem Rücken.

Er sieht die erste Reihe an.

»Essen?«, sagt Tua, ein bekanntermaßen magersüchtiges Mädchen.

»Okay«, sagt Mr London und schreibt »Essen« an die Tafel und darunter das Wort »Ernährung«.

»Was noch?«

»Nervige Schwestern«, sagt K.T., die sich als Einzige für den Klassenclown hält. Sie zuckt mit den Achseln und schaut sich in der Klasse um, als wollte sie sagen: *Hab ich recht?* Alle blicken betreten auf ihre Radiergummis.

Beflissen hält Mr London ihre Antwort in Krakelschrift fest. Er pustet gegen die Kreide. »Maria Fabiola?«, sagt er.

»Zuhause bedeutet Zuflucht nach einer langen Reise«, sagt sie.

Mitfühlend nickt er ihr zu. »Zuflucht«, sagt er und schreibt das Wort an die Tafel. Er unterstreicht das Wort drei Mal.

Ich weiß, es wird nicht lange dauern, und er ruft mich auf. Er wird meinen Namen sagen, als wäre ich ihm gerade noch eingefallen, dabei weiß ich, dass seine ganze Unterrichtsstunde auf mich und Maria Fabiola gemünzt ist, diejenigen Mädchen, die verschwunden und zurückgekehrt sind.

»Eulabee?«, fragt er.

»Zierdeckchen«, sage ich.

»Richtig«, sagt er. »Gut.« Er schreibt das Wort »Zierdeckchen« aber nicht an die Tafel.

Die nächste Stunde haben wir nicht zusammen – wir sind in verschiedenen Mathekursen. Maria Fabiola und ich haben ausgemacht, dass wir uns nach dem Unterricht im Flur treffen, um zusammen zu Mr Makepeace zu gehen und unterwegs einen Plan zu machen. Bis kurz vor dem Termin warte ich auf sie und frage mich, ob ich irgendwas falsch verstanden habe. Ich eile zum Sekretariat, begrüße Ms Patel, die

Sekretärin, und setze mich hin. Während ich warte, nehme ich einen Handzettel, auf dem es um »Finanzierungshilfen an der Spragg School for Girls« geht. Vorne drauf ist das Foto eines asiatisch-amerikanischen Mädchens aus der siebten Klasse. Alle wissen, dass sie aus einer der wohlhabendsten Familien der Schule stammt – ihr Vater ist ein sehr bekannter Musiker. Sie zahlen die volle Schulgebühr und spenden beim jährlichen Schulbasar immer große Summen.

Maria Fabiola kommt rein, und ich sehe sofort den Grund für ihre Verspätung: Sie hat sich zwei Zöpfe geflochten und sie im Nacken miteinander verdreht. Dadurch sieht sie sowohl verletzlicher als auch respekteinflößender aus. Sie setzt sich neben mich. »Zodiac-Killer-Trittbrettfahrer«, sagt sie. »Das ist die Story.«

Mr Makepeace und Ms Catanese kommen in Begleitung einer schlanken Frau in rosa Strickjacke und enger schwarzer Hose aus seinem Büro. Sie hat sehr zarte Haut, die um ihren Mund und unter ihrer Nase kleine Falten bildet, aber dennoch hat sie dieses gewisse Leuchten im Gesicht. Sie ist die Art von Frau, die mit mehreren Siamkatzen und einem Liebhaber in Nob Hill lebt.

»Mädchen«, sagt Mr Makepeace, »es gab eine kleine Programmänderung. Ich hatte gehofft, vor dem *Chronicle*-Interview mit euch sprechen zu können, um mir ein besseres Bild von eurem schrecklichen Erlebnis machen zu können, aber unsere Journalistin musste offenbar etwas früher hier sein – sogar noch vor den Kriminalbeamten! Darf ich vorstellen, meine liebe Shelley Shein –«

»Stine«, unterbricht ihn die Journalistin. »Shelley Stine.«

Mr Makepeace läuft knallrot an. »Ja, meine liebe Shelley

Stine. Sie wird sich gut kümmern um …« Sein Malheur mit dem Namen der Journalistin hat ihn seiner sprachlichen Sicherheit beraubt. »… um die jungen Damen.«

Wir stellen uns vor und schütteln ihre Hand, die seltsam verhornt ist.

Dann werden wir in einen kleinen Konferenzraum geführt, wo Maria Fabiola und ich uns Seite an Seite in zwei Drehstühle setzen müssen. Shelley Stines Schönheit scheint eine hypnotische Wirkung auf Mr Makepeace und Ms Catanese auszuüben – als Shelley Stine sie um ein Gespräch unter sechs Augen mit uns beiden bittet, ziehen sie sich umgehend zurück, huschen rückwärts aus dem Raum wie zwei Krebse.

»Und es versteht sich von selbst, dass Sie die beiden gerne zu ihrer Historie hier befragen können«, fügt Mr Makepeace aus der Tür hinzu. »Beide sind seit dem Kindergarten auf der Spragg und sind vorbildliche Schülerinnen.«

»Wunderbar«, sagt Shelley Stine und schenkt ihm ein Lächeln, mit dem sie ihn gleichzeitig für sich einnehmen und so schnell wie möglich loswerden will.

Mit einem ganz anderen Lächeln, dem Lächeln einer Vertrauten, dreht sie sich zu uns. »Also, ich sollte ehrlich zu euch Mädchen sein, da ich erwarte, dass ihr ehrlich zu mir seid. Seit Jahren berichte ich für die Zeitung über Gärtnerei. Und Frauenfragen. Aber für diesen Artikel stand, nun ja, gerade niemand zur Verfügung. Außerdem haben wir Winter, und es blüht gerade nichts, also habe ich den Job übernommen.«

»Es stand niemand zur Verfügung, weil ABC vielleicht doch noch was macht, stimmt's?«, fragt Maria Fabiola.

»Klar«, sagt Shelley Stine. »Das wäre eine Erklärung.«

»Auch ohne Exklusivrecht werde ich bei ABC anrufen und Bescheid geben müssen, dass ich mit Ihnen gesprochen habe. Unsere Geschichte kommt auf die Titelseite, oder?«, fragt Maria Fabiola. »Als Aufmacher?«

»Ich kann dir wirklich nicht versprechen, auf welcher Seite der Artikel erscheinen wird«, sagt Shelley Stine, »aber lasst uns erst mal anfangen, ja?« Sie blickt angestrengt auf die erste Frage in ihrem Notizbuch. »Geht ihr Mädchen gern hier zur Schule?«

»Ja«, sage ich. »Es ist eine gute Schule.«

Maria Fabiola starrt mich an.

»Diese Schule hat einen beachtlichen Ruf«, sagt Shelley Stine. »Shakespeare in der fünften Klasse, Goethe in der siebten. Und wie ich höre, lest ihr gerade Homer?«

Unfassbar, denke ich. Mr London hat sie schon eingewickelt.

»Demnach wäre meine Frage«, fährt sie fort, »habt ihr manchmal das Gefühl, die Schule stellt zu hohe Ansprüche an euch?«

»Eigentlich nicht«, sage ich.

Shelley Stine macht sich nicht die Mühe, irgendetwas von dem, was ich gesagt habe, aufzuschreiben.

»Und du, Maria Fabiola?«, fragt Shelley Stine. »Findest du die Ansprüche nicht sehr hoch?«

»Na ja, ich bin ja seit dem Kindergarten hier auf der Schule. Schon da wurden unsere Valentinskarten streng kritisiert.«

Ich sehe Maria Fabiola an – was soll das jetzt mit den Valentinskarten?

»Aha«, sagt Shelley Stine und wartet auf weitere Informationen. Wir schweigen. »Nun«, fährt sie fort, »diese Schule gilt als Dampfkochtopf. Geht's auch mal ein bisschen lockerer zu?«

»Klar«, sagt Maria Fabiola. »Am Ende des Schuljahrs haben wir immer eine Woche, wo wir was anderes lernen dürfen als das, was auf dem normalen Lehrplan steht.«

»Das bedeutet?«, fragt Shelley Stine.

»Na ja, Nähen zum Beispiel«, sagt Maria Fabiola.

»Nähen«, wiederholt Shelley Stine. »Interessant.« Sie setzt sich aufrecht hin. »Und was noch?«

Das ist meine Chance, denke ich. Ich weiß, wonach es Shelley Stine gelüstet, und da ich nicht hinter Maria Fabiola zurückstehen will, gebe ich ihr, was sie haben will. »Es gibt auch noch einen Kurs, wo man lernt, wie man in Badesachen eine gute Figur macht.«

Shelley Stine dreht nicht nur ihren Stuhl in meine Richtung, sondern rollt damit näher an mich heran.

»Könntest du das näher ausführen?«, fragt sie, und ihr Stift federt aufrecht auf dem Papier wie ein Marathonläufer, der auf den Startschuss wartet.

»Klar doch«, sagt Maria Fabiola, und Shelley Stine dreht ihren Stuhl wieder in Maria Fabiolas Richtung. »Wir haben so einen Kurs, der heißt ›Von Nix kommt nix‹.«

»Moment bitte«, sagt Shelley Stine. »Von Nix …«

»Das ist ein Wortspiel«, füge ich hinzu, »wegen *Nixen*.« Sie schreibt hastig mit. »Wortspiele. Gut«, sagt sie.

»Jedenfalls«, sagt Maria Fabiola laut und lenkt das Augenmerk wieder auf sich. »In dem Kurs müssen sich alle einmal am Anfang der Woche und dann noch mal am Ende der Woche auf die Waage stellen. Es geht darum, in Badesachen eine gute Figur zu machen.«

»Bikini oder Einteiler?«, fragt Shelley Stine.

»Na ja, dazu gab es keine klaren Angaben«, sagt Maria Fabiola und wirkt kurzzeitig irritiert, dass diese Frage bisher nicht aufkam. »Aber es geht darum, am Ende der Woche besser auszusehen als am Anfang. Am Anfang der Woche haben wir uns gewogen, und die Zahlen wurden von unserer Lehrerin auf ihrem Klemmbrett notiert. Dann haben wir den ganzen Tag Hampelmänner gemacht und sind zum Strand gejoggt und haben eine Fahrradtour zu den Marin Headlands unternommen und im Hostel übernachtet. Im Hostel durften wir nur Salat essen, während die anderen alle Hamburger und Nachtisch bekommen haben.«

»Mehr durftet ihr nicht essen?«

»Na ja, die Lehrer hatten ja das Essen eingepackt. Und für uns haben sie halt nur Salat eingepackt. Sie selber haben Steaks gegessen.«

»Hattet ihr keinen Hunger?«, fragt Shelley Stine.

»Wir hatten solchen Hunger!«, brüllt Maria Fabiola. »Aber auf der ganzen Fahrradtour zum Hostel haben sie uns erzählt, unsere Sattel würden auf den Hinterreifen schleifen! Das hat uns dann sowieso den Appetit verdorben.«

»Wer waren die anderen Lehrer?«

»Zufällig waren es nur Männer«, sagt Maria Fabiola. »Nicht Mr Makepeace, aber die anderen männlichen Lehrer. Alle.«

»Das glaub ich ja nicht!«, sagt Shelley Stine, als wollte sie nichts lieber als das. »Warum waren denn keine Lehrerinnen dabei?«

»Die mussten alle zu Hause bei ihren Familien bleiben, nehm ich an«, sagt Maria Fabiola.

Das ist nicht wahr. Ms Livesey war mit dabei auf diesem Schulausflug.

»Und was passierte dann am Ende der Woche?«, fragt Shelley Stine.

»Na ja, wie gesagt, am Anfang der Woche mussten wir uns ja auf die Waage stellen.«

Shelley Stine nickt. »Richtig, aber nur, damit es klar ist – es waren also Männer, die euch gewogen haben?«

»Ja«, sagt Maria Fabiola. »Dann wurden wir am Ende der Woche noch einmal gewogen. Und die Differenz zwischen dem Gewicht am Anfang des Kurses und am Ende des Kurses wurde in eine Tabelle eingetragen.«

»Ihr wurdet quasi benotet«, sagt Shelley Stine.

»Ganz genau«, sagt Maria Fabiola.

»Sag du's«, schlägt Shelley Stine vor.

»Wir wurden quasi benotet«, sagt Maria Fabiola, und Shelley Stine schreibt den Satz auf.

Ich höre alles, was Maria Fabiola sagt, und ich begreife, dass es fast genauso war, und dennoch hört sich das, was wir erlebt haben, aus ihrem Mund völlig anders an. In Wahrheit war der Badesachenkurs unsere erste Wahl. Maria Fabiola und ich waren es, die ein paar Pfund abnehmen wollten, um Madame Sonya zu beeindrucken. Wir waren es, die fitter werden wollten fürs Klettern auf den Klippen von China Beach. Wir wollten Zeit mit Ms Livesey verbringen, weil sie abends malte und einen süßen Sohn hatte. Ich begreife in aller Klarheit, dass Maria Fabiola Talente hat, die ich niemals haben werde.

»Alles in Ordnung hier bei euch?«, fragt Mr Makepeace, der den Kopf zur Tür hineinsteckt.

»Alles bestens!«, sagt Shelley Stine mit glühendem Lächeln.

»Freut mich zu hören«, sagt er.

Es wird dich überhaupt nicht freuen, denke ich.

Mr Makepeace gibt ihr das Daumen-hoch-Zeichen und schließt die Tür. Shelley Stines Mundwinkel fallen nach unten.

»Okay. Jetzt muss ich zum schweren Teil kommen. Ich will euch nicht aufs Neue traumatisieren, aber natürlich wird es unsere Leser interessieren, was es mit eurem Verschwinden auf sich hatte.«

»Mit unseren Entführungen«, korrigiert Maria Fabiola.

»Okay«, sagt sie. »Erzählt mir erst mal, was passiert ist.«

»Es geschah an einem Donnerstag«, sagt Maria Fabiola.

»Ich dachte, es wäre ein Mittwoch gewesen«, sagt Shelley Stine. »Der zwölfte Dezember war ein Mittwoch.«

»Ach ja, stimmt«, sagt Maria Fabiola. »Ich meinte Eulabee.«

»Aber sie ist an einem Dienstag verschwunden«, sagt Shelley Stine.

»Na ja …«, sagt Maria Fabiola, und ihre Augen sind auf einmal feucht.

Sie kann auf Knopfdruck weinen, klar. Meine Ehrfurcht ist groß. »Die Entführungen waren für uns beide sehr traumatisch. Und der Entführer gab sich alle Mühe, unser Zeitgefühl durcheinanderzubringen. In dem Haus, wo wir gefangen waren, hingen überall Kalender. Aus verschiedenen Jahren.«

»Könntest du das näher ausführen?«, fragt Shelley Stine.

Maria Fabiola nickt mit dem ganzen Körper. »Das kann ich, Shelley. Ich glaube, der Entführer wollte so was wie der Zodiac-Killer sein – der war so ne Art Trittbrettfahrer –, deswegen stand er total auf Horoskope. Können Sie sich ja vorstellen.«

Shelley Stine hält kurz inne. »Ja, kann ich mir vorstellen. Bitte, sprich weiter.«

Sie schreibt etwas auf, unterstreicht es und schlägt schnell die nächste Seite ihres Notizbuches auf.

»Also, er hat uns in so ein Haus gebracht«, sagt Maria Fabiola. »Wir mussten uns Horoskope aus alten Zeitungen angucken. Die Zeitungen waren aus Russian River. Und wir mussten Kaninchenfutter aus der Dose essen.«

»Kaninchenfutter aus der Dose?«, fragt Shelley Stine.

»Es war Salat aus der Dose«, sagt Maria Fabiola. »Für Kaninchen halt.«

Shelley Stine hat aufgehört zu schreiben. Sie wendet sich zu mir. Sofort bin ich schweißgebadet vor Angst. Ich kann mit Maria Fabiola nicht mithalten, was immer sie da gerade tut. »Wie sah der Mann aus, Eulabee?«, fragt sie.

»Langer Bart«, sage ich, und dann starre ich auf einen geschwungenen Riss unter der Decke.

»Er trug immer dasselbe Batikshirt, und er hatte keine einzige Narbe«, fügt Maria Fabiola hinzu. »In den Zimmern hingen Mandalas«, sagt sie. »Und da war eine Webmaschine.«

»Eine Webmaschine?«, fragt Shelley Stine.

»Ein Webstuhl«, sage ich. Ich weiß, dass Maria Fabiola an die Webstühle denkt, die wir gesehen haben, als wir in der dritten Klasse in Sachkunde die spanischen Missionen besuchten.

»Genau!«, sagt Maria Fabiola. »Du hast ihn auch gesehen.«

»Und wo hat euch der Mann im Batikshirt noch mal hingebracht?«, fragt Shelly Stine. Sie blättert in ihrem Notizbuch zurück, und ich schiele nach dem, was sie sonst noch alles aufgeschrieben hat.

»Um die Ecke von der Haight Street«, sagt Maria Fabiola, und wieder schwitze ich am ganzen Körper. Sie beugt sich zu Shelley Stine und spinnt den Faden weiter. »Es war ein viktorianisches Haus, und er hat uns auf den Dachboden gebracht.«

»Wo um die Ecke von der Haight Street?«

»Ashbury«, sagt Maria Fabiola.

»Ihr wisst, dass vor Kurzem in der Gegend auch ein Junge verschwunden ist«, sagt Shelley Stine und setzt sich auf. »Vielleicht habt ihr sein Gesicht auf Milchtüten gesehen.«

»Der war da aber nicht«, sagt Maria Fabiola.

»Waren da noch andere Mädchen?«, fragt Shelley Stine. »War Gentle Gordon da?«

»Wieso sollte sie?«, frage ich.

Shelley Stine dreht sich zu mir. »Sie ist seit einem Tag spurlos verschwunden.«

»Aber Eulabee, hast du nicht gesagt, du hättest im Zimmer nebenan was gehört, eine Mädchenstimme, und dass der Batiktyp mit ihr geredet hat?«, fragt Maria Fabiola. Sie sieht mich an, und ihre Augen signalisieren mir *Los jetzt*.

Anstatt zu antworten, frage ich Shelley, wo Gentle zuletzt gesehen wurde.

»Das überlasse ich den Kriminalbeamten. Ich glaube, das ist im Moment alles, was ich über den Fall Gentle sagen möchte.«

»Na gut«, sagt Maria Fabiola. »Warten Sie mal. Wo sind die Kriminalbeamten?«

»Die kommen gleich vorbei«, sagt Shelley Stine. »Aber bis dahin möchte ich sichergehen, dass ich das alles richtig verstanden habe. Also, es gab einen männlichen Entführer, und er hatte immer dasselbe Batikshirt an«, sagt Shelley Stine. »Welche Farbe hatte das Shirt?«

»Es war rot-blau-weiß gebatikt«, sagt Maria Fabiola. »Er war sehr patriotisch.«

»Verstehe«, sagt Shelley Stine, ohne zu schreiben. Der Schweiß, in dem ich bade, ist jetzt kalt. Ich friere schrecklich.

Ich beschließe, dass ich nicht mehr reden kann. Shelley Stines Augen verraten sie. Sie weiß, dass wir lügen. Sie macht sich jetzt einen Spaß daraus, und ich weiß, dass ich von der Schule fliegen werde. Die Spragg wird uns beide von der Schule schmeißen, und Privatschulen kommen nicht mehr infrage. Ich sehe sie vor mir, die Ulysses S. Grant High School. Das ist die öffentliche Schule, auf die man mich schicken wird. Sie ist riesig. Tausende von Schülern, keine Uniform. Ich stelle mir Gentle dort vor, in ihren Schlaghosen, gegen einen Maschendrahtzaun gelehnt.

»Also«, fährt Shelley Stine fort. »Was, glaubt ihr, hatte der Entführer in seinem immergleichen patriotischen blau-rot-weißen Batik-T-Shirt, der euch in einem viktorianischen Haus Dosensalat zu essen gab und bei dem ihr aus einer Zeitung aus Russian River Horoskope lesen musstet, für ein Motiv? Warum wollte er euch beide entführen, was meint ihr?«

»Na ja, wir sind halt die schillerndsten Blumen der Stadt, oder?«, sagt Maria Fabiola. »Wir sind Treibhausblumen.«

»Das heißt, man muss euch in einem Gewächshaus halten?«, fragt Shelley Stine.

»Ach ja, genau«, sagt Maria Fabiola, »da kennen Sie sich ja mit aus, wegen der Gartenrubrik. Es ist aber nicht nur, dass wir in Gewächshäusern gehalten werden – so meinte ich das eigentlich nicht.«

»Wie meintest du es denn dann?«, fragt Shelley Stine. Sie sieht plötzlich sehr müde aus.

»Wir sind die besondersten Blumen«, sagt Maria Fabiola. »Wir sind für die Außenwelt schillernd und faszinierend.«

»Für die Außenwelt?«, fragt Shelley Stine. »Du meinst zum Beispiel Indien? Frankreich?«

»Nein«, sagt Maria Fabiola. »Zum Beispiel den Rest von San Francisco.«

»Verstehe«, sagt Shelley Stine. »Tja, ich sollte langsam los, wenn ich noch –«

»Wann ist Redaktionsschluss?«, fragt Maria Fabiola.

»Ich bin mir nicht sicher«, sagt Shelley Stine und packt Notizbuch und Stift zusammen.

»Könnte ich vielleicht aufschreiben, was uns passiert ist, und es Ihnen geben? Bei mir im Kopf geht alles durcheinander«, sagt Maria Fabiola. Ich schaue sie an, und dann noch mal genauer: Sie ist mittlerweile regelrecht in Tränen ausgebrochen. »Gestern haben Eulabee und ich miteinander gesprochen, und unsere Geschichten waren genau gleich, aber jetzt bin ich völlig neben der Rolle vor lauter Erzählen.«

Shelley kramt in ihrer Tasche nach Taschentüchern und reicht Maria Fabiola das Päckchen. »Gerne«, sagt Shelley Stine. »Du kannst die Geschichte ja Mr Makepeace geben, und er wird sie mir sicher weiterleiten.«

Als Shelley Stine gegangen ist, steht Maria Fabiola dicht an der Tür zum Sekretariat. Sie hat aufgehört zu weinen.

»Tolle Hilfe!«, sagt sie zu mir.

»Ich hatte vergessen, für welche Geschichte wir uns entschieden haben«, sage ich. »Und dass Gentle verschwunden ist, hat mich total aus dem Konzept gebracht.«

»Das kann uns nur helfen«, sagt Maria Fabiola. »Drei verschwundene Mädchen sind besser als zwei, verstehst du?«

»Aber machst du dir denn gar keine Sorgen?«, frage ich.

»Wegen Gentle?«, fragt sie. »Nein. Sie ist ein Hippie. Die verschwindet doch dauernd. Die *lebt* doch, um zu verschwinden. Ich mache mir Sorgen um *dich*. Ich muss wissen, dass ich mich auf dich verlassen kann. Wenn wir so weitermachen, kommen wir nie auf die Titelseite. Du musst mich besser unterstützen, wenn wir mit der Polizei reden. Du musst ja nicht selbst erzählen, denn offensichtlich kannst du so was nicht, aber du kannst mir wenigstens bei allem zustimmen, oder? Mir Rückendeckung geben?«

Mr Makepeace betritt das Sekretariat. »Wie ist es gelaufen?«

»Es war *extrem schmerzhaft*!«, sagt Maria Fabiola, und erneut fließen die Tränen. »Das alles noch mal zu durchleben, war *grässlich*!«

»Hier sind deine Taschentücher«, sage ich und schiebe ihr das Päckchen hin.

30

Ms Patel begleitet uns zurück in unseren jeweiligen Unterricht und redet die ganze Zeit, worüber ich froh bin. Ich brauche dringend Erholung von Maria Fabiolas Machenschaften.

Ich habe Französisch, und Maria Fabiola geht in ihren Spanischkurs. Im Unterricht erzählt uns Mademoiselle, dass man in Toulouse im Restaurant niemals Salatblätter bekomme, die mit dem Messer geschnitten werden müssen. »Das ist Salat für Pferde«, sagt sie. Mademoiselle ist jung und chic und hat immer ein Tuch um den Hals, um, wie wir vermuten, die vielen Knutschflecken ihres Freundes zu kaschieren.

Kurz vor Unterrichtsschluss erscheint Ms Patels Gesicht in der Tür. Ich werde ins Büro zitiert. Die Kriminalbeamten sind eingetroffen.

Als ich ins Sekretariat komme, ist Maria Fabiola schon da. Sobald sie mich sieht, steht sie auf und nimmt mich in den Arm, als hätten wir uns seit Jahren nicht gesehen. »Diesmal sprichst du mir einfach nach«, sagt sie, während sie mich an sich zieht.

Detective Anderson kommt aus dem Raum, aus einer Unterredung mit Mr Makepeace. Es folgen ihr zwei männliche Kriminalbeamte.

»Eulabee, hallo«, sagt Detective Anderson. »Kommst du bitte mit mir ins Büro?«

Maria Fabiola steht auf.

»Nein, nein«, sagt Detective Anderson zu ihr. »Wir machen die Befragungen jetzt einzeln. Wir passen gut auf Eulabee auf.«

Ich folge den Kriminalbeamten in den größeren Konferenzraum, in dem wir schon bei meiner ersten Befragung saßen.

»Wir sind sehr, sehr froh, dass du wieder zu Hause bist«, sagt Detective Anderson zu mir und hält einen Moment Blickkontakt, bevor ich mich abwende, um auf den Sportplatz hinauszuschauen. Die unteren Klassen haben gerade Pause, und all die jüngeren Mädchen spielen Tetherball, Four Square. Dieselben Spiele, die wir immer gespielt haben, Spiele mit Regeln.

»Wir würden gern wissen, was passiert ist«, sagt Detective Anderson. »Kannst du uns sagen, wo du die letzten paar Tage gewesen bist?«

Ich beobachte, wie ein ganz kleines Mädchen immer wieder gegen den Tetherball schlägt, bis er sich vollständig oben um die Stange gewickelt hat.

Ich weiß, dass ich mich gerade dafür entscheide, Maria Fabiolas Geschichte nicht weiter mitzutragen, und ich kenne die Konsequenzen dieser Entscheidung – ich habe sie ja schon am eigenen Leib erfahren.

»Ich bin nicht entführt worden«, sage ich. »Ich war in einem Gartenhaus hinter der Ballettschule Olenska in der Clement Street. Und dann habe ich einen Cousin von mir getroffen und bin mit zu ihm nach West Portal.«

»War Maria Fabiola bei dir?«, fragt Detective Anderson.

»Nur gestern ein paar Stunden. Sie hat im Gartenhaus nach mir gesucht, weil sie da auch war, als sie verschwunden ist.«

»Warte mal. Sie war in dem Gartenhaus? Sie wurde nicht entführt?«

»Sie hat sich in dem Gartenhaus versteckt«, sage ich, und ich hasse mich dafür und weiß, dass Maria Fabiola mir nie verzeihen wird. Ich stelle mir den Psychoterror vor, den sie jahrelang auf mich loslassen wird, und beschließe hier und jetzt, mich zu wehren.

»Habt ihr euer Verschwinden im Vorfeld aufeinander abgestimmt?«

»Nein«, sage ich. »Ihres basierte auf einem Buch, das sie gelesen hatte.«

»Auf einem Buch, das sie gelesen hatte?«

»Na ja, überflogen«, sage ich.

Die Polizisten tauschen einen Blick aus, wirken aber weniger erleichtert, als ich erwartet hatte. »Danke, Eulabee«, sagt Detective Anderson. »Du hast uns sehr viel Zeit erspart, und die läuft uns davon. Gentle Gordon ist tatsächlich verschwunden.«

Ich folge Detective Anderson in den Eingangsbereich des Sekretariats. Maria Fabiola steht auf und streicht sich den Rock glatt, als sie uns sieht.

»Ich bin so weit«, sagt sie zu Detective Anderson.

Detective Anderson hebt die Hand, wie um den Verkehr zu stoppen. »Nicht jetzt«, sagt sie, und sie und die anderen Beamten gehen aus der Tür des Sekretariats.

An diesem Nachmittag holt mich meine Mutter von der

Schule ab. Sie ist die Erste in der Reihe, also muss ich nicht warten, bis sich die Volvo-Parade die hufeisenförmige Auffahrt hinaufgequält hat. Maria Fabiola sieht, wie ich bei meiner Mutter ins Auto steige. Sie guckt völlig verdutzt.

Zu Hause erzähle ich meinen Eltern alles. Svea bereitet mir unerklärlicherweise ein Fußbad mit Bittersalz und platziert die Schüssel vor meinem Stuhl. Meine Mutter macht Köttbullar. Mein Vater zeigt mir einen Brief von Christie's, wohin er das Vanessa-Bell-Gemälde zum Schätzen gebracht hatte. Das Bild hat sich als Kopie erwiesen. »Sie glauben, irgendjemand hat Bell kopiert, um sich Malen beizubringen.«

Ich gehe früh ins Bett. Meine Mutter krault mir mit ihren langen Nägeln den Rücken, und ich höre, wie mein Vater im Nebenzimmer, dem Spielzimmer, in einem Buch blättert. Ewa ist immer noch woanders. Ich kann mich nicht erinnern, dass mein Vater jemals dort gesessen hat. Ich sehe nur seine Knie und seine Sockenspitzen und beobachte, wie er mit den Füßen im Takt klopft, und dann schlafe ich ein.

Am nächsten Morgen wache ich früher auf als üblich. Die Klarheit der Wahrheit ist belebend, sage ich zu mir. Ich versuche, nicht daran zu denken, dass ich vielleicht von der Schule fliegen werde. Ich trete vor die Tür und suche nach der Zeitung, um zu sehen, ob irgendein Teil von Maria Fabiolas Geschichte es ins Blatt geschafft hat.

Meine Eltern bekommen den *Chronicle* zurzeit nicht, also muss ich ein Stück die Straße rauflaufen, um ein Exemplar zu finden, das ich lesen kann. Fast am anderen Ende des Camino del Mar finde ich eine Zeitung im Gebüsch. Ich schlage sie auf. »JUNGES MÄDCHEN AUS SEA CLIFF ER-WÜRGT – LEICHE IN PANHANDLE GEFUNDEN«. Ich sinke auf den Gehweg und überfliege ungeordnet den Artikel. »Die Polizei tappt im Dunkeln ...« »Der Tod Gentle Gordons ...« »Die labile junge Frau wurde von ihrer Mutter verlassen ...« »Drogenmissbrauch ...« »Leiche wies Kampfspuren auf ...« »Tot aufgefunden neben der Wippe ...«

Ich setze mich auf und lese den Artikel von Anfang bis Ende, und ich bin die ganze Zeit fassungslos, dass es darin nicht um mich und Maria Fabiola geht. Dann kommt mir ein schrecklicher Gedanke: *Natürlich war es Gentle. Wir anderen waren nie gefährdet. Natürlich war es Gentle.* Die Worte werden zu einem Mantra, das kein Ende nimmt. Meine Beine tragen mich plötzlich bergab. Ich renne vorbei am Haus von Jefferson Starship, wo Chinas lange Schaukel über dem Meer hing, aber die Schaukel ist nicht mehr da und Jefferson Starship auch nicht. Ich renne vorbei an dem Haus, wo es jedes Jahr zu Halloween Hersheyriegel in XXL gab, und vorbei an dem Haus, das mal Carter the Great gehörte und wo jetzt ein Bankdirektor zur Miete wohnt. Ich renne vorbei an dem Haus, wo mal die Haare einer Mitschülerin beim Ausblasen der Kerzen auf ihrer Geburtstagstorte Feuer fingen. Ich renne vorbei an dem Haus mit dem Türmchen, vorbei an dem Haus, wo ich für kurze Zeit die Zeitung eingesammelt habe. Ich stürze vorbei an dem Haus, wo die Mutter im Rollstuhl sitzt – warum, haben wir nie erfahren. Ich sehe rechts das Haus meiner Eltern, das so kompakt wirkt zwischen den Riesenkästen zu beiden Seiten. Ich drehe mich weg und renne weiter.

Ich renne vorbei an Palmen und vorbei an Gärtnern mit

ihren Transportern und lauten Laubbläsern und kratzenden Harken. Als China Beach vor mir auftaucht, bin ich verschwitzt, und der Nebel kühlt meinen Körper. Meine Füße erzeugen auf den dreiundneunzig Stufen nach unten ein Galoppgeräusch. Der Strand ist menschenleer an diesem trüben Morgen. Als ich den Sand erreicht habe, ziehe ich mir hastig Schuhe und Socken aus. Ich renne ans Ufer, und das kalte Meer schwappt mir über die Füße. Ohne mein Gesicht zu berühren, spüre ich, dass es nass ist von Nebel und Tränen und Schweiß. Ich stehe da am Rand des Meeres und lausche seinem lauten Atem. Und dann zieht es sich zurück und nimmt alles aus meiner Kindheit mit – die Porzellanpuppen, die Stepptanzschuhe, die abgerissenen Konzertkarten, die winzigen Trophäen und die lange, lange Schaukel.

2019

Wir sind fast fünfzig Jahre alt, und die Straßen von Sea Cliff gehören nicht mehr uns. Die Häuser, die sich entlang der Bucht schmiegen, gehören dem neuen San Francisco, den Tech-Giganten, den Käufern aus dem Ausland, von denen es heißt, sie hätten bar bezahlt und die Häuser ungesehen erworben. Vor keinem der Häuser stand lange »Zu verkaufen«, und jetzt sind die Auffahrten immer leer und die Vorhänge zugezogen. Die Generation unserer Eltern beklagt die Neureichen, die die Gegend verändert haben, und wir und der Rest der Welt verdrehen kollektiv die Augen.

Die Wagniskapitalgeber haben Pacific Heights übernommen. Die jungen Tech-Angestellten haben Hayes Valley, Mission Bay und Potrero Hill aufgekauft – Wohngegenden, die dicht an der Schnellstraße liegen, damit sie leichter nach Silicon Valley pendeln können. Doch die CEOs und die Namen hinter den Firmen wohnen in Sea Cliff, wo man noch Privatsphäre und einen unverbauten Blick auf die Golden Gate Bridge hat. Sea Cliff bietet Abgeschiedenheit, Schutz vor den Menschen. Natürlich sind die Häuser jetzt allesamt kleine Festungen – es gibt mehr Tore, mehr Kameras.

Nur die Küchen sind zu klein. Die Silicon-Valley-Pioniere wollen größere Küchen, größere Schränke und Fenster, höhere Decken, und ihre neuen Häuser in Sea Cliff werden ständig umgebaut und nie fertig. Sie sind in weiße Plastikplanen gehüllt, vom Dach bis zum Fundament – damit niemand sieht, wo sich ihre Tunnel und Panikräume befinden? –, und die Nebelhörner und das Rauschen der Wellen und jedes Geräusch unserer Kindheit geht im Bohren und Hämmern der Arbeiter unter.

Die Häuser von Sea Cliff gehören nicht mehr unseren Eltern – sie sind verstorben oder haben sich verkleinert. Wir selbst wohnen nicht in Sea Cliff. Keiner von uns, der hier oder aus einem anderen Viertel von San Francisco stammt, kann es sich noch leisten, zu wohnen, wo wir aufgewachsen sind – nicht dass wir's unbedingt gewollt hätten. Jaja, ich weiß, Schicksalssinfonien.

Die verschwundenen Mädchen aus Sea Cliff in den Achtzigern gehören nach wie vor zum Mythos. Die Zeitungen prägten den Begriff »Schreckenstage von Sea Cliff«, und er blieb hängen. Vor den Zeiten des Internets konnte ich vergleichsweise anonym bleiben, und kaum jemand, der mich kennenlernte, wusste davon, dass ich zu den drei vermissten Mädchen gehört hatte. Nachdem ich von der Spragg geflogen war, wechselte ich auf die Grant High School, Gentles Schule. Manchmal bildete ich mir ein, sie durch die Flure laufen zu sehen, und ich folgte ihr, bis die Person sich umwandte und mir klar wurde, dass sie es nicht war – wie auch? Auf Grant suchte ich mir Freunde, die arbeitsam und solide waren, und meine vier Jahre vergingen ohne besondere Vorkommnisse. An der UC Santa Cruz entdeckte ich das Werk Fernando Pessoas und fing an, Portugiesisch zu studieren. Noch ein Vorwand mehr, um kein Schwedisch zu lernen, sagte meine Mutter. Sie hatte wahrscheinlich recht.

Ich heiratete früh (er war ein Kommilitone, aus San Diego), und in den Flitterwochen erkannten wir unseren Fehler. Wir hatten Monate zugebracht, unsere bescheidene Hochzeit in einer geschützten Bucht nördlich von San Francisco zu planen. Doch nachdem unsere Freunde und Familien abgereist waren, stellten wir bald fest, dass wir uns wenig zu sagen hatten. Wir aßen eine Mahlzeit nach der anderen an einem wackligen Tisch in einer kleinen Holzhütte mit Blick auf den Pazifik. Innerhalb von wenigen Tagen wurden wir zu einem dieser Paare, die sich gegenübersitzen und schweigend vor sich hin essen. Wir wurden es schnell satt, einander beim Kauen zuzuhören.

Ich schämte mich, als wir uns scheiden ließen, genauso wie ich mich wegen allem schämte, was in meinem letzten Jahr auf Spragg passiert war – mein vermeintliches Verschwinden, mein Rauswurf. Ich hatte jede Menge Fehler begangen und viele Zeugen dafür. Die Geografie Kaliforniens war so eingebettet in meine Vergangenheit, in meine Fehltritte, dass ich beschloss, die Flucht anzutreten.

Ich war fünfundzwanzig, als ich nach Lissabon kam, und die Ähnlichkeit zu San Francisco war frappierend: Beide Städte sind auf sieben Hügeln gebaut, beide sind stolz auf ihre roten Brücken und Straßenbahnen, beide haben schlimme Erdbeben erlitten, und beide liegen am Abhang eines Kontinents. Ich begann als Übersetzerin zu arbeiten. Es war kein Wachstumsmarkt, aber ich hatte Arbeit. Ich übersetzte Hotelbroschüren, Speisekarten, gruselige religiöse Pamphlete.

In meinen Dreißigern begann ich, die kurzen Romane einer portugiesischen Schriftstellerin namens Inês Batista zu übersetzen, deren Talent erst spät im Leben entdeckt worden war. Inês' Bücher waren zutiefst persönliche Meditationen über Resilienz und ihre proletarische Kindheit. Sie waren auch sehr lustig, so wie sie selbst. Wir trafen uns öfter, als es die meisten Schriftstellerinnen und ihre Übersetzerinnen tun – mit ihrer inneren Stärke erinnerte sie mich an meine Mutter, die ein paar Jahre nach meiner Scheidung schnell, ohne Aufhebens, verstorben war. Inês dagegen sagte, ich sei die Schwiegertochter, die sie sich immer gewünscht hatte.

Eines Tages brachte sie ihren erwachsenen und neuerdings alleinstehenden Sohn Lucas mit zu unserem Treffen in einem Café in Alfama. Lucas war gut aussehend und bescheiden, und er sprach mit leichtem Lispeln. Er trug dunkelblaue Jeans, und im Lauf unserer Unterhaltung fiel mir auf, dass sein Gesicht, vor allem die Gegend um seinen Mund herum, einen bläulichen Schimmer annahm. Bald sah er aus, als wäre ihm ein blauer Bart gewachsen. Es war die Hose, erkannte ich – sie war neu und noch nicht gewaschen worden. Er hatte die Hände erst verlegen auf den Oberschenkeln abgelegt und sich später, während wir aßen, immer wieder damit ins Gesicht gefasst und so die Farbe übertragen. Inês und ich machten ihn darauf aufmerksam, und er entschuldigte sich und suchte die Toilette auf, um sich in Ordnung zu bringen.

Ich weiß nicht, was ich liebenswürdiger fand – dass er sich eigens eine neue Hose gekauft hatte, weil ihm seine Mutter, wie ich erfuhr, ans Herz gelegt hatte, für unser Treffen nicht seine üblichen Sportklamotten anzuziehen. Oder dass er bei seiner entbläuten Rückkehr zum Tisch über sich selbst lachen musste. Es sei besonders deshalb lustig, sagte er, weil ihm genau dasselbe schon mal passiert sei.

Ein Jahr nach dieser ersten Begegnung heirateten Lucas und ich. Mit vierunddreißig ging ich zurück nach San Francisco, um dort zu leben, und brachte Lucas und unseren neugeborenen Sohn Gabriel mit. Wir fanden eine kleine, aber komfortable Wohnung im Norden von North Beach, in der Nähe meines Vaters. Er hatte das Haus in Sea Cliff an eine Familie mit zwei rothaarigen Jungen verkauft, die ich, wenn ich gelegentlich durch die Gegend fahre, auf der Straße Lacrosse spielen sehe. Immer wieder schicke ich Svea, die nach Uppsala gezogen ist, Updates über Sea Cliff. Sie wohnt mit ihrem Partner, einem ruhigen und aufmerksamen Schweden, um die Ecke des Linné-Gartens.

Nach meiner Rückkehr nach San Francisco nahm ich Kontakt mit Faith auf, die inzwischen Kinderärztin war. Gabriel kam mit Herzarrhythmie zur Welt, und ich brachte ihn zur Untersuchung in ihre Praxis. Beim Messen von Gabriels schnellem Herzschlag gab sie sich sehr viel Mühe und redete mir und Lucas gut zu. Eines Tages schlug Faith vor, am Land's End spazieren zu gehen, nur wir beide. Auf unserem Spaziergang entlang der hohen Klippen erzählte sie mir von ihrer Frau und ihren zwei Töchtern, die sie auf die Spragg geschickt hatte. Spragg sei eine tolle Schule für Mädchen mit zwei Müttern, sagte sie.

»Hat sich viel getan, wie du dir denken kannst«, sagte sie und blieb stehen. »Ich kann's immer noch nicht fassen, dass du damals von der Schule geflogen bist und Maria Fabiola nicht. Ihre Eltern müssen irgendjemanden bestochen haben, meinst du nicht auch?«

»Scheint dich ja mehr aufzuregen als mich«, sagte ich und betrachtete ihren geröteten Hals. »Ich glaube, ich hatte mich an den Glanz gewöhnt, den Maria Fabiola auf alles legte.« Was ich Faith damals gegenüber nicht zugab, war, dass mir dieser Glanz sogar manchmal ein bisschen fehlte.

Hin und wieder sah ich Julia, die nie über Gentle sprach, deren sicher und solide inszeniertes Leben aber bestimmt eine Reaktion auf ihren Tod war. Sie hatte einen Private-Equity-Manager geheiratet und wohnte in einem großen Haus in Tiburon, einer ehemaligen Schule. Sie kleidete sich wie eine ältere Dame aus einer bestimmten Schicht und Ära – Ferragamo-Ballerinas mit hübschen Schleifchen, Rollkragenpullover von Ann Taylor. Sie hatte immer einen Schirm dabei, sobald auch nur ein Hauch von Regen vorhergesagt wurde.

Über Faith und Julia wurde ich wieder mit vielen alten Mitschülerinnen von Spragg vereint, selbst mit solchen, die ich kaum gekannt hatte. Hin und wieder trafen wir uns im Restaurant Big 4 im Huntington Hotel, wo wir stundenlang in grünen Ledersesseln vor alten Central-Pacific-Eisenbahnplakaten saßen und traurige oder halbwegs siegreiche Geschichten austauschten. Wir lachten viel mehr als damals in unserer Mädchenzeit, und wir sahen eine gewisse Komik in unserer damaligen Unwissenheit.

Wie's aussieht, sind fast alle nach San Francisco zurückgekehrt, alle außer Maria Fabiola. Niemand wusste, was aus ihr geworden war nach ihrem Schulwechsel auf ein Internat in Rhode Island, St. George's. Um dieselbe Zeit war ihre

Familie an die Ostküste gezogen. In den sozialen Medien war sie nicht aufzuspüren – wahrscheinlich hatte sie geheiratet oder ihren Namen geändert. Es gab Gerüchte, dass sie nach Paris gezogen und ihr Mann Modedesigner sei. Es gab Gerüchte, dass sie in Uruguay ein Strandrestaurant eröffnet habe. Wir gingen auf die fünfzig zu, und die Spekulationen um ihre Person hatten immer noch nicht nachgelassen.

Es ist meine Arbeit als Übersetzerin, die mir schließlich ein Wiedersehen mit Maria Fabiola beschert. Meine Schwiegermutter Inês wird auf einem Literaturfestival auf der Insel Capri zu einem Vortrag eingeladen. Ihr Verlag kontaktiert mich und fragt, ob ich für den Englisch sprechenden Teil des Publikums dolmetschen wolle. Inês geht auf die achtzig zu, ist verwitwet und reist nicht gern allein.

Als mir ihr Verlag das Veranstaltungsprogramm weiterleitet, ist ein Link zu dem Hotel dabei, wo die Festivalteilnehmer unterkommen werden. Ich verbringe eine halbe Stunde damit, die Fotos zu bewundern. Ich war noch nie auf Capri – bin noch nie so luxuriös untergekommen. Wir treffen uns in Neapel und verbringen eine Nacht in einem Hotel mit Blick auf den Vesuv. Inês' graue Haare sind länger als bei unserem letzten Treffen vor einem Jahr, und ihre Augen sind glasig. Ihr Körper ist eine Spur gebrechlicher, aber sie hat immer noch denselben charakteristischen Gang: Sie hebt die Knie hoch und stellt jeden Fuß fest auf den Boden, als ginge sie mit Schneeschuhen. Seite an Seite sitzen wir auf einer Dachterrasse in Neapel. Sie arbeitet an einem neuen Roman, erzählt sie, über eine alte Frau, die sich in einen jungen Mann verliebt. »*Você vai traduzir esso livro?*«, fragt sie. Ich sage, natürlich werde ich das Buch übersetzen. Ich denke immer, jedes Buch wird ihr letztes sein, aber dann wiederum denke ich, sie wird ewig leben. Sie hat nichts aufgegeben, niemals nachgegeben.

Am nächsten Morgen nehmen wir die Fähre nach Capri. Nach einer Stunde Fahrt sind wir da, unter den weißen, grün behangenen Klippen. In einem Golfwägelchen werden wir einen steilen Hügel hinaufgefahren und müssen dann zu Fuß weiter nach Anacapri, wo keine Autos erlaubt sind. Wir gehen eine windige Promenade mit üppig blühenden Bougainvilleen entlang. Überall zwitschert es, aber wir sehen keine Vögel. Wir kommen an einem geschmackvollen Plakat vorbei, auf dem für Inês' Auftritt am Abend geworben wird. Ich mache ein Foto, wie sie davor posiert, und schicke es Lucas.

Inês' Veranstaltung findet draußen auf dem Platz vor dem Hotel statt. Man hat die Stühle so aufgestellt, dass das Publikum einen Blick auf Inês und das blaue, blaue Meer hat. Ich sitze etwas abseits und übersetze alles ins Englische für diejenigen im Publikum, die Headsets tragen. Während Inês ihren Part großartig macht, ist meine Dolmetscherei eher bescheiden. Ich bin es gewohnt, Zeit zu haben, um über ihre Worte nachzudenken, bevor ich mich für das richtige im Englischen entscheide. Heute Abend aber muss ich schnell sein und habe Angst, der Poesie ihrer Sprache nicht gerecht zu werden. Niemandem scheint es aufzufallen.

Sie signiert Bücher (wie immer mit den Worten »Alles Liebe, Inês«), und dann findet auf der Hotelterrasse ein kleines Essen statt. Man hat ein Buffet aufgebaut, es brennen Kerzen. Ich setze mich an den angrenzenden runden

Tisch, damit ihre Fans in ihrer Nähe sein können. An meinem Tisch sitzt ein Junge in Gabriels Alter, und während ich ihm zusehe, wie er seine Nudeln isst und sich beim Essen den Mund mit Tomatensoße vollschmiert, sehne ich mich nach meinem Sohn. Als das Essen vorbei ist, begleite ich Inês auf ihr Zimmer. Die Abendluft ist warm, die Orangenblüten duften. Das Hotel hat ihr einen Schokoladenkuchen auf den Schreibtisch gestellt.

Unterwegs auf dem Pfad durch den Garten zu meinem Zimmer höre ich eine Frau lachen. Das Geräusch kommt von einem der privaten Terrassen, die zu den größeren Suites gehören. Ich muss an Maria Fabiola denken und an das verrückte Lachen, das sie hatte. Ich lausche, ob es noch mal kommt, doch ich höre nur die Stimme einer Italienerin, die in ein Mikrofon singt. Sie wird bezahlt, um am Swimmingpool die Leute zu unterhalten, und hat genau drei Zuhörer.

In meinem Zimmer ziehe ich mir ein Kissen über den Kopf, um ungestört schlafen zu können. Ich wache spät auf und verpasse das Frühstück. Um zehn klopft Inês an meine Tür. Sie hat kleine Joghurts und Obst in ihre geräumige Tasche geschmuggelt, damit ich essen kann. Ich frage sie, was sie tagsüber vorhabe, und sie sagt, sie wolle nach San Michele – zum Haus eines bekannten schwedischen Arztes, zusammen mit einem Mann, der am Vorabend bei unserem Essen dabei gewesen war. »Jeder junge Mann ist eine gute Gelegenheit, für mein Buch zu recherchieren, weißt du«, sagt sie augenzwinkernd. Sie kann nicht mit nur einem Auge zwinkern, also schließt sie beide Augen, und dann sieht es kurz so aus, als würde sie sich etwas wünschen.

Ich beschließe, mich für ein paar Stunden in die Sonne zu

legen und zu schwimmen, also gehe ich hinunter zum Pool und suche mir auf dem angrenzenden grünen Rasen einen freien Liegestuhl. Während ich mich darauf einrichte, beobachte ich, wie zwei der Poolboys in ihren weißen Shorts und weißen Hemden einer über siebzigjährigen Italienerin in einem goldglitzernden Badeanzug den Sonnenschirm zurechtrücken. Der Schirm soll mehr nach links, dann wieder mehr nach rechts. Mein Badeanzug, ein blassrosa Einteiler, der mir beim Einpacken wie eine Hommage an Fellini vorkam, wirkt jetzt nicht nur blass, sondern auch überholt.

Es ist zu heiß zum Lesen. Nach zehn Minuten lege ich mein Buch auf die Liege und begebe mich zum Pool. Als ich am Geländer stehe und meinen großen Zeh ins Wasser tauche, beobachte ich, wie auf der anderen Poolseite eine langhaarige Frau aus dem Wasser kommt. Sie trägt einen schwarzen Bikini, und obwohl sie dünn ist, quillt ihr Busen über das Oberteil. Ein Poolboy erwartet sie. Er scheint nur allzu glücklich, sie in ein übergroßes weißes Handtuch hüllen zu dürfen. Als sie sich umdreht und in meine Richtung kommt, denke ich, *Maria Fabiola*. Dann zweifle ich an mir selbst.

Sie muss den fremden Blick auf sich gespürt haben, denn sie wendet ihr Gesicht in meine Richtung. Nachdem sie registriert hat, wer ich bin, vergeht ein kurzer bedeutsamer Moment, bevor sie sich zu einem Lächeln durchringt.

»Hallo, Eulabee«, sagt sie. Sie ist immer noch fünf Meter von mir entfernt, ihr Gesicht ist verhärmt, aber schön.

Ich eile auf sie zu. Ich erwarte eigentlich, dass wir uns umarmen, aber sie nimmt mich an den Schultern und gibt mir zwei Wangenküsse. Schwer zu entziffern, ob man mit dieserart Kuss eine Freundin begrüßt oder verlässt. Ihre Nonchalance verunsichert mich. Unsere letzte Begegnung ist drei Jahrzehnte her, doch ihre Haltung suggeriert, ich sei ihr gegen ihren Willen in den Urlaub gefolgt.

»Komm doch rüber, ich sitze da hinten«, sagt sie. »Ich habe eine zweite Liege. *Eigentlich* warte ich auf meinen Mann.« Die Betonung soll mir entweder vermitteln, dass ich ihr nur die Zeit vertreiben soll, oder dass er sie andauernd warten lässt. Ich kann's nicht sagen.

Die Fliesen sind heiß unter meinen Füßen, und sie scheint mein Unwohlsein zu bemerken.

»Du solltest dir ein Paar Sandalen besorgen«, sagt sie, als wäre es für sie das Natürlichste der Welt, mir in diesem Moment praktische Shoppingtipps zu geben.

»Ich hab welche«, erkläre ich blödsinnigerweise. »Nur nicht gerade hier bei mir.«

Wir setzen uns auf ihre reservierten Liegen. Sie sind ganz und gar schattig dank eines großen Sonnenschirms, doch die Poolboys kommen trotzdem, um ihn zurechtzurücken.

»*Grazie*«, sagt sie zu ihnen und lächelt. Sie ist fast fünfzig, und ihr Lächeln ist immer noch eine kostbare Belohnung. Ich erkenne es in den Gesichtern der Jungen.

»*Grazie*«, wiederhole ich. Die Jungen sehen mich nicht an.

»Ich denke, das muss gefeiert werden«, sagt sie, bevor sie bei den Jungs auf Italienisch zwei Gläser Prosecco bestellt.

»Unglaublich, dass wir im selben Hotel sind«, sage ich.

»Na ja, es ist immerhin das beste auf Capri«, sagt sie und sieht aufs Meer, das so weit unter uns liegt.

»Und, wo lebst du heutzutage?«, frage ich beiläufig, als

hätten ihre ehemaligen Mitschülerinnen nicht viele Stunden spekuliert, welchen exotischen Ort Maria Fabiola ihr Zuhause nennt. Ich erwarte, dass sie Barcelona oder Rom sagt oder irgendeinen Ort nennt, von dem ich noch nie gehört habe, einen Ort, wo man ihr nie begegnet wäre.

»Wir leben in Lexington«, sagt sie, und ich hätte fast nach Luft geschnappt. »Mein Mann hat seinen Firmensitz in Kentucky, wir sind da schon seit Jahren. Und du?«

»San Francisco«, sage ich.

»Du bist nie weg«, sagt sie und sieht missbilligend auf meine Stirn.

»Ich hab viele Jahre in Lissabon gelebt – mein Mann kommt von da, und mein Sohn wurde dort geboren. Aber als meine Mutter starb … na ja, es schien mir der richtige Zeitpunkt zu sein, um in die Nähe meines Vaters zu ziehen.«

Sie sagt nichts zum Tod meiner Mutter. »Was macht dein Mann in San Francisco?«, fragt sie.

»Er ist Fußballtrainer an einer Highschool«, sage ich.

»In seiner Freizeit?«

»Nein, er ist der Trainer an einer neuen Schule im Presidio.«

Sie fragt nach der Schule, und ich erzähle ihr davon und davon, wie sehr sich San Francisco verändert hat. Eine Zeitlang ist unser Smalltalk sehr klein. Wir könnten zwei Fremde im Flugzeug sein, die ein bisschen plaudern, bevor wir unsere Kopfhörer aufsetzen und uns für den Rest der Flugzeit ignorieren.

Ein anderer Poolboy kommt mit zwei Gläsern Prosecco auf uns zu. Er starrt auf Maria Fabiolas Figur.

»Chin-chin«, sagt sie und tippt ihr Glas gegen meins.

»Chin-chin«, sage ich.

Sie leert mit einem Schluck das halbe Glas. »Und, triffst du dich manchmal noch mit irgendwem von der Spragg?«

»Tu ich tatsächlich«, sage ich.

»Echt? Erzähl, was gibt's an Klatsch und Tratsch?«

Und so erzähle ich ihr von Julia und ihrem Haus in Tiburon und ihren praktischen Schuhen und Rollkragenpullovern. Ich erzähle ihr von Faith und dass ihre Kinder auf der Spragg sind – und wie sehr sie die Schule liebt.

Seltsamerweise wirkt Maria Fabiola wenig interessiert an Faith und Julia. Stattdessen fragt sie überraschenderweise nach Milla, einem Mädchen am Rand unserer Clique, die heute eine Galerie besitzt. »Verrückte Geschichte«, sage ich.

»Erzähl«, sagt Maria Fabiola und lässt sich in ihren Liegestuhl sinken. Für einen Augenblick verlieren sich Zeit und Raum – ich könnte wieder ein Schulmädchen sein, das mit seiner besten Freundin am China Beach liegt und tratscht.

»Milla hat eine Frau, die sie überallhin mitnimmt.«

»Wie meinst du das?«, fragt Maria Fabiola.

»Die Frau ist so eine Art Beraterin«, erkläre ich. »Sie nennt sie ihre Intuition.«

»Wie bitte?«

»Milla traut ihrer eigenen Intuition nicht mehr«, sage ich, »also bezahlt sie eine Frau, um ihre Intuition zu sein. Sie nimmt sie überallhin mit und lässt sich von ihr beraten, bevor sie irgendeine wichtige Entscheidung trifft.«

»Ich krieg zu viel«, sagt sie. »Niemand will mehr irgendwas selber machen. Immer schon wird alles ausgelagert, das Kochen, das Putzen, die Kinder …«

Ich lächle. Ich kann es mir nicht leisten, irgendetwas davon auszulagern.

»Und jetzt«, sagt Maria Fabiola, »lagern wir sogar unsere Intuition aus!«

Sie lacht ihr ureigenes Kaskadenlachen. »Ich freu mich total, dass wir uns begegnet sind«, sagt sie, und für einen kurzen Moment wirkt sie wirklich sehr froh. Und ich fühle mich wie mit dreizehn – als wäre ihr Lachen eine Belohnung, ihre Aufmerksamkeit eine Auszeichnung.

Ein Mann in lachsfarbenen Shorts und weißem Hemd bewegt sich in unsere Richtung. Als er näher kommt, geht mir auf, dass das Maria Fabiolas Mann sein muss. Er ist älter als wir, wohl um die fünfundfünfzig, aber noch immer sehr fit. Er sieht aus wie ein Tennisprofi im Ruhestand, die Haare sind so eben lang genug, um eine künstlerische Seite anzudeuten.

»Hallo, Schatz«, sagt sie. »Wie war dein Tennis?«
Ich bin begeistert, richtig geraten zu haben.

Er beugt sich zu ihr und küsst ihr die Wange. Er hat Sonnenbrand auf der Nase und riecht nach Sonnencreme vermischt mit Schweiß.

»Ich hab ihn wieder zusammengefaltet«, sagt er. Dann sieht er mich an, als wäre ich ihm gerade aufgefallen.

»Eulabee, das ist Hugh«, sagt Maria Fabiola. »Hugh, eine Überraschung aus der Vergangenheit – das ist Eulabee.«

Wir geben uns die Hand. Seine Finger sind gebräunt, die Nägel poliert.

»Woher kennt ihr beiden euch?«, fragt er, und für einen Augenblick bin ich sprachlos. Mein Mann kannte den Namen Maria Fabiola schon nach unserer dritten Verabredung.

»Wir sind ganz in der Nähe voneinander aufgewachsen«, sagt Maria Fabiola.

Das ist es also am Ende. Ich bin eine Nachbarin aus der Kindheit, weiter nichts.

»Ah, das heiße Pflaster von Sea Cliff!«, sagt er. »Gut, dass Sie's geschafft haben. Nur die wenigsten kommen lebend raus.«

Ich lächle höflich und suche in seinem Gesicht nach Ironie, nach Wissen um die Entführungen, die Maria Fabiola und ich angeblich hatten erdulden müssen, nach Kenntnissen von Gentles Tod. Sein Gesicht ist ausdruckslos. Er weiß nichts.

Ich werfe Maria Fabiola einen Blick zu und sehe nur mein eigenes Spiegelbild in ihrer Sonnenbrille.

Er fragt, ob ich noch immer in San Francisco lebe, und ich sage Ja. Ich erzähle, dass ich Übersetzerin bin. Maria nimmt die Sonnenbrille ab und blinzelt mich an. »Wirklich?«

»Wow, eine sterbende Kunst«, sagt Hugh. »Wie lange bleiben Sie auf Capri?«

»Wir reisen morgen ab«, sage ich. »Ich bin mit meiner Schwiegermutter hier. Und ihr?«

»Noch ein paar Nächte«, sagt er. »Wir kommen jedes Jahr her, für eine Woche, manchmal zwei.«

»Wie schön«, sage ich und klinge gar nicht wie ich selbst.

»Willst du was zu Mittag essen, Schatz?«, sagt Hugh zu Maria Fabiola. »Soll ich bestellen wie immer?«

»Ich bin's so leid, hier zu essen«, sagt sie und seufzt. Sie dreht sich zu mir. »Ich esse schon seit vier Tagen jeden Mittag den gleichen Salat.«

»Hast du Lust, mit mir zur Piazza zu laufen und da eine Kleinigkeit zu essen?«, schlage ich vor.

»Ich könnte einen Spaziergang gebrauchen«, sagt sie. »Macht's dir was aus, Hugh?«

Er sagt Nein, aber ich sehe, wie er Maria Fabiola anstarrt, während sie aufsteht. Ich brauche einen Augenblick, um einzuordnen, was ich da sehe in seinem Gesicht. Es ist ein besorgter Blick, wie ihn Eltern einem Kind zuwerfen, das unvorbereitet einen Test schreiben muss.

Maria Fabiola zieht sich ein hellblaues Kleid über und steigt in ein Paar strahlend weiße Espadrilles. Ich kehre zu meiner Liege zurück und schlüpfe in meine Flipflops und ein weißes Strandkleid, das mehrere Jahre alt ist und im Sonnenlicht den Ton von Buttermilch annimmt.

Wir verlassen das Hotel und gehen hinaus auf die Promenade. Maria Fabiola schlägt vor, bei Missoni vorbeizuschauen. »Die haben ganz tolle Stoffe«, sagt sie. Die Verkäuferin lächelt Maria Fabiola an. Ich erwähne, dass ich auf der Suche nach einem neuen Strandkleid sei, und sie holt diverse Optionen für mich zum Anprobieren hervor. Während ich in der Umkleide bin, höre ich, wie die Verkäuferin Maria Fabiola ein Kompliment macht für die Farbe ihres Outfits. »Die Farbe der berühmten blauen Grotte«, sagt die Verkäuferin.

Die Schmeichelei funktioniert. Maria Fabiola probiert einen langen schimmernden blaugrünen Rock an.

»Was meinst du?«, fragt sie und bewundert sich im Spiegel.

»Sieht unglaublich aus«, sage ich ehrlich. »Du siehst aus wie eine Meerjungfrau.«

Sie kauft ihn vom Fleck weg. Ich staune über die Leichtigkeit, mit der sie der Verkäuferin ihre Kreditkarte reicht.

»Holst du dir auch was?«, fragt Maria Fabiola.

»Ich komm später noch mal her«, lüge ich.

Wir gehen weiter die Promenade entlang. Eine Brise vom Meer zerstreut die Hitze. Wir kommen an zwei Carabinieri vorbei, die sich mit einem Fotografen unterhalten.

»Wusstest du, dass es verboten ist, hier Paparazzi zu sein?«, fragt Maria Fabiola. »Gestern waren Hugh und ich draußen auf dem Wasser, und überall waren Fischerboote voller Männer mit Kameras mit langen Objektiven. Die wollten unbedingt Fotos von der Party von irgendeinem Rapper auf seiner Yacht machen.«

Ich weiß nicht, wie die richtige Entgegnung lautet. »Beschämend«, sage ich.

Wir kommen an einer Kirche vorbei, wo gleich eine Hochzeit stattfindet. Die Brautjungfern posieren mit weißen Sträußen davor. Ihre Kleider sind aus Seide, fuchsiafarben und viel zu dick für diese Hitze.

Maria Fabiola und ich erreichen die Piazza. Wir suchen uns ein einfacheres, relativ leeres Restaurant aus und setzen uns an einen schattigen Terrassentisch. Der Kellner kommt, und wir bestellen zwei Gläser Wein, Melone mit Prosciutto und einen Caprese-Salat zum Teilen. Ein Junge kickt einen Fußball in die Mitte der Piazza, und ich beobachte, wie er hinter dem Ball herrennt.

»Hast du Kinder?«, fragt sie.

»Eins«, sage ich, »einen Jungen.« Und dann habe ich völlig grundlos das Bedürfnis, mich zu erklären. »Ich bin erst spät Mutter geworden«, sage ich. »Ich war schon mal verheiratet, aber es hat nicht gehalten. Dann hatte ich zwei Fehlgeburten – beide waren niederschmetternd. Ich bin froh, das eine Kind zu haben.« Ich erzähle ihr von Gabriel und dass wir jedes Wochenende, so scheint es, in einem Zug verbringen. »Er ist halt in dem Alter«, sage ich. Ich greife nach meinem Handy, um ihr ein Foto zu zeigen.

»Oh nein, sparen wir uns die Klischees«, sagt sie. »Lass uns versuchen, europäisch zu sein und das Telefon in der Tasche zu lassen.«

»Okay«, sage ich und schiebe mein Handy zurück in die Tasche. Ja, stimmt, sie hatte immer schon so eine Art, mir das Gefühl zu geben, ich sei ein Trampel. »Und du? Hast du Kinder?«

Sie zögert. Sie starrt mich an, und ein Lächeln zieht sich über ihr Gesicht. »Drei Töchter«, sagt sie.

»Ah, wie im Märchen«, sage ich.

Ihr Lächeln verschwindet. »Was meinst du damit?«, fragt sie.

»Na, du weißt schon, die Zahl Drei kommt doch in allen möglichen Märchen vor. Drei Bären, drei Schweine, drei Töchter. Drei ist die magische Zahl.«

»Du immer mit deinen Geschichten«, sagt sie.

Nein, *du* immer mit deinen Geschichten. Der Satz liegt mir auf der Zunge. Aber wir sind jetzt erwachsen, also halte ich mich zurück.

Wir trinken unseren Wein, wir lachen.

Es dauert nicht lange, und eine Gruppe schöner junger Frauen lässt sich an einem Nebentisch nieder.

»Das sind bestimmt Models«, flüstere ich Maria Fabiola zu. Sie sagt Ja, ohne hinüberzusehen. Die Tische um die

Models herum füllen sich schnell mit Gästen. Auf der ganzen Welt glauben die Menschen, Schönheit sei ansteckend.

Wir hören den Models zu, wie sie englisch mit Akzent miteinander sprechen. Russisch, slowakisch, niederländisch, vermuten wir. Drei der vier rauchen. Die Passanten bleiben stehen, glotzen, gehen weiter. Bald jedoch scheint die Aufmerksamkeit nachzulassen, also steht eines der Models auf und macht zwei große Sätze hinaus auf die Piazza. »Hey, Schlampen«, sagt sie viel zu laut, »ich hab abgespeckt, sieht man mir an, oder?«

Alle ihre Freundinnen machen ihr Komplimente für ihre Figur. Jetzt richtet sich das Augenmerk der Piazza, zweihundert Augenpaare, wieder auf den Tisch der Models. Die Models sehen weg, täuschen Verachtung vor.

»Ich hoffe nur, dass meine Mädchen später nicht mal Models werden«, sagt Maria Fabiola. Aber irgendetwas in ihrer Stimme scheint zu sagen, dass das kaum zu verhindern sein wird – die Schönheit der Mädchen wird sie unweigerlich zum Beruf des Models hinziehen.

Die Bestellung kommt, und beim Essen erzählt mir Maria Fabiola von ihren Töchtern. Sie heißen Simone, Cleo und Mirabella. Die Jüngste interessiert sich für Ballett, die beiden älteren Mädchen spielen Tennis, genau wie ihr Vater.

Die Kirchenglocken fangen an zu läuten. Wir beobachten, wie das frisch vermählte Paar Händchen haltend aus der kleinen Kirche kommt. Alle im Restaurant und auf der Piazza stehen auf und applaudieren. Braut und Bräutigam zwinkern mit den Augen wie Neugeborene, die sich ans Licht gewöhnen müssen.

»Und, wie viel Zeit verbingst du so mit Übersetzen?«, fragt sie und dreht sich zu mir.

»Viel«, sage ich. »Ist halt meine Arbeit.«

»Das ist dein Job?«, fragt sie. »Also, dein Beruf?«

»Steht auf meiner Visitenkarte«, sage ich achselzuckend.

»Kann ich mal sehen?«

»Meine Karte?«, frage ich verdutzt. »Klar, ich hab mir gerade neue machen lassen.« Ich öffne meine Handtasche und reiche ihr eine. Sie sieht sich die Karte genau an und dreht sie um. In ihren Händen sehe ich, dass die Papierqualität schlecht ist. Sie wendet mir ihr Profil zu und sieht hinaus in die Ferne. »Tut mir leid, dass ich so zerstreut bin«, sagt sie, »aber ich bin geschäftlich hier.«

Ich merke ihr an, dass sie nach ihren Geschäften gefragt werden will, also frage ich.

»Ich spiele mit dem Gedanken, das Hotel zu kaufen.«

»Das Hotel, in dem wir wohnen?«

»Ja«, sagt sie. »Und vielleicht auch das Festival.«

»Ist es denn zu verkaufen?«

»Ach, Eulabee, alles ist zu verkaufen.«

Ich suche ihren Blick, aber sie beginnt, in ihrer Handtasche zu kramen. »Ah, gefunden«, sagt sie und zieht eine Tube Lippenstift hervor.

Um zurück zum Hotel zu kommen, müssen wir denselben Weg gehen, den wir gekommen sind. Mir wird bewusst, dass wir gemeinsam auf dieser Promenade gehen, unter uns das stahlblaue Wasser. Wir haben einen Großteil unserer Jugend damit verbracht, nebeneinander herzugehen, und hier machen wir es wieder, auf einer anderen Klippe, über einem anderen Meer.

»Ich wollte dich schon immer etwas fragen«, sage ich und stocke.

Wir laufen weiter, und sie sieht weg, auf die vielen Boote unter uns, als hätte irgendetwas ihre Aufmerksamkeit erregt, als wäre ihr klar, was jetzt kommt.

»Was meinst du, was ist passiert an dem Tag, als wir zur Schule gelaufen sind und da dieses weiße Auto war …?«, frage ich. Es soll beiläufig klingen, kommt aber vorsätzlich rüber.

»Was?«, fragt sie.

»Weißt du noch, das weiße Auto? Da saß ein Mann drin, und die Polizei wurde gerufen und kam in die Schule.« Ich schaue sie an, ich will sehen, ob sie das alles tatsächlich vergessen haben könnte.

Schweigend laufen wir weiter.

»Stimmt«, sagt sie kurz darauf. »Das war echt seltsam.«

»Ja«, sage ich.

Stimmt, sagte sie. Ja, sagte ich.

Ich schaue sie an und versuche, durch ihre Celine-Sonnenbrille hindurch ihre Augen zu sehen. Doch ihr Schweigen und ihre angespannte Körperhaltung geben mir zu verstehen, dass sie mir wieder entglitten ist.

Als wir zurück im Hotel sind, nimmt sie mich an den Schultern und gibt mir zwei Wangenküsse. Genau so hatte sie mich am Swimmingpool begrüßt.

Ich esse mit Inês und ein paar anderen Festivalautoren und Übersetzern zu Abend. Das Restaurant ist elegant, und wir sind alle falsch angezogen. Inês erzählt von ihrem Tag in San Michele und dass der Besitzer des Anwesens, ein

Mann namens Munthe, der Leibarzt Königin Victorias von Schweden gewesen sei, die mit König Gustaf unglücklich verheiratet war. Munthe verordnete der Königin eine Behandlung auf Capri, und alle vermuteten, dass die beiden wohl etwas mehr waren als nur Arzt und Patientin. Diese Geschichte wird über die ersten drei Gänge hinweg diskutiert und belacht. Doch nach dem vierten Gang sehen wir alle in die Speisekarte und versuchen diskret zu ermitteln, wie viele Gänge noch kommen, bevor wir gehen können.

Wir entschuldigen uns noch vor dem Dessert – schieben Jetlag vor (ich) und fortgeschrittenes Alter (Inês) – und gehen untergehakt durch das Labyrinth der Stufen, die uns schließlich zum Hotel führen werden. Wir bleiben stehen und fragen ein paar Anwohner, die ihre gepflegten Hunde spazieren führen, nach dem Weg. Zurück im Hotel, begleite ich Inês bis vor ihr Zimmer. Sie wirkt erschöpft von der Reise und enttäuscht vom heutigen Tag. Ich glaube, sie hatte gewisse Absichten mit dem jungen Mann, der sie nach San Michele begleitet hat, und die Dinge haben sich nicht nach ihren Vorstellungen entwickelt.

Ich stehe auf dem gefliesten Balkon meines Zimmers und blicke hinaus auf das Terracottadach eines anderen Hotels. Ich hatte mich gefreut auf dieses Wochenende, aber jetzt will ich nur zu Hause sein bei meinem Mann mit seinen samtigen Augen und meinem Sohn mit seinen Eisenbahnen und warmen Händen. Jahrelang wollte ich Maria Fabiola wiedersehen und darüber reden, was damals passiert ist mit uns. Ich wollte ein Ende oder eine Erklärung dafür, warum sie vor all den Jahren diese Lawine an Lügen losgetreten hat.

Stattdessen lerne ich ihren Mann kennen, der kaum etwas von ihrer Vergangenheit weiß.

Ich treffe Hugh beim Frühstück. Er trägt ein apricotfarbenes Hemd und isst allein an einem mit Tafelsilber gedeckten Tisch. Maria Fabiola lässt das Frühstück sausen, weil sie mir aus dem Weg gehen will.

»Guten Morgen«, sage ich zu ihm.

»Guten Morgen«, sagt er und tupft sich den Mund ab. Er steht auf und bedeutet mir, mich zu ihm an den Tisch zu setzen. Ich setze mich, und er hilft mir, den Stuhl an den Tisch zu rücken, bevor er zu seinem Platz zurückkehrt.

»Reisen Sie heute ab?«, fragt er.

Ich erzähle, dass meine Schwiegermutter am Kofferpacken sei und dass wir nach dem Frühstück die Fähre nehmen würden. Er empfiehlt mir ein Restaurant in Neapel und nennt mir den Namen des Besitzers. So läuft das, wenn man Geld hat, denke ich. Man verbringt seine teuren Mahlzeiten damit, über andere teure Mahlzeiten zu reden.

Der Kellner kommt und stellt mir meinen Cappuccino hin. »Signora Batista hat bereits gefrühstückt«, sagt er. »Sie haben sie verpasst.«

»Ja«, sage ich. »Ich hab zu lang geschlafen.«

»Hotels«, sinniert Hugh, als der Kellner wieder weg ist. »Sie wissen immer genau Bescheid. Sie wissen wahrscheinlich, dass meine Frau in diesem Moment eine Massage bekommt. Sie ist der einzige Mensch, den ich kenne, der sich um zehn Uhr morgens massieren lässt.«

Hugh ist ein angenehmer Gesprächspartner. Ich habe vergessen, was er beruflich macht, und richte mich darauf ein, dass er Tennisprofi sei. Seine Konversation ist wie eine Tennisstunde für einen neuen Schüler auf mittlerem Niveau. Er lobbt mir einen Ball zu und wartet, bis ich ihn zurückgebe. Treffe ich daneben, macht er den nächsten Aufschlag.

Hugh sagt, er freue sich über unsere Bekanntschaft, weil er so gut wie keine Freundinnen seiner Frau aus ihrer Kindheit in San Francisco kenne. »Ich hätte manchmal Lust, selbst dort zu leben«, sagt er. »Meine Firma hat ein Büro in Cupertino, ich könnte also wechseln. Wir kennen jemanden aus der Immobilienbranche. Der hat die Sahnestücke. Seine Name ist Wallenberg. Kennen Sie ihn?«

»Ich kannte ihn mal«, sage ich. Meine letzte persönliche Begegnung mit Axel Wallenberg war auf Maria Fabiolas Willkommensparty. »Er war auf einer anderen Schule.«

»Ach ja. Das muss echt seltsam für euch Frauen gewesen sein, auf einer reinen Mädchenschule aufzuwachsen. Wissen Sie, was Maria immer sagt?«

Meine Augen weiten sich. Er nennt sie Maria.

»Sie sagt immer, Sie alle wären exakt nach dem Ebenbild der anderen geformt worden. Sie sagt, außergewöhnlich zu sein sei der einzige Ausweg gewesen.«

Mir fehlen die Worte. »Na ja, sie *ist* ja auch außergewöhnlich«, sage ich schließlich.

Er lächelt höflich. Das hört er nicht zum ersten Mal. Er bedeutet dem Kellner, dass er noch Kaffee möchte.

»Und wenn Sie nach San Francisco ziehen würden, glauben Sie, Sie würden Ihre Töchter auf die Spragg schicken?«, frage ich.

Hugh starrt mich an. »Meine Töchter?«, fragt er. Irgendetwas an diesem Blick macht mir Angst. »Wer hat Ihnen denn erzählt, ich hätte Töchter?«

Oh Gott, denke ich. »Maria Fabiola hat erzählt ...«, sage ich. »Sie hat mir erzählt, Sie hätten drei Töchter.«

»Können wir kurz vor die Tür?«, sagt er und steht auf, ohne meine Antwort abzuwarten.

Wir gehen hinaus auf den Balkon und treffen dort auf zwei Frauen mittleren Alters, die gegenseitig ihre Armreife bewundern. »Nein«, murmelt er und dreht sich. Ich folge ihm in ein Treppenhaus am anderen Ende des Frühstücksraums. Plötzlich sieht er aus wie ein Mann, der dringend Urlaub braucht, nicht wie ein Mann, der gerade Urlaub macht.

»Sie müssen verstehen«, sagt er, als wäre er drauf und dran, mir das Geheimnis der menschlichen Existenz zu erklären. Aber stattdessen schweigt er so vernehmlich, dass ich die Stille in der Luft hören kann. »Sie macht das ...«, beginnt er.

Ein Zimmermädchen kommt mit frischen Tischdecken die Treppe hinunter. Sie wirkt überrascht, uns dort zu sehen. »*Scusatemi*«, sagt sie, aber Hugh scheint völlig entrückt und macht kaum einen Schritt zur Seite, um ihr Platz zu machen. Sie huscht an uns vorbei.

»Wir haben keine Töchter«, sagt er und öffnet seine Fäuste wie ein Magier nach einen Zaubertrick. »Wir werden Sie wahrscheinlich nie wiedersehen, aber ich wollte das richtigstellen, falls Sie mit Ihren anderen Freundinnen darauf zu sprechen kommen.« Hugh sieht mich eindringlich an. Es ist klar, er ist nicht zum ersten Mal in dieser Lage.

Ich sehe hinaus aufs Meer. Ich denke zurück an das Mittagessen mit Maria Fabiola. Natürlich hat sie behauptet, drei Kinder zu haben. Ich hatte eins, und zwei Fehlgeburten. Macht insgesamt drei. Ich spiele mit dem Gedanken, Hugh zu fragen, ob Maria Fabiola tatsächlich vorhabe, das Hotel, das Festival zu kaufen, aber plötzlich bin ich erschöpft, und außerdem kenne ich die Antwort schon.

Inês und ich nehmen die Bergbahn hinunter zum Hafen und gehen an Bord unserer Fähre. Sie will an Deck sitzen und sichert uns zwei Plätze am Bug. »Du weißt, dass Homer über diese Insel geschrieben hat«, sagt sie.

Ich bitte sie, mich noch mal daran zu erinnern. Die *Odyssee* habe ich zuletzt in der Schule gelesen, bei Mr London.

»Von hier aus haben die Sirenen gerufen und die Seeleute in den Tod gelockt. Odysseus hat seinen Matrosen die Ohren mit Wachs verstopft, damit sie den Gesang nicht hören. Aber Odysseus selbst wollte ihn hören, also hat er sich an den Schiffsmast binden lassen, um zuhören zu können, ohne der Versuchung nachzugeben.«

Die Fähre läuft aus dem Hafen aus.

»Ich habe Durst«, sagt Inês. »Du auch?«

Ich gehe hinunter zur Snackbar. Als ich wiederkomme, klingelt mein Handy. Der Anruf kommt von einer Nummer, die ich nicht kenne, also ignoriere ich ihn.

Eine Sekunde später bekomme ich eine Textnachricht. Es ist ein Foto von drei wunderschönen dunkelhaarigen Mädchen. Wieder kommt eine Textnachricht. »Meine Babys«, steht da.

Maria Fabiola hat meine Nummer von meiner Visitenkarte. Ich ziehe das Foto größer. Ich bin nicht sicher, wer die Mädchen sind, aber sie hat ganze Arbeit geleistet – sie sehen ihr ähnlich, sie haben dieselben ätherischen Augen und vollen Lippen.

Inês beobachtet, wie Neapel im Schildkrötentempo auf uns zukommt. Ich reiche ihr eine Wasserflasche und setze mich neben sie, atme ihren Duft nach Muskatnuss ein.

Wieder bekomme ich eine Textnachricht. Maria Fabiola bittet mich, das Foto der Mädchen beim Newsletter der Ehemaligen von Spragg einzureichen. »Simone hat nur Unfug im Kopf«, steht unter einem Bild. »Cleo ist die Friedensstifterin«, steht unter einem anderen. »Mirabella ist ein Rätsel«, heißt es unter dem nächsten. »Ein bisschen so wie du.«

Die Textnachrichten hören gar nicht mehr auf, jede neue wird durch den Klingelton meines Handys laut angekündigt. »Hoffentlich werden sie niemals so wie diese Models gestern!«, steht in einer Nachricht, gefolgt von: »Schlampen!«

»Sollte ein Witz sein, wegen der Models!«, steht in der nächsten.

Wir erreichen Neapel, die Fähre macht einen Satz nach vorn und dann wieder zurück, bevor sie sich begradigt. Die Passagiere eilen zu den Ausgängen.

Ich suche unser Gepäck zusammen und helfe Inês vom Schiff. Wieder klingelt mein Telefon, diesmal lauter, beim Gerangel mit der Tasche muss sich die Lautstärke wieder hochgestellt haben.

Ich drehe mich um und blicke auf Capri, als könnte ich Maria Fabiola sehen und rufen hören, immer wieder.

»Wer versucht da die ganze Zeit, dich zu erreichen?«, fragt Inês.

»Lange Geschichte«, sage ich.

Wir sind umgeben von Touristen, die alle auf die Fähre drängen, um dorthin zu fahren, wo wir gerade gewesen sind. Ich lenke unsere Koffer durch die Menschenmenge. Ich schwitze in der warmen Luft.

»Hier lang«, sage ich und führe uns weg vom leuchtend blauen Meer, doch das Klingeln wird immer lauter.

Danksagungen

Was würde ich tun ohne meine Familie? Dank an meine Eltern, Paul und Inger, und an meine Schwester Vanessa für so viel, für alles, für lebenslange Zuneigung. Dank an Dave für endloses Aufbauen und zahllose Lesedurchgänge und an unsere Kinder für ständige Inspiration und für den Titel dieses Buches.

Einen Riesendank an meine unvergleichliche Agentin Nicole Aragi und an Edwidge Danticat dafür, uns miteinander bekannt gemacht zu haben. Dank an alle bei Aragi Inc. und an Brooke Ehrlich von Anonymous Content. Großen Dank schulde ich meinem langjährigen Lektor Daniel Halpern und Gabriella Doob für all ihre Arbeit an diesem Roman. Dank auch an Helen Atsma, Sonya Cheuse, Elizabeth Yaffe, Michelle Crowe, Lydia Weaver, Leda Scheintaub und an alle bei Ecco. Dank auch an meine ausländischen Befürworter und Verleger: Felicity Rubinstein von Luytens & Rubinstein, Kern Duffy und alle von Atlantic und Lina Muzur von Hanser Berlin. Dank auch an Monika Baark für das erneute Übersetzen meiner Worte.

Unglaublich dankbar bin ich meinen Leuten von McSweeney's, vor allem denjenigen, die mich während des Schreibens auf verschiedenste Art und Weise unterstützt haben; Dank an Gina Fell für viele Gespräche über Literatur im Allgemeinen, an Isabel Duffy und Caterina Fake für ihren Rat, als die Zielgerade in Sicht kam, und an Natasha Boas für ihren Rat zum Thema Buchumschläge. Ein Riesendankeschön auch an Amanda Uhle, Hilary Kivitz und Brian Dice und an Bibiana Liete für ihre Hilfe mit meinen portugiesischen Übersetzungsfragen.

Mein Dank geht außerdem an Jennifer Bunshoft und Nínive Calegari für das Beantworten meiner Fragen, an Eve Weinsheimer für ihr großartiges Auge und an Em-J Staples für die intensive Lektüre. Charlotte Trounce: danke für das atemberaubende Umschlagdesign.

Und ich danke meinen Schriftstellerfreunden und -freundinnen, den Nachsichtigen und Wahr-Sagern, die so viele Entwürfe dieses Buches gelesen haben: Ann Packer, Rafael Yglesias, Sarah Stone, Ron Nyren, Lisa Michaels, Angela Pneuman, Ann Cummins, Steven Willis, Cornelia Nixon, Tiffany Shlain, Rachel Lehmann-Haupt und Amand Eyre Ward. Mein größter Dank geht an Heidi Julavits für ihre klugen Anmerkungen und die jahrzehntelange Freundschaft.